說文解字引經攷

下冊

馬宗霍 著

臺灣學生書局印行

說文解字引禮考

說文解字引禮考敘例

許君引禮。不主誰氏。說文自敘。但謂其偁禮周官為古文。前人於許敘皆分禮周官為兩讀。桂馥以為禮謂出孔壁之禮。卽今儀禮。段玉裁亦謂禮為儀禮。不言記者。言禮以該記也。愚案說文雖三禮並引。然實以周官為大宗。全書偁周禮者凡九十五字。魚部鮔下所偁周禮為周雒之誤。戈部戭下所偁周禮。小徐本作周制。乃周書之誤。今並不錄。偁禮者止二十八字。有八字所引亦見周官、瓚璋藉及柶席鉉莤一字見禮記。莤兩字則說周官之事。豎繁兩字則偁禮兼偁周官。皋琱其專屬儀禮者僅七字。觶奠晳髺麗婚醮且無一字在鄭注所云古文之內。燕禮注云。古文觚皆為觶。此蓋指觶古作觗與觚相亂而言。非以觶為古文也。餘則或出詩毛傳。或出禮說。或出禮緯。或則不知所出。而亦以禮偁之。是禮字所施者泛。不以禮經為畫也。偁禮記者止四字。有一字非許書原文。禜有一字亦出周官。盬一字出逸禮記。鷸一字見儀禮公食大夫記。芊而其字則從今文。其為戴記者無一焉。別有偁明堂月令者九字。偁少儀者一字。此則實出戴記。而又不以記偁之。或其篇於時單行。漢書王莽傳。元始四年。徵天下有逸禮古書毛詩周官爾雅天文圖讖鍾律月令兵法史篇文字通知、其意者。皆詣公車。此卽月令單行之證。與戴記各自為書耳。然則許敘禮周官云者、疑與易孟氏書孔氏詩毛氏春秋左氏句例相同。蓋謂禮之周官為古文也。觀其注中皆偁周禮。敘則變言周官。正以儀禮亦周代之禮、漢無儀禮之名、本但偁禮。周禮可為大名。恐人混而為一、故特於敘以周官明之、亦猶春秋傳為三傳大名。而注中所偁春秋傳則指左傳。故亦於敘文變言左氏以明之也。且儀禮雖有古經。而漢世傳禮之儒。皆習今文。禮記雖有古記。而二戴損益以後。廑亦古今雜糅。惟周官晚出。有古無今。其後疏傳有故書今書。蓋非本經之舊。斯又許君禮主周官之微意也。

漢書藝文志禮家篇目。錄周官經六篇。班氏自注云。王莽時劉歆置博士。而不言其所出。惟景十三王傳述河間獻王所得古文舊書有周官。孔穎達禮記大題疏引漢書說。河間獻王開獻書之路。得周官有五篇。失其冬官一篇。乃購千金不得。取考工記以補其闕。此所引漢書說不見於今本。陸德明經典釋文序錄引或曰。河間獻王開獻書之路。時有李氏上周官五篇。失事官一篇。乃購千金不得。取考工記以補之。正與孔疏引漢書說合。隋書經籍志畧同則知當時或說漢書者有此文耳。後人據此。因以周官歸之獻王所奏。然賈公彥序周禮廢興引馬融周官傳言出於山巖屋壁。禮記孔疏引鄭公六藝論。亦云周官壁中所得六篇。或又據此疑周官亦出孔壁。愚案馬言屋壁。鄭言壁中。鄭說即本於馬。然皆不係孔宅。其非孔壁甚明。秦時禁書。凡私藏者大抵於壁。漢書儒林傳謂伏生壁藏尚書。論衡正說篇謂孝宣皇帝時河內女子發老屋。得逸易禮尚書各一篇奏之。即其證。是則周官者。蓋出民間壁藏。而為河間獻王所得。馬鄭所言。同此一書。非別有壁本也。

周官初出。入於祕府。五家之儒。莫得見焉。馬融周官傳偁孝成帝時。劉向子歆校理祕書。始得列序。箸於錄畧。時眾儒並出共排。以為非是。唯歆獨識。遭天下倉卒。兵革並起。弟子死喪。徒有里人河南緱氏杜子春尚在。能通其讀。頗識其說。鄭眾賈逵。往受業焉。據此則周官之顯。雖自獻王。而周官之傳。實始劉歆。賈逵則於歆為再傳。又尋後漢書賈逵傳。父徽從劉歆受左氏春秋。兼習周官。是逵於周官本是家學。重以師法。許君古學既得之逵。宜其引禮以周官為獨多。且知其說亦必多承於逵矣。

東漢治周官者。據賈公彥引鄭玄序。鄭興及子眾。衛宏賈逵馬融並有周禮解詁之作。季長所作。自偁周官傳。鄭偁之曰解詁。蓋卽一書。而皆爲玄注所釆。今諸家書皆佚。玄注獨行。就其注觀之。則釆二鄭之說尤多。蓋康成自以二鄭者同宗之大儒。故欲讚而辨之。庶成其家世所訓也。杜子春先鄭之師。故釆杜說亦多。惟許君引本經證字。則多存賈說。賈學與先鄭同出於杜。故今亦攈杜鄭以校許引。其有異同。亦周官古義之資也。

後漢書儒林傳偁。鄭玄作周官注。玄本習小戴禮。後以古經校之。取其義長者。故爲鄭氏學。玄又注小戴所傳禮記四十九篇。通爲三禮焉。是鄭君於禮學。三禮兼綜。古今互參。不囿一家。自成顓門。然其注周官考工記。引許君說文解字鋝鍰也。注儀禮既夕記及禮記雜記。竝引說文解字有輻曰輪無輻曰輇。則知許書在當時蓋甚爲鄭君所重。故今凡說文有引儀禮及禮記者。亦竝取鄭君注以會之。

說文解字引禮考字目

卷一

祏 禘 祫 禬 禡 社 閏 瑁

瑑 逆 蔽 蕢 訝 鞄 取 鷩

膴 䐹 副 副 耡 筵 籑 箙

鼓 館 久 枑 櫝 都 部 旐

旗 旟 旃 盟 鼏 稹 稌 秏

竁 窆 寥 痏 罷 幎 辟 傀

僤 褘 顧 魃 庌 廏 庮 卝

哲 而 焌 燋 熑 爟

卷二

皋 泑 涚 ㄑ 鮪 鰈 閭 掔

擩 搢 拲 奴 戟 匰 弓 弩

縜 彝 蚳 蜡 堋 垗 鋝 几

斠 軓 轛 軔 轐 輥 轚 醫

⿱艹舛　以上周禮

瓚璋珕珧盪蒩殳刷

觶觚奠⿰豈蚤豐欒柶晢

席斻髽庠麗皋婚縉

墀堋鉉醮莤酋　以上禮

禜芊蕹鷊骴盬僟偭

舫⿱雨𠂢乳蠲虹酎　以上禮記

說文解字引禮考卷一

衡陽馬宗霍

祏 示部 宗廟主也。周禮有郊宗石室。一曰。大夫以石爲主。从示。从石。石亦聲。常隻切

郊宗石室者。今周禮無此文。太平御覽禮儀部引說文作『禮郊宗石室。』見卷五百三十一 無周有二字。又引五經異義云。『古春秋左氏說。古者先王日祭於祖考。月薦於曾高。時享及二祧。歲禱於壇。禘及郊宗石室。』見卷五百二十八 又云。『春秋左氏傳曰。徙主石於周廟。言宗廟有郊宗石室。所以藏栗主也。』見卷五百三十一 據此則郊宗石室乃春秋左氏說之文。五經異義亦許君所作。彼云左氏此云周禮者。蓋謂左氏家所說爲周之禮典。非謂周官經有此文也。桂馥謂『周禮當爲周廟。』非是。嚴可均謂『此蓋禮緯文。又見春秋緯。議依御覽刪周字。』愚案說文本作周禮有。不作周禮曰。則周字不刪亦可。刪之亦未必是。許書之舊也。惠棟曰。『郊。郊祀也。宗。宗祀也。郊宗所祭之主。廟已毀者皆藏於石室。故曰郊宗石室。』此解郊宗二字甚确。孫詒讓

周禮正義曰『郊宗石室，謂配郊及宗祀明堂之遠祖在壇墠之上者，其主實於石室藏之太祖廟也。』孫詒讓就惠說而申之，許訓祏爲宗廟主也者，祏從石，本義即藏主之石室，一謂之石函，故許君引禮以爲證，所藏之主，則固木主也，因爲主之所藏，故亦謂祏爲主，藏必以石函者，所以備非常火災，或偁宗祏（見左傳莊公十四年）或偁主祏（見左傳昭公十八年）或單偁曰祏（見左傳哀公十六年）皆謂是物，說文宀部室下云『宗廟室祏』室即主之本字，祏下作主，古文段借字也。一曰大夫以石爲主者，亦五經異義所引左氏說（見通典卷四十八）然許又駁之曰『謹案大夫以石爲主，禮無明文，大夫士無昭穆，不得有主，今山陽民俗祠有石主。』（見太平御覽卷五百三十一）愚疑此之石主，是用石作主，與祏之爲石室義殊，故許於說文以一曰二字別之，而於五經異義則駁之，駁之者，從公羊今文說，別之者，兼存左氏古說也，其引山陽民俗爲例者，周禮春官小宗伯賈（公彥）疏亦轉引之，以爲鄭注社主用石之證，推許君之意，蓋謂俗祠既有石主，俗之相沿，其來必遠，則古說或亦有徵，特以非禮之正，故說文存而不論耳。

禘 示部 諦祭也。从示，帝聲。周禮曰，五歲一禘。特計切

五歲一禘者，今周禮無此文。初學記十三，藝文類聚三十八，太平御覽五百二十八並引五經異義云『三歲一祫，此周禮也。五歲一禘，疑先王之禮也』則此所偁蓋亦禮家之說。然異義既疑五歲一禘爲先王之禮，與此云周禮不符。桂馥疑周禮二字非許公原文，後人改之。陳壽祺五經異義疏證謂『異義文雖殘闕不詳，要不得與說文乖違。諸書所引異義文有譌脫，當作三歲一祫，五歲一禘，此周禮也。三歲一禘，疑先王之禮也』段玉裁從陳說，嚴可均以南齊書禮志上王儉引禮緯稽命徵云『三年一祫，五年一禘』因謂許此亦引禮緯之文。議依御覽引禮郊宗石室之例刪周字，愚案緯書起於西漢元成之間，光武深信之。後漢書張純傳云『建武二十六年，詔問純禘祫之禮。純奏曰，禮三年一祫，五年一禘』則以禮緯爲禮。東漢之初已然，當時諸儒迎合上意，凡國家典禮，多傅會緯書，依而取決。鄭玄駮異義，且以三歲一祫五歲一禘爲百王通義。又引禮讖以證成其說。馬端臨文獻通考謂『康成蓋以漢禮爲周禮』其言近

之。然則許君此偁周禮者。葢亦囿於時制也。

祫 示部 大合祭先祖親疏遠近也。从示合。周禮曰。三歲一祫。侯夾切

三歲一祫者。今周禮無此文。據五經異義。葢與禘下所引同出禮說。嚴可均亦議刪周字。段玉裁則謂『禘祫兩云周禮者。以別於夏殷之禮。兩曰字皆衍文也。』愚案鄭玄以三年一祫五年一禘爲百王通義。則虞夏及殷皆與周同。如陳壽祺說。許君異義以三歲一禘爲先王之禮。則三歲一祫當是周禮。然則周字不刪亦可。當從段說刪曰字爲是。

禬 示部 會福祭也。从示。从會。會亦聲。周禮曰。禬之祝號。古外切

禬之祝號者。春官詛祝職文。彼云『詛祝掌盟詛類造攻說禬禜之祝號。』此但引證禬字。故節取之也。案大祝『掌六祈以同鬼神示。三曰禬。』鄭司農以禬爲祭名。不言何祭。鄭玄注云『禬禜告之以時有災變也。』則以禬與禜同。並是禳災之祭。然又云『禬未聞焉。』賈公彥疏謂『經傳無文。不知禬用何禮。故云未聞。』愚案秋官庶氏注云『鄭司農云。禬除也。』天官女祝注云『除災害曰禬。禬

猶刮去也。』是二鄭並以禬爲除去之義。雖曰未聞其禮，其義固有定矣。許訓禬爲會福祭，既與禜之爲禳異，亦非二鄭之謂，其說當別有所本。然祈之言求，六祈皆謂號呼告神以求福，則許鄭說雖反而意實相成。金鶚求古錄禮說云：『禬刮聲相近，故鄭以刮訓之，說文云：「禬，會福祭也。」謂除去疾殃所以會福也。』此說可通許鄭之義。禬字從會，聲義兼從會得，禬爲會福祭，猶禷訓以事類祭，祫訓大合祭矣。藝文類聚禮部引說文：『除惡之祭曰禬。』或謂歐陽詢所據唐本說文與今異，但初學記引又與今本同，徐堅所據亦唐本也。則類聚亦未可盡信。玉篇示部云：『禬，胡外古外二切，除災害也，會福祭也。』兩義兩音，蓋兼採許鄭之說。廣韻十四泰：禬亦分收黃外古外二切，一云『除殃祭也』，一云『福祭』。集韻十四太與廣韻同，惟古外切下全引說文，與廣韻注微異耳。

禡 示部 師行所止，恐有慢其神，下而祀之曰禡。从示，馬聲。周禮曰：禡於所征之地。莫駕切

禡於所征之地者，今周禮無此文，見禮記王制篇，桂馥疑後人加之。

嚴可均謂『許君時王制別行，然亦禮類，當依御覽引禮郊宗石室之例刪周曰字。』今案鄭玄王制注云『禡，師祭也，爲兵禱，其禮亦亡。』孔疏申之曰『謂之禡者，肆師注云，貉讀如十百之百，爲師祭造軍法者，禱氣勢之增倍也，其神蓋蚩蚘，或曰黃帝。』考肆師有祭表貉之文，貉即禡之借字。甸祝及大司馬職皆有表貉，注並云書亦或爲禡。故穎達引鄭彼注以申此注，然鄭既云祭造軍法者，則非祭地，與經文禡於所征之地不合。許訓師行所止恐有慢其神下而祀之曰禡者，止猶至也，當謂師行所止舍之地，神亦即其地之神也，故引禮文以爲證，則與鄭義異，蓋得經恉。孔疏又引熊氏以『禡爲祭地』，疑熊安生即從許說。段玉裁曰『許時古今說具在五經異義，今已亡，賈氏周禮解詁亦亡，不詳其所本也。』愚謂恐仍本之賈侍中。

社（示部） 地主也，从示土。春秋傳曰，共工之子句龍爲社神。周禮二十五家爲社，各樹其土所宜之木。常者切 ○䄕，古文社。

二十五家爲社者，今周禮無此文，見應劭風俗通義祀典篇所引周禮說，賈逵杜預左傳昭二十五年哀十五年注，高誘呂氏春秋知接愼大注。薛瓚漢書五行志注。并同。各樹其土所宜之木者。見地官大司徒職。彼云『設其社稷之壝。而樹之田主。各以其野之所宜木。遂以名其社與其野。』許亦隱栝而偁之也。案此字說解。今古文兼用。地主之訓。用今文孝經說。偁左傳者。用古文說也。雖曰各自爲說。然以地主爲本義。則許葢主今文。其兼偁左氏者。因句龍生爲后土之官。有大功。死配五土之神。祭於社。故引之以廣本義耳。周禮亦古文也。二十五家爲社。賈逵旣有此說。則許葢本之侍中。又論語『哀公問社於宰我。對曰。夏后氏以松。殷人以柏。周人以栗。』此卽各樹其土所宜木之義。葢神不可見。必樹之木以依神。韓非子謂之社木。禮記祭法孔疏引五經異義『許君謹案。論語所云。謂社主也。』許以社木爲社主。社之古文作𡉚。從土。又從木。則引周禮說。亦所以存古義也。鄭玄於置社之說有駁。與許異。其注周禮樹木云。『所宜木。謂若松柏栗也。』亦用論語。則與許合。

閏 玉部 餘分之月。五歲再閏。告朔之禮。天子居宗廟。閏月居門中。从王在門中。周禮曰。閏月。王居門中。終月也。如順切閏月王居門中終月者。春官大史職文。今周禮門下無中字。注云：『門謂路寢門也。鄭司農云：月令十二月分在青陽明堂總章玄堂左右之位，惟閏月無所居，居於門，故於文，王在門謂之閏。』案先鄭就經爲訓，故亦不言中。賈疏申之曰：『以閏月王在門中，故制文字亦王在門中謂之閏也。』此即本許說。蓋經語簡，本無中字，許引經證字，以意足之，非所據周禮與今異也。又案禮記玉藻『聽朔於南門之外。閏月則闔門左扉，立于其中。』是許言門中，蓋依玉藻。鄭玄玉藻注云：『閏月非常月也。聽其朔於明堂門中，還處路寢門終月。』此與其周禮注正相應。惟先鄭言明堂，則門謂明堂之門也。許言宗廟，則門謂宗廟之門也。後鄭於周禮言路寢，於玉藻言路寢，又言明堂，則立門謂堂門，居門謂寢門也。先儒考明堂宗廟路寢者，人各一說。或謂三者同制，或謂三者異制，或謂三者同在一處而各異其名。愚謂明堂有宗祀之禮，則明堂自得被以廟偁。布政於明堂，而路寢亦可聽事。惟寢以居人，廟以棲神，寢而有廟，似人神無別。然古制簡樸，前堂後寢，中廟旁寢，亦事理之所有。然則由今溯古，事當闕疑，聚訟莫衷。徒爲詞費。許鄭異同。存而不論可也。至於告朔之禮。春秋文六年公羊穀梁二傳並謂閏月不告朔。左傳則謂閏月有告朔。說文及玉藻孔疏引五經異義許君謹案皆從左氏說。後鄭駁異義。亦主閏月當告朔。與許同。周禮本文承頒告朔之下。則先鄭於閏月雖未明言告朔。其意當不異許與後鄭也。

瑁 玉部

諸侯執圭朝天子。天子執玉以冒之。似犂冠。周禮曰。天子執瑁四寸。从玉冒。冒亦聲。莫報切 ○ 玥。古文省。

天子執瑁四寸者。考工記玉人文。今周禮作冒。阮元校勘記據說文。謂周禮冒字本從玉作瑁。愚案尚書顧命「上宗奉同瑁」。字亦從玉。瑁本器名。以玉爲之。自以從玉爲正字。作冒。叚借字也。鄭玄玉人注云。「名玉曰冒者。言德能覆蓋天下也。」此非冒之本義。尚書大傳曰。「古者圭必有冒。言下之必有冒。不敢專達也。天子執冒以朝諸侯。見則覆之。故冒圭者。天子所與諸侯爲瑞也。」許云諸侯執圭朝天子。天子執玉以冒之。即本大傳。僞孔顧命傳云。「瑁所以冒諸侯圭。」又用許說也。許又云似犂冠者。犂即犁之省借。段玉裁曰。「

彝冠。爾雅注作犂錧，謂耜也。耜刃方，瑁上下方似之。』黃以周禮書通故曰：『瑁方四寸，其冒圭之空在下面。書孔疏謂當下邪刻之，如圭頭是也。據說文云似彝冠，似邪刻之，空從兩旁洞達其下。』愚案太平御覽八百六珍寶部引白虎通曰：『東方爲圭之制，上小下大，狀如梨鋒。』梨蓋犂之譌。圭狀如犂鋒，瑁以冒圭，故許云似犂冠矣。御覽八百七又引周禮舊注云：『玉以冒之，似梨冠也。』孫詒讓周禮正義疑是馬融注佚文，謂梨冠即許書之彝冠也。

瑑 玉部　圭璧上起兆瑑也。从玉，篆省聲。周禮曰：瑑圭璧。直戀切

瑑圭璧者，春官典瑞職文。彼云『瑑圭璋璧琮。』此約詞也。鄭司農注云：『瑑，有圻鄂瑑起。』許訓圭璧上起兆瑑也者，段玉裁謂『許與先鄭說合。兆者垗也，營域之象。先鄭所謂垠堮也。』惠棟亦曰：『先鄭云瑑有圻鄂瑑起，圻鄂亦起兆瑑之意。』桂馥又謂『兆瑑當爲垗瑑。瑑瑑聲相近，垗畔也。瑑，耕發土也。』愚案考工記玉人云：『瑑圭璋八寸，璧琮八寸。』正與此經之瑑相應。鄭玄彼注云：『瑑，文飾也。』則先鄭所謂圻鄂，蓋即文飾之象。圻鄂二字非瑑之訓也。文

選張衡西京賦云「前後無有垠鍔」李善注引許慎淮南子注云「垠鍔端崖也」垠鍔即圻罫以彼證此則許君亦必不以圻罫為瑑考說文卜部兆為𠨘之古文𠨘者灼龜坼也兆象龜坼之形瑑從篆省聲古通作篆說文竹部云「篆引書也」書與畫同然則兆瑑者蓋謂畫而刻之其文如龜坼也刻文隆起故許云起兆瑑龜坼或從或橫若厓若岸形有似於界域故先鄭以圻罫狀之而許則謂之兆矣不必如段氏破兆為垗垗字說文所無玉篇廣韻始有之玉篇訓耕合廣韻訓耕土卷乃後起俗字桂氏謂瑑當為塚更非也又案春官巾車職「孤乘夏篆」後鄭注云「夏篆轂有約也」考工記鳧氏「鍾帶謂之篆」後鄭注云「帶所以介其名也」兩篆字皆當讀為圭瑑之瑑轂有約鍾有帶圭璧有兆所施雖殊其以為文飾則一故皆受瑑名耳

菦 艸部 菜類蒿从艸近聲周禮有菦菹 巨巾切

菦菹者天官醢人職文今周禮作芹鄭玄注云「芹楚葵也」阮元校勘記據說文謂「故書當作菦今本省作芹」愚案爾雅釋草云

『芹，楚葵。』知鄭注本之爾雅，郭璞爾雅注云：『今水中芹菜。』又案詩小雅采菽鄭箋云：『芹，菜也，可以為菹。』魯頌泮水鄭箋云：『芹，水菜也。』是鄭君於詩禮二經，字同訓異，而實為一物。水芹而有楚葵之名者，呂氏春秋本味篇云：『菜之美者，雲夢之芹。』高誘注云：『雲夢楚澤，芹生水涯。』蓋以所生之地而受楚名矣。許訓菦為菜類蒿者，與詩禮之芹，字異物同，則芹菦亦自為一字。阮氏以菦為周禮故書，是也。今說文各本菦篆之後又出芹字，訓為楚葵，段玉裁謂『此恐不知菦即芹者妄用爾雅增之。』考周禮音義曰：『芹，說文作菦。』則說文之有菦無芹明矣。』此說甚諦。孫詒讓疑說文楚葵之芹與菦菹別一草，蓋因許於菦下未出楚葵之名，故疑有別耳。

藃 艸部 艸皃，从艸，歊聲。周禮曰：轂獘不藃。許嬌切

轂獘不藃者，考工記輪人文。今周禮獘作敝，則說文獘字誤，當從本經。鄭司農云：『藃當作秏。』鄭玄謂『藃，藃暴，陰柔後必橈減，幬革暴起。』段玉裁周禮漢讀考曰：『司農謂藃者聲之誤也，故改為秏，說文藃艸皃，此藃之本義，下文引周禮轂獘不藃，此說其叚借也。陰

柔後必橈減。所謂秏也。幬革暴起。所謂暴也。幬必負榦。注云。「革轂相應。無贏不足。」秏暴者。轂不足而革贏。有秏則必有暴也。』愚案段氏分析二鄭與許義甚明。然如段說。似後鄭申成先鄭之意。今考轂之制。以木爲榦。而以革覆之。先鄭以歊爲秏。則不歊主轂材之木言。謂木不瘦減也。不瘦減即無不足矣。後鄭以歊爲暴。則不歊主覆轂之革言。謂革不暴起也。不暴起即無贏矣。孫詒讓謂『先後鄭二讀不同。而義實相因。』是也。洪頤煊以後鄭云歊暴者。歊暴當作槁暴。引晏子春秋襍上篇荀子勸學篇槁暴爲證。愚謂歊槁聲類雖同。然彼二槁暴皆以言木。似非後鄭之意。戴震云。『減下曰歊。虛起曰暴。』此虛字甚精。蓋革與轂不相隱箸而後起。是虛也。至歊之爲字。雖以艸兒爲本義。然以歊爲聲。說文欠部歊下云。『歊歊气出兒。』則艸兒當謂艸之浡興者。引申之。凡浡起者皆得謂之歊。後鄭以暴起釋歊。正與歊之引申義近。故不從先鄭改讀矣。廣韵歊字兩收。一在四宵。云草兒。一在五肴。云禾傷肥。桼傷肥者必先暴發而後萎。則與戴氏虛起之義合。

蘛 艸部　乾梅之屬。从艸。橑聲。周禮曰。饋食之籩。其實乾蘛。後漢長沙王始煑艸爲䕩。盧皓切 ○⿱艹潦，䕩或从潦。

饋食之籩其實乾䕩者，天官籩人職文。鄭玄注云：『乾䕩，乾梅也。有桃諸梅諸，是其乾者。』案鄭注本之禮記內則。許訓乾梅之屬，與鄭說正合。既曰之屬，亦不單謂梅也。黃以周引韓非子外儲說左以『桃爲下果，祭不入廟』謂『饋食爲祭之盛禮，則其籩不用桃』，恐非确論。籩實依賈公彥疏說，兼具乾濕。䕩從橑聲，橑從尞聲，尞古燎字。見漢書禮樂志郊祀志集注，尞之本義則爲柴祭天也。燎訓放火，烘又訓尞，故䕩有乾義矣。乾果而謂之諸者，劉熙釋名釋飲食云：『諸，儲也。藏以爲儲，待給冬月用之也。』內則孔疏曰：『王肅云：諸，菹也。謂桃菹梅菹，即今之藏桃藏梅也。欲藏之時，必先稍乾之，故周禮謂之乾䕩。』案劉王解諸各別，而穎達亦以爲藏，則與劉同。欲乾又必先煑而暴之。夏小正『五月煑梅，六月煑桃』，傳並云『煑以爲豆實也』，是蓋古之遺法。籩豆通稱，可與本經籩實相證。許君引經之下又云後漢長沙王始煑艸爲䕩者，亦明古則煑梅桃也。桂馥謂『後漢二字非許氏所稱，後人加之』，嚴可均謂『十字當是校語，東漢人不自稱後漢』，段玉裁曰。「謂周禮之後。至漢長沙王始煑艸爲藥。不用梅桃也。」愚案當從段說。

訝 言部 相迎也。从言。牙聲。周禮曰。諸侯有卿訝發。吾駕切 ○迓。訝或从辵。

諸侯有卿訝發者。秋官掌訝職文。今周禮無發字。疑大徐本誤衍。小徐本發字作也。可證。許訓訝爲相迎也者。序官掌訝鄭玄注云。「訝。迎也。賓客來。主迎之。」與許說合。儀禮聘禮。「訝賓于館。」鄭注云。「以君命迎賓謂之訝。」又聘禮記鄭注云。「訝主國君所使迎待賓者。如今使者護客。」彼兩注與此經之注可以互眡。蓋訝本以相迎爲義。因之主迎賓者亦以訝名矣。迎賓必有言相勞。故其字從言。或從辵作迓者。案卷子玉篇言部訝下云。「聲類亦爲迓字。在辵部。」是迓字出於魏李登之書。非許書所有。大小徐本並增入爲訝之重文。非也。

鞄 革部 柔革工也。从革。包聲。讀若朴。周禮曰。柔皮之工鮑氏。鞄即鮑也。蒲角切柔皮之工鮑氏者。考工記文。彼云『攻皮之工函鮑韗韋裘』。此約詞也。許訓鞄爲柔革工也者。革剛則裂。治革者須親手煩撋之。故許以柔革爲訓。引經似仍當作攻皮。今作柔皮。蓋涉注文而誤。韗篆下亦云攻皮。可證也。許又云鞄即鮑也者。鄭司農云『鮑讀爲鮑魚之鮑。段氏云。讀爲當作讀如。謂其音同也。書或爲鞄。蒼頡篇有鞄甍。甍當作𩏂。說文𩏂部首云柔韋也。從北從皮省。從夐省。此下從尤。隸變也。』又本經下文云『鮑人之事』。鄭玄注云『鮑。故書或作鞄。鄭司農云。蒼頡篇有鞄甍。』賈疏申之曰『先鄭取蒼頡篇從故書爲鞄字者。鮑乃從魚。此官治皮宜從革。故玄引先鄭取從革旁之義。』是許說正與先鄭合。亦當本之蒼頡篇。謂蒼頡之鞄即周禮之鮑。鞄正字。鮑假借字也。周禮賈疏又云。『案藝文志蒼頡有七章。秦丞相李斯所作鮑甍是其一篇。內有治皮之事。故引爲證也』。段玉裁云『蒼頡篇有鞄甍者。謂其篇內有此二字』。愚案段說較長。

取 又部 捕取也。从又从耳。周禮。獲者取左耳。司馬法曰。載獻聝。聝者耳也。七庾切

獲者取左耳者。夏官大司馬職文。此引經證從耳之意。所以說字形也。鄭玄夏官注云。『得禽獸者取左耳。當以計功。』是周禮之取專

主禽獸言。許又引司馬法載獻聝而曰聝者耳也者。案說文耳部云。「聝，軍戰斷耳也。」則司馬法所獻之耳。又專主人言。許訓取爲捕取。而引兩書以爲證。明取本捕取之通稱。其義可兼施也。

鷩 鳥部

赤雉也。从鳥敝聲。周禮曰。孤服鷩冕。并列切

孤服鷩冕者。見春官司服職。彼云。「侯伯之服。自鷩冕而下。如公之服。孤之服。自希冕而下。如子男之服。」許偁不同者。嚴可均謂「說文孤當作公。」段玉裁謂「許云孤服鷩冕者。葢以天子之孤當侯伯。」孫詒讓亦曰。「說文引周禮孤服鷩冕。此葢賈逵等說王國孤服如是。而許沿用之。」愚案司服職。孤卿大夫士之服。文承五等諸侯之下。則孤亦侯國之孤也。據典命。則王臣命數。皆降於諸侯一等。其衣服亦如之。依彼推校。天子之孤。其服宜與侯伯等。段孫之說是也。惟經無其文。則許之所偁。葢周禮舊說耳。許訓鷩爲赤雉也者。案爾雅釋鳥云。「鷩雉。」左傳昭公十七年孔疏引樊光曰。「丹雉也。」是許訓本之爾雅。而樊注與許說合。鄭玄司服注云。「鷩畫以雉。謂華蟲也。華蟲五色之蟲。繢人職曰。鳥獸蛇雜四時五色以章之。謂

是也』則後鄭以鷩爲五色雉不爲純赤與許微異鄭司農訓鷩爲裨衣裨之言卑乃就服之等差言淩廷堪禮經釋例謂『司農蓋統鷩冕而下言之非專釋鷩冕也』先鄭之意或當如是然如其說以釋覲禮則合與此經未必有當恐亦非許之所取許引經證字鷩本鳥名而冕服之文采似之故偁之耳

膴 肉部 無骨腊也楊雄說鳥腊也从肉無聲周禮有膴判讀若謨荒烏切

膴判者天官腊人職文今周禮判作胖鄭大夫云『胖讀爲判』杜子春云『膴胖皆謂夾脊肉』鄭司農云『膴膺肉』愚案說文『脊背呂也膺匈也』背匈異位杜與先鄭說適相反然考內饔職『凡掌共羞脩刑膴胖』鄭司農云『刑膴謂夾脊肉或曰膺肉也』則先鄭彼注又與杜同而彼之或說又與先鄭此注同疑脊肉膺肉並膴相傳之訓先鄭嘗從杜學故前後各據一說也許訓膴爲無骨腊也者乃其本義桂馥謂『膴去骨之乾肉故曰無骨腊』段玉裁謂『蓋賈侍中周禮解詁說』孫詒讓曰『杜及先鄭釋膴爲夾脊肉

者。蓋讀膴爲腜也。膴與腜聲類相近。許意蓋以此經膴胖與脯腊同掌。故亦釋爲腊物。膴爲無骨腊者。蓋卽謂腜肉大臠之乾昔者。』愚謂許引經易胖爲判。與鄭大夫同。判者分也。片也。分析成片。惟無骨之腊勝之。疑許君以膴判爲一事。謂就膴腊而分切之也。鄭玄云。『胖之言片也。析肉意也。』則義亦與判同。惟又據公食大夫禮與有司徹。明膴爲腜肉大臠。詁膴曰大。據禮記內則。明胖與膴不同。謂胖宜爲脯而腥。則兩者雖有厚薄之殊。其非乾肉則一。與先鄭杜許說皆異。賈疏引趙商問腊人掌凡乾肉而有膴胖何。鄭荅。雖鮮亦屬腊人。是後鄭蓋以膴胖爲鮮肉矣。

䐹 肉部　乾魚尾䐹䐹也。从肉。肅聲。周禮有腒䐹。所鳩切

腒䐹者。天官庖人職文。今周禮作鱐。鄭司農云。『鱐。乾魚。』許說與合。鄭玄注云。『腒。鱐。暵埶而乾。』蓋申先鄭乾字之義。兼以釋經文之夏行。言夏盛暑暵埶。故物易乾也。許字作䐹者。案禮記內則云。『夏宜腒鱐。』卽本周禮。彼釋文云。『鱐。本又作䐹。』正與許同。玉篇䐹下引『周禮庖人夏行腒䐹。』亦從說文也。然既以乾魚爲義。則

其字似當從魚。說文魚部無鱐字。疑此所偁。周禮故書也。又考內饔職有「骨鱐」。鄭司農云「骨鱐。謂骨有肉者」。如先鄭彼注。字又似當從肉作䐹。後鄭於彼不從先鄭。仍以鱐為乾魚。而以骨為牲體。其籩人注云「鱐者析乾之。出東海」。亦以鱐為魚也。許又云尾䐹䐹者。䐹䐹連文。當為形容之詞。魚乾則尾䐹䐹也。段玉裁引風俗通說「夏馬掉尾肅肅」。明此䐹䐹亦肅肅之譌。然則䐹之得名。蓋由肅聲而起矣。

副 刀部

判也。从刀。畐聲。周禮曰。副辜祭。芳逼切 ○ 疈。籀文副。

副辜祭者。春官大宗伯職文。今周禮作疈。彼云「以疈辜祭四方百物」。此約詞也。疈為籀文。副省於疈。疑副為古文而小篆仍之。鄭玄注云「故書疈為罷。鄭司農云。罷辜。披磔牲以祭。玄謂疈疈牲胷也。疈而磔之。謂磔攘及蜡祭」。愚案疈罷雙聲字。故通用。後鄭從今書作疈。以本字為詁而云疈牲胷也者。賈疏謂無正文。疑當時有此語。先鄭從故書作罷而以披釋之者。考說文网部云「罷。遣有辠也」。則罷非正字。孫詒讓謂「說文冎部⿰冎卑。別也。讀若罷。故書作罷。先鄭訓爲披。蓋謂卽髀之叚字。」是也。許引作副者。地官牧人杜子春注亦作『副辜。』與許合。訓副爲判。披判義相近。亦雙聲字。段玉裁謂『許亦從今書。蓋本賈侍中與。』其說近之。

劀 刀部 刮去惡創肉也。从刀。矞聲。周禮曰。劀殺之齊。古鎋切

劀殺之齊者。天官瘍醫職文。鄭玄注云。『刮。刮去膿血。殺。謂以藥食其惡肉。』據此則鄭本經文劀作刮。或鄭讀劀爲刮。釋文云。『劀音刮。』從注文也。孫詒讓曰。『案鄭蓋謂劀刮古今字。故經作劀。注竝作刮。亦經用古字注用今字之例也。』其說亦通。許訓劀爲刮去。與鄭注亦同。然如鄭注。是以劀刮爲一字。許刮訓掊把。則本義與劀殊。蓋借刮爲劀。以訓劀耳。又許云刮去惡創肉。鄭則劀以言膿血。殺以言惡肉。所主亦異。玉篇刀部云。『劀。去血也。割也。』似兼用許鄭之義。王筠曰。『醫瘡者。刮惡肉不能盡。必以藥蝕之。許君單解劀字。故云尒。並非忘卻殺字也。鄭君二字竝解。故云尒。劀刮皆從刀。若但去膿血。則洗之足矣。何用刀乎。二君不異也。』此亦可備一解。

耡 耒部 商人七十而耡。耡。耤稅也。从耒。助聲。周禮曰。以興耡利萌。牀倨切

以興耡利萌者。地官遂人職文。今周禮萌作甿。萌甿古通用。鄭注云。「鄭大夫讀耡為藉。杜子春讀耡為助。謂起民人令相佐助。」許訓商人七十而耡者。（小徐本商作殷。玉篇引同）蓋本孟子滕文公篇語。孟子本作助。又云耡耤稅也者。亦與孟子「助者藉也」合。耡從助聲。故古叚助為耡。藉之言借。亦耤之叚借。說文為字書。故許皆用本字也。耤而又曰稅者。段玉裁謂「此發明孟子之義。孟子言稅法也。」愚案趙岐孟子注云「助者。殷家稅名也。」考工記匠人鄭玄注引孟子作莇。云「周制邦國用殷之莇法。莇者。借民之力以治公田。又使收斂焉。」莇即耡之異體。桂馥謂耡隸變從艸是也。然則耡者。許蓋以耤稅為本義。周禮言興耡。則非耡法之謂。鄭大夫杜子春所讀。字雖並合於孟子。而取義則別。孟子謂官借民力以治田。周禮謂民自相借以耦耕。耦耕亦助也。里宰「以歲時合耦于耡。」是其事矣。司農子春讀里宰之耡字與遂人職注同。可以互證。賈疏不悟藉助二讀義本相成。謂後鄭專從杜讀。失之矣。許意耡法亦取義於佐助。與周禮之興耡雖有公私之殊。其為相助則一。故併之以為耡義引申之證。就周禮

本經論、似當以助爲正字、作勶、叚借字也、

筵竹部 竹席也、从竹、延聲、周禮曰、度堂以筵、筵一丈、以然切

度堂以筵者、考工記匠人文、彼作『堂上度以筵』、此隱栝偁之也、春官序官司几筵、鄭玄注云、『筵亦席也、鋪陳曰筵、藉之曰席、然其言之、筵席通矣、』許以席訓筵、與鄭說合、蓋筵席對文有別、散則不分也、然司几筵掌五几五席之名物、五席者、莞繅次蒲熊、不言竹席、段玉裁謂『惟後鄭說次席是桃枝席、又說顧命篾席底席豐席筍席皆爲竹席、許釋筵爲竹席者、其字從竹也、』愚案段說是也、許又云筵一丈者、當爲釋周禮之文、但考工記云『周人明堂度九尺之筵』、則許說長度不符、孫詒讓曰、『公食大夫記云「司宮具几與蒲筵常、加萑席尋、」注云、「丈六尺曰常、」聶氏三禮圖引舊圖云、「士蒲筵長七尺、廣三尺三寸、」文王世子注云、「席之制、廣三尺三寸三分、」蓋筵席廣度略同、而長度則有或丈六尺或一丈或九尺八尺七尺之異、』案孫氏亦泛論筵席長度耳、許則專就施於明堂者而言、當必有所據也、

籫 竹部 宗廟盛肉竹器也、从竹、贊聲、周禮、供盆籫以待事、洛蕭切

供盆籫以待事者、地官牛人職文、今周禮供作共、經典多段共爲供、段玉裁謂當依周禮、是也、鄭司農云、『盆籫皆器名、籫受肉籠也、』許訓盛肉竹器也者、以其字從竹也、籠亦從竹、許訓『籠、𢹬土器、一曰笭也、』與籫義別、廣雅釋器云、『籫籯篝笭籠也、』則以籠爲共名、蓋說文爲字書、訓義各從其本、施之他訓詁、籫籠雙聲、固可通用、又案廣韵十五青笭下云、『笭箐、小籠、』疑𢹬土者當爲大籠、受肉者或爲小籠耳、

箙 竹部 弩矢箙也、从竹、服聲、周禮、仲秋獻矢箙、房六切

仲秋獻矢箙者、夏官司弓矢職文、今周禮仲作中、釋文云、『中音仲、』經典多以中爲仲、此當依周禮、鄭玄注云、『箙盛矢器也、以獸皮爲之、』許訓弩矢箙也者、則兼弩言之、方言九云、『所以藏箭弩謂之箙、』疑許所本也、字又通作服、詩小雅采薇『象弭魚服、』鄭箋云、『服、矢服也、』是其證、毛傳釋魚服爲魚皮、蓋就詩爲詁、獸皮魚皮、其類亦同、彼詩正義引陸機疏曰、『魚服、魚獸之皮也、魚獸似豬、

東海有之。其皮背上有斑文，腹下純青。今以爲弓鞬步叉者也。」周禮賈疏引詩申注，以爲「詩雖不言用獸，蓋魚之似獸者爲之，此獸則魚形也。」卽用陸機之疏。許以字從竹，當主以竹爲之，恐與鄭異。儀禮既夕禮「甲冑干笮」，鄭彼注云「笮，矢箙」。笮字亦從竹也。釋名釋兵曰「其受矢之器，以皮曰服，柔服之義也。織竹曰笮，相迫笮之名也」。劉氏兼存皮竹兩說，不知服蓋箙之省借，柔服之言，近望文生義。或以國語鄭語「檿弧箕服」，郭璞方言注引作箙。韋昭注云「箕，木名。服，矢房也」。因謂木可爲服。或以漢書五行志作「檿弧萁服」，顏師古注云「萁草似荻而細，織之爲服也」。董增齡國語正義謂班氏所見之國語從艸從其，而韋注從竹從其，則此字譌於漢末也。因疑草亦可以爲服。愚案漢志本云萁草爲服，近射妖。明草原非服材，此不可據以說經。矢服佩於要閒，以木爲之，慮亦不便。古者漁獵爲生，以魚皮獸皮爲服，蓋上世之制。後則織竹爲之，遂以箙爲專字矣。

鼓 部首 郭也。春分之音，萬物郭皮甲而出，故謂之鼓。从壴，支象其手擊之也。周禮六鼓：靁鼓八面，靈鼓六面，路鼓四面，鼖鼓、皋鼓、晉鼓皆

兩面、工戶切〇𪔂、籒文鼓、从古聲、

六鼓者、地官鼓人職文、彼云『以雷鼓鼓神祀、以靈鼓鼓社祭、以路鼓鼓鬼享、以鼖鼓鼓軍事、以鼛鼓鼓役事、以晉鼓鼓金奏』許雷作靁、與春官大司樂同、鼛作皐、與考工記韗人同、雷即靁之隸省、鼛從咎、咎皐古今字也、鄭玄注云『雷鼓、八面鼓也、靈鼓、六面鼓也、路鼓、四面鼓也』皆與許說合、大司樂鄭司農注云『靁鼓六面、靈鼓四面、路鼓兩面』後鄭駮之、亦許所不取也、其鼖皐晉三鼓皆兩面、則先鄭未嘗言、愚案考工記『韗人爲皐陶、長六尺有六寸、上三正』後鄭注云『此鼓兩面、以六鼓差之、賈侍中云、晉鼓大而短、近晉鼓也』蓋韗人三鼓、鼖鼓皐鼓皆有名、惟長六尺有六寸者經不言其名、後鄭以鼓人六鼓相配、惟有晉鼓當此鼓、故引賈侍中說、而又解之曰近晉鼓也、晉鼓既兩面、鼖皐二鼓推之可知、鼓人賈疏云『韗人爲皐陶、有晉鼓鼖鼓皐鼓、三者非祭祀之鼓、皆兩面』然則鼓面多少之數、蓋以施於神事與施於人事者爲差別、而神事又以天神地祇人鬼降殺以兩、爲尊卑之等次矣、又後鄭解晉鼓用賈侍中說、疑其解雷靈路，三鼓面數，不從先鄭者，當亦本之侍中，故與許說合。侍中有周官解詁，其說蓋在解詁中，賈疏申注，不引說文，又不知取韗人注引侍中說者以爲鼓人證，而謂後鄭此注無正文，疏矣。

館　食部　客舍也。从食，官聲。周禮，五十里有市，市有館，館有積，以待朝聘之客。古玩切

五十里有市，市有館，館有積，以待朝聘之客者，地官遺人職文，彼云：「凡賓客會同師役，掌其道路之委積，五十里有市，市有候館，候館有積。」此蓋隱括偁之，朝聘即經所云會同也。鄭玄注云：「候館，樓可以觀望者也。」館觀雙聲字，古相通借，故鄭君以觀望釋館。毛公詩傳，館多訓舍，鄭風緇衣「適子之館兮」，大雅公劉「于豳斯館」，毛傳並云：「館，舍也。」是其證。許訓客舍也者，主禮爲說，兼用毛詁也。卷子玉篇食部館下云：「野王案客舍逆旅名，候館也。」顧氏此言，可以申許。館亦共薪芻飲食，故其字從食。委人職云：「凡軍旅之賓客館焉。」鄭彼注亦云：「館，舍也。」蓋委者委積之意，委人「以稍聚待賓客，以甸聚待羈旅。」與遺人之職固互相爲用者也。

久部首　從後灸之。象人兩脛後有距也。周禮曰。久諸牆以觀其橈。舉友切

久諸牆以觀其橈者。考工記廬人文。今周禮作『灸諸牆以眡其橈之均也。』此約偶之。鄭玄注云。『灸猶柱也。以柱兩牆之間。』愚案說文火部云。『灸灼也。』則灸無柱義。許引作久。雖以灸釋之。然又云象人兩脛後有距也。則亦但取聲訓。非用灸之本義也。廣雅釋器云。『柱距也。』說文柱本訓楹。引申之有支柱之義。距本訓雞距。雞之有距。猶屋之有柱。故柱距義相通。段玉裁說文注改脛後之距為歫。謂歫止也。疑雞距非其義。其實距從足。足亦從止。距本通歫。不必改也。鄭既釋灸為柱。與許訓距正合。則知作灸為叚借字。作久本字也。儀禮士喪禮。『冪用疏布久之。』鄭注云。『久讀為灸。謂以蓋塞鬲口也。』既夕禮。『苞筲甕甒皆木桁久之。』鄭注云。『久當為灸。灸謂以蓋案塞其口。』彼經二久字皆用本字。鄭並訓塞。塞猶距也。而鄭必破字為灸者。蓋久象脛後有距。則行必遲。故由久距之義引申之。又為遲久。為久長。鄭或以久長義行已舊。故易之與。胡承珙儀禮古今文疏義云。『鄭云久讀為灸者。必當時人讀久

距之久音如灸灼之灸故因其聲讀使學者易曉是借灸明久非破久從灸注讀爲當作讀如」胡氏說亦可備一解以彼例此然則周禮之灸疑故書本是久字今作灸亦鄭君破讀後人從鄭改經耳惠棟九經古義謂「廬人之灸與儀禮久之同義是久爲古文灸爲今文也灸從火久聲古文省火」此以久爲灸省似猶未探其本

枑 木部　行馬也从木互聲周禮曰設梐枑再重胡誤切

設梐枑再重者天官掌舍職文鄭注云「故書枑爲柜杜子春讀爲梐枑梐枑謂行馬玄謂行馬再重者以周衛有外內列」據此則杜以梐枑爲一物而後鄭從之說文梐下云「梐枑也」枑下云「行馬也」字與訓義並同於杜賈侍中受學於杜許蓋本其師說也鄭司農於此經依故書作柜以梐柜爲二物然秋官修閭氏「掌比國中宿互欜者」後鄭彼注云「故書互爲巨鄭司農云巨當爲互謂行馬所以障互禁止人也」互即枑之省互巨形聲皆相似巨之爲互猶柜之爲枑是先鄭於修閭又從今書蓋亦隨文爲訓也

槱 木部　積火燎之也从木从火酉聲詩曰薪之槱之周禮以槱燎祠

司中司命。余救切

○𥛅，柴祭天神。或从示。

以槱燎祠司中司命者，春官大宗伯職文。今周禮祠作祀，爾雅釋詁祀祠並訓祭，故二字通用。說文示部祇下云『以豚祠司命也。』漢律曰，祠祇司命。』疑許所據周禮故書作祠，故說文於司命之祭用祠字，不用祀字也。二字本義有別，春祭曰祠，祀祭無已也。孫詒讓謂『說文引作祠者，蓋傳寫之誤。』恐未然。槱者，詩大雅棫樸毛傳云『槱，積也。』然但謂積薪。周禮槱燎連文，則兼謂燔燎。槱燎之燎本當作尞。許先引詩後引周禮，引詩所以證槱義之為積，引周禮所以證槱之兼有燎義也。惟云積火燎之，燎本訓放火，則積火於詞為贅，火亦不可言積。唐寫本說文木部殘帙作積木，是也。段玉裁依玉篇五經文字改積火為積木，正與唐本闇合。鄭玄周禮注訓槱為積，亦引棫樸詩證之，則知許之兼引兩經，不徒分證字義，且以明詩禮之相應，又引經之一例也。

都邑部　有先君之舊宗廟曰都。从邑者聲。周禮，距國五百里為都。當孤切

距國五百里為都者，今周禮無此文。小徐本作周禮制，蓋周禮說也。地

官載師職鄭司農注引司馬法曰『王國百里爲郊，二百里爲州，三百里爲野，四百里爲縣，五百里爲都。』漢書藝文志以司馬法入禮家，許之所偁，正與司馬法合。又天官太宰職『六曰邦都之職』，鄭玄注云『邦都去國五百里』，司會職『掌國之官府郊野縣都之百物財用』，注云『都去國五百里』，考工記匠人『以爲都城之制』，注云『都四百里，外距五百里』，後鄭諸注並可與許說相參也。

䣈 邑部　國甸，大夫稍稍所食邑。从邑，肖聲。周禮曰：任䣈地在天子三百里之內。所教切

任䣈地者，地官載師職文。彼云：『以家邑之田任稍地』，鄭玄注云：『故書稍或作削』，案天官大宰職『以九賦斂財賄，四曰家削之賦』，字正作削，鄭以削爲故書，則稍今書也。縣師稍人，字並從今書作稍。許引載師作䣈者，大宰釋文家削下云『本亦作稍，又作䣈』，是彼經又作本亦與許同。稍既爲今書，則䣈亦故書也，故書不必一本，故鄭云或作削。或者，明削以外當尚有別本也。稍削䣈三字同從

肖聲，故通用。然說文禾部云：「稍，出物有漸也。」刀部云：「削，鞞也，一曰析也。」本經主邑地言，則稍削皆段借字，郇從邑，正字也。阮元周禮注疏校勘記謂「許君以稍稍訓郇，則稍地字當以從邑作郇爲正，稍其義訓也。」阮以作郇爲正，甚是。但以稍爲義訓，似猶未悟稍乃今文，鄭本與許所據不必同也。段玉裁又謂「載師注文之削，大宰經文之削，皆當是郇之誤。」是又忽於鄭注或作之言，專以說文爲主，亦非也。許引經而又釋之曰在天子三百里之內者，案地官序官稍人注云：「距王城三百里曰稍。」許鄭字異說同。載師賈疏云：「名三百里地爲稍者，以大夫地少，稍稍給之，故云稍也。」此則字從鄭本，而釋以稍稍，實用許說。許又云國甸者，段氏疑有奪文，謂「此云國甸，即大宰之邦甸。邦甸去國二百里，家郇三百里，此當云國甸之外曰家郇。大夫稍稍所食邑。」愚案天官司會職注云：「野，甸稍也。」是以野兼晐甸稍。賈疏申注，謂「此依大宰九賦次弟釋之，郊外曰野，大摠之言，故此野當彼邦甸，又當彼家稍。」然則許以郇爲國甸者，或以甸郇同在野中，對文有別，散亦可通耳。孫詒讓曰：

「說文云國甸者。疑郁與甸地相比。故蒙其稱」。此說得之。

旐 从㫃部 龜蛇四游以象營室。游游而長。从㫃。兆聲。周禮曰。縣鄙建旐。治小切

縣鄙建旐者。春官司常職文。彼又云「龜蛇爲旐」。鄭玄注云「龜蛇。象其扞難辟害也」。許云。龜蛇四游以象營室者。蓋用考工記輈人文。輈人與司常義相應。故許本輈人作訓。而下引司常證之。鄭君輈人注云「龜蛇爲旐。縣鄙之所建」。亦以此經證彼經。又云「營室。玄武宿。與東壁連體而四星」。此則四游之所取象也。

王引之經義述聞謂「續漢書輿服志桓二年左傳正義太平御覽兵部皆引周禮龜旐四斿。今作龜蛇者。涉注文而誤也。說文旐字注亦當作龜旐。後人依俗本周禮改之耳」。愚案輈人上文「龍旂九斿。鳥旟七斿。熊旗六斿」。旂旟旗旐四物同類。則下文作龜旐爲是。王氏之說可據也。

旗 从㫃部 熊旗五游以象罰星。士卒以爲期。从㫃。其聲。周禮曰。率都建旗。渠之切

𢃄都建旗者。春官司常職文。今周禮𢃄作師。王念孫曰：「師當爲帥。說文引周禮作𢃄都建旗。帥𢃄古字通。則周禮本作帥都建旗。」段玉裁曰：「唐以前俗字帥作師。故誤爲師耳。」曾釗王紹蘭說略同。愚案地官序官族師鄭玄注云：「師之言帥也。」則師都猶帥都。不必定是誤字。又春官樂師注云：「故書帥爲𢃄。」是許引作𢃄者從故書。聘禮注曰：古文帥皆作𢃄。今作師者，帥之通叚字也。司常又云：「熊虎爲旗。」鄭注云：「畫熊虎者，鄉遂出軍賦，象其守猛莫敢犯也。」許云熊旗五游以象罰星。亦用考工記輈人文，與㫃下同例。今考工記作「熊旗六斿，以象伐也。」小徐本及韵會四支引說文罰正作伐。六斿者。鄭注謂：「伐屬白虎宿，與參連體而六星。」許云五游，與鄭本異。陸佃埤雅從說文，以考工六斿爲誤。孫詒讓曰：「依巾車革路條纓五就，旗斿數或當與纓就同。則許說亦可通。但此注以參伐連體六星爲釋，則鄭本自作六。若伐不連參，則止三星。亦不得爲五斿。許說與星象究不合也。」愚案孫說是。說文五游之五，或六字轉寫之譌。亦未可知。

旟（从㫃部）錯革畫鳥其上、所以進士眾、旟旟眾也、从㫃、與聲、周禮曰、州里建旟、以諸切

州里建旟者、春官司常職文、彼又云、「鳥隼為旟、」鄭玄注云、「鳥隼、象其勇捷也、」許訓錯革畫鳥其上者、襲爾雅釋天云、「錯革鳥曰旟、」此即許之所本、革鳥者、畫鳥於革也、爾雅詞簡不言畫、故許以畫字申之、解爾雅者、諸家各殊、郭璞注云、「此謂合剝鳥皮毛置之竿頭、即禮記云載鴻及鳴鳶、」公羊宣十二年徐彥疏引李巡云、「錯革鳥者、以革為之、置於旐端、」皆不言畫、郝懿行謂「李說即郭義所本、但旐端與竿頭異耳、」愚謂李云以革為之、疑是以皮革製成鳥形、太平御覽三百四十引爾雅舊注云、「刻革鳥置竿首、」與李說尚近、恐非郭所謂剝取皮毛也、公羊疏又引孫炎曰、「錯置也、革急也、畫急疾之鳥於旒、周官所謂鳥隼為旟者矣、」考詩小雅六月「織文鳥章、」毛傳云、「鳥章、錯革鳥為章、」彼孔疏亦引孫炎說、又引鄭志荅張逸云、「畫急疾之鳥隼、」是孫說蓋出於鄭、皆主畫鳥、與許說合、而以革為急、又與許異、王引之曰、「李郭之說皆

非也。鳥隼者，鳥中之隼，隼爲急疾之鳥，故謂之革鳥。錯革鳥曰旟，自當以孫說爲長。然訓錯爲置則非也。錯者，畫文之名，以采色涂於繒帛之上，使文理交錯，因謂之錯。若說文全涂謂之錯矣。」孫詒讓亦是孫矣而非李郭，謂「急疾之鳥與鄭此經注象其勇捷義同。」愚案王氏釋錯字甚精，以之解爾雅毛傳，自可備一說。然許君錯革之下而又言畫，則許意革字固不訓急，錯字更不訓畫矣。比量諸說，許解實較直捷。增一畫字，不煩多說，而意自明。爾雅明而周禮亦明，且周禮本言鳥隼爲旟，則許所云畫鳥者，自是畫隼。隼爲鷙鳥，人所共知，亦不須以革急狀之，而勇捷自見，則許與鄭義亦相受。段玉裁乃據韵會，謂「說文各本鳥上有畫字者，妄人所增。」恐不然也。

旃（㫃部）　旗曲柄也。所以旃表士眾。从㫃，丹聲。周禮曰：「通帛爲旃。」諸延切。○旜，旃或从亶。

通帛爲旃者，春官司常職文。今周禮作旜，即旃之重文。許以旃爲正字也。（儀禮亦作旜。惟詩干旄毛傳引周禮作旃，與說文同。）鄭玄注云：「通帛謂大赤，從周正色，無飾。」此蓋就經爲詁。許訓旗曲柄也者，謂曲柄之旗名旃，就字爲詁也。爾雅釋天云：「因章曰旃。」郭璞注云：「以帛練爲旒，因其文章，不復畫之。」下即引此經爲證。左傳僖二十八年孔疏引孫炎云：「因其繒色以爲旗章，不畫之也。」釋名釋兵亦云：「旃通以赤色爲之，無文采。」此並與鄭君大赤無飾之義合。許雖以旗曲柄爲旃之本義，然旃從丹聲，形聲兼意，則大赤之義亦在其中。惟曲柄之旃，禮經無見文。漢書田蚡傳「列曲旃」，集注引蘇林云：「禮，大夫立曲旃。曲旃，柄上曲也。」段玉裁謂「蘇林所據禮，正與周禮司常孤卿建旜、大司馬帥都載旜合。帥都，遂大夫也。左傳曰：昔我先君之田也，旃以招大夫，正謂大夫用旃也。」孫詒讓曰：「左傳不云曲旃，蘇說與此經大夫建物文亦不合，恐非古法。」愚案孫說是也。蘇林所偁禮，不必周禮，或秦漢以來有此制，故許君亦用之以作訓。其引周禮，蓋以證此曲柄之旃，於古則以通帛爲之也。

盟 囧部

周禮曰：國有疑則盟。諸侯再相與會，十二歲一盟。北面詔天之司慎司命。盟，殺牲歃血，朱盤玉敦，以立牛耳。从囧，从血。武兵切〇

盟，篆文从朙。〇盟，古文从明。

國有疑則盟者、秋官司盟職文、彼云、『司盟掌盟載之灋、凡邦國有疑會同、則掌其盟約之載及其禮儀、北面詔明神、既盟則貳之、』此蓋約舉之也、其下又隱栝左傳周禮禮記之文以爲說、左昭十三年傳云、『明王之制、使諸侯再朝而會、再會而盟、』故許云諸侯再相與會十二歲一盟也、杜預左傳注云、『三年而一朝、六年而一會、十二年而一盟、』與許說合、左襄十一年傳云、『載書曰、凡我同盟、或閒茲命、司愼司盟名山名川羣神羣祀先王先公七姓十二國之祖、明神殛之、』盟告諸神而先稱二司、故許但云北面詔天之司愼司命也、惟左氏言司盟、許言司命爲異、段玉裁謂『司愼司命、蓋大宗伯職之司中司命、文昌宮弟五弟四星也、』又以許證左、謂『今左傳盟與命二字互譌、』如段說、則左傳當作或閒茲命司愼司命、此固可備一解、然考儀禮覲禮鄭注云、『會同而盟、明神監之、則謂之天之司盟、』是作司盟舊矣、許作司命、或別有所據耳、錢坫桂馥王筠皆以說文命字爲衍、如其說、則司字與下文盟字連讀、正與左傳合、或又謂盟命亦古同聲通用字、周禮天官玉府職云、『若合諸侯、則共珠槃玉敦、』夏官戎右職又云、『盟則以玉敦辟盟、遂役之。贊牛耳桃茢。』禮記曲禮下云：『涖牲曰盟。』故許云盟殺牲歃血朱盤玉敦以立牛耳也。小徐本作盟殺牲啑血珠盤玉敦以立牛殺其耳也朱者珠之省。槃敦皆器名。鄭司農以玉敦爲歃血玉器，則珠當爲槃飾。立者涖之借。涖，臨也。立牛耳，即涖牲。徐鍇曰：『主盟者執其牛耳立于槃中。』可謂望文生義鄭玄玉府注云：『合諸侯者必割牛耳，取其血歃之以盟。珠槃以盛牛耳，尸盟者執之。』是其事也。公羊隱元年傳何休注云：『盟者殺牲歃血。』亦同許說。

鼏鼎部　以木橫貫鼎耳而舉之。从鼎，冂聲。周禮：廟門容大鼏七箇。即易玉鉉大吉也。古熒切

廟門容大鼏七箇者，考工記匠人文。今周禮箇作个，鼏作扃。大小徐本說文無个字，六書故引唐本說文箇或作个。許蓋以箇爲正字也。鄭玄注云：『大扃，牛鼎之扃，長三尺。』許引作鼏，訓爲以木橫貫鼎耳而舉之，則鼏乃舉鼎之具。鄭就經爲說，故言其長。由扃之長可以度廟門之廣也。許就字爲說，故言其用。字雖異而物則同。然說文戶部云：『扃，外閉之關也。』則作扃爲叚借字。作鼏本字也。關者以木

橫持門戶，亦猶鼏之以木橫貫鼎耳，故扃鼏相通矣。曲禮孔疏曰：禮有鼎扃，所以關鼎，今關戶之木與關鼎相似，亦得稱扃。惟扃既為鼏之借，扃從同聲，說文以同為冂之古文，則鼏當讀古熒切，與扃音同，篆亦當從冂聲。今大小徐本並從冖聲作鼏，讀莫狄切，形音皆與義訓不相應。故王念孫謂「說文鼎部當別有鼏字，從鼎冂聲。今徐本鼏下所解，即鼏字義也。」段玉裁則逕增鼏篆，移鼏下說解以注之，而於鼏篆下補「鼎覆也，從鼎冖，冖亦聲」九字。蓋儀禮本有鼏字，十七篇中扃鼏凡十許見，公食大夫禮「設扃鼏，鼏若束若編」，鄭注云：「扃，鼎扛，所以舉之。凡鼎鼏蓋以茅為之，長則束本，短則編其中央。今文扃作鉉，古文鼏皆作密。」案鄭君以鼎扛釋扃，正與許以橫木舉鼎釋鼏合，益足為鼏即扃本字之确證。鉉為今文，故許又引易玉鉉於鼏下，以明易之鉉即禮之鼏。金部鉉下曰：「舉鼎也，易謂之鉉，禮謂之鼏。」今說文鉉下作鼏，亦當作鼏。與此可以互照。至鼏之古文作密，此鼏乃讀莫狄切，與密字音近，其義則鼎冪也。玉篇訓為鼎蓋，說文山部云：「密，山如堂者。」是作密亦叚借字也。今禮經於扃則從古文，於鼏則從今文。段氏又謂周禮故書作鼏，今書作扃。

儀禮古文本亦作𡨦，後人因𡨦𡨦連文俗易仞爲一字，故上字改爲同音之扃。案此亦可備一說。若皆用本字，扃𡨦即𡨦𡨦矣。二篆形近易淆，說文復有奪亂，遂滋後人之惑。段氏補篆補注，於許意經指葢兼得之，故今依段說。

稹 禾部 種概也。从禾，眞聲。周禮曰：稹理而堅。之忍切

稹理而堅者，考工記輪人文。鄭玄云：『稹，致也。』鄭司農云：『稹讀爲奠祭之奠。』許訓稹爲種概也者，案種下云：『埶也。』概下云：『稠也。』種概謂埶禾之稠者。引申爲凡稠密之偁。此經下文云：『疏理而柔。』稹與疏相對，稹理即稠理矣。葢亦引經說叚借之例。後鄭釋稹爲致者，致與緻通，亦有堅密之義，與許說略同。禮記聘義鄭注云：『縝，致也。』彼釋文云：『致本作緻。』稹之爲致，猶縝之爲致矣。先鄭讀稹爲奠者，段玉裁周禮漢讀考改讀爲爲讀如，謂『讀如奠者擬其音。今本作讀爲，非也。漢時奠音如震。』孫詒讓從段說。愚案春官瞽矇『世奠繫』後鄭注云：『故書奠或爲帝。』是奠與帝通。說文上部云：『帝，諦也。』詩鄘風君子偕老篇毛傳云：『審諦如帝。』審諦亦密察之意，故稹或與奠通。疑先鄭自主易字，未必作讀如

也。又案榎之忍切。等韵家屬照母爲正齒音。奠堂練切。等韵家屬定母爲舌頭音。正齒舌頭。慮有洪細。古音大較不別。又眞聲有瑱他甸切屬透母。與奠同類。但有淸濁之異。此又榎奠二字聲類相通之一證。

稌 禾部 稻也。从禾。余聲。周禮曰。牛宜稌。徒古切

牛宜稌者。天官食醫職文。鄭司農云。「稌。稉也。爾雅曰。稌。稻也。」許亦訓稻。即本爾雅。先鄭訓稉者。釋文云。「稉。本亦作秔。」案說文以稉爲秔之或體。秔訓稻屬。言屬則與稻微別。程瑤田九穀考。謂「詩禮記左傳以稻爲黏者之名。而食醫之職牛宜稌。鄭司農以稉釋稻。稉其不黏者也。是以知稌稻之爲大名也。」段玉裁則謂「稻有至黏者。稬是也。有次黏者。稉是也。散文稉亦偁稻。對文則別。」孫詒讓曰。「先鄭意蓋謂食稻宜用不黏者。故即以稉釋稌也。」愚案先鄭又續引爾雅。正欲以雅訓申其說。明稉屬於稻。而稻可以晐稉耳。

秅 禾部 二秭爲秅。从禾。乇聲。周禮曰。二百四十斤爲秉。四秉曰筥。十筥曰稯。十稯曰秅。四百秉爲一秅。宅加切

二百四十斤為秉。四秉曰筥。十筥曰稯。十稯曰秅。四百秉為一秅者。今周禮無此文。四秉曰筥以下。見儀禮聘禮記。段玉裁謂『周禮當是本作禮記。許書之例。謂周官經曰周禮。謂十七篇曰禮。十七篇之記謂之禮記。』嚴可均亦謂『周字校者所加。許引儀禮無稱周禮者也。』至二百四十斤為秉七字。則聘禮記亦無之。彼記上文說致禮之米云。『十斗曰斛。十六斗曰藪。十藪曰秉。』又云。『二百四十斗。』鄭注云。『謂一車之米。秉有五藪。』（有與又同。秉有五藪。謂秉又加五藪為二百四十斗）也。案記以斗斛藪秉連文。則彼秉乃米之量名。且據鄭注。又知二百四十斗乃一車之米數。非一秉之米數。今說文斗作斤。而又有為秉二字。亦與彼記不合。桂馥主從說文。疑聘禮記二百四十斗。斗當為斤。其下脫為秉二字。段氏則從聘禮記。謂說文此七字妄人所增。似皆未允。考周禮地官載師賈疏引五經異義古周禮說有出禾芻秉釜米之文。其芻秉之數。正為二百四十斤。（今注疏本斤作六。蓋誤字。）陳壽祺謂『說文所稱出周禮說。故異義據之。』孫詒讓亦謂『許稱周禮者。謂此經舊師說。故異義古周禮說與說文同。』如陳孫言。則許所云二百四十斤者。乃禾數而非米數。計米計禾。各自爲法。聘記前後文亦不相蒙。其四秉曰筥以下。亦是說禾。故鄭注云。『此秉謂刈禾盈手之秉也。詩云。彼有遺秉。』賈疏申之曰。『此對上文秉爲量名也。引詩者。證此秉爲盈手。』又周禮秋官掌客鄭注亦引聘禮此文而釋之曰。『米禾之秉筥。字同數異。禾之秉手把耳。』尋說文又部秉下云。『禾束也。從又持禾。』秝部兼下云。『并也。從又持秝。兼持二禾。秉持一禾。』是鄭訓禾秉與許義正同。然則秅者。蓋禾把之總數。就周禮論。許鄭所主雖或殊。而說文秅下之秉。必不涉米量之數。斷可知也。

竁 穴部 穿地也。从穴。毳聲。一曰小鼠聲。周禮曰。大喪甫竁。充芮切

大喪甫竁者。春官冢人職文。彼云。『大喪既有日。請度甫竁。』此約詞也。鄭玄本文竁字無訓。小宗伯職『卜葬兆甫竁。』彼注云。『鄭大夫讀竁皆爲穿。杜子春讀竁爲毳。皆謂葬穿壙也。今南陽名穿地爲竁。聲如腐脃之脃。』段玉裁漢讀考曰。『經文本作毳字。大夫易爲穿字。子春易爲竁字。後人用子春語改經文作竁。則又將注文毳

竁互換。而文義不可通矣。』但段氏說文注又謂『大夫讀竁為穿者。易其字也。子春讀竁如毳者。擬其音也。』此則但以杜之讀為作讀如。而於經文之竁則如故。說文注之成在漢讀考後。段蓋欲以後說訂前說也。愚案許引經文作竁。則竁字自非後人所改。竁從毳聲。則杜讀正用造字之本音。大夫讀為穿者。惠士奇禮說云『漢書王莽掘東平共王母丁姬故冢。時有羣燕數千銜土投穿中。師古曰。穿謂壙。水經注引漢書穿中作竁中。則竁讀為穿信矣。』是以穿為竁。漢時自有此語。而大夫從之。後鄭兼引大夫子春之讀而曰皆謂葬穿壙也者。明兩家讀異而義同也。又引南陽云云。則後鄭音讀似主於杜。許君訓竁為穿地也。一曰小鼠聲。（大徐本無聲字。此從小徐本。玉篇注同。）愚謂蓋小鼠齧物之聲。與南陽聲如腐脃之脃正同。許引經在一曰之下。蓋亦義同大夫而音從子春矣。

窆（穴部） 葬下棺也。从穴乏聲。周禮曰。及窆執斧。（方驗切）

及窆執斧者。地官鄉師職春官冢人職文。鄉師注『鄭司農云。窆謂葬下棺也。春秋傳曰。日中而塴。禮記所謂封者。』許亦訓葬下棺。與先鄭義同。先鄭又引春秋傳及禮記者，所以廣異文。段玉裁曰：『此謂窆塴封三字雖異，實一事也。塴從崩聲，在古音蒸登部，窆從乏聲，在古音侵緝部，封在古音冬鍾部，其音通轉相近，語言斂侈而字因之異焉。不特異字同義，實一語也。』愚案說文土部堋下亦引春秋傳周官及禮，與此條可以互照。

㝱 部首

寐而有覺也。从宀从爿，夢聲。周禮，以日月星辰占六㝱之吉凶，一曰正㝱，二曰咢㝱，三曰思㝱，四曰悟㝱，五曰喜㝱，六曰懼㝱。莫鳳切

以日月星辰占六㝱之吉凶，一曰正㝱，二曰咢㝱，三曰思㝱，四曰悟㝱，五曰喜㝱，六曰懼㝱者，春官占夢職文。今周禮字皆作夢。釋文云：『夢，本又作㝱。』是又作本正與許所引合。說文夕部夢訓不明，則作夢為叚借字，作㝱正字也。咢，今周禮作噩，杜子春云：『噩當為驚愕之愕。』案噩字說文所無，心部亦無愕字。考爾雅釋天云：『大歲在酉曰作噩。』彼釋文云：『噩，本或作咢。』以彼例此，疑杜注本作驚咢，咢者㖾之隸變，㖾訓譁訟，其字從吅，吅訓驚嘑，則㖾亦有驚義。

說文辵部遻從咢訓為相遇驚也是其證然則許作咢者即取義於驚咢此字蓋從杜也王引之曰「噩即咢字也凡字之從吅從㗊者皆同意故從吅之字亦可從㗊噩字從㗊屰聲今作噩者其屰字曲畫隸皆變作直畫又省而為王耳然則噩即咢之或作非俗書也故杜破噩為愕而鄭不改字」案此說可備一解悟今周禮作寤小徐本同說文心部悟訓覺㝱部寤訓寐覺而有信曰寤是兩字並有覺義亦非大異然寤下一曰晝見而夜㝱也孫詒讓謂「此一訓似即釋寤夢之義」則當以作寤為正小徐本可據也要之六㝱雖殊其為寐而有覺則一故許引之以為證莊子齊物論「其寐也魂交其覺也形開」墨子經上篇「夢臥而以為然也」列子周穆王篇「神遇為夢」皆可與許說相參鄭玄占夢二字無釋上文大卜「掌三夢之灋」彼注云「夢者人精神所寤可占者」賈疏申之曰「謂人之寐形魄不動而精神寤見覺而占之」案賈以寐字足寤即用許義也

痟 疒部　酸痟頭痛从疒肖聲周禮曰春時有痟首疾　相邀切

春時有痟首疾者天官疾醫職文鄭玄注云「痟酸削也首疾頭痛也」許訓痟為酸痟頭痛亦與鄭合但鄭就經為說故痟與首疾分

別解之。削與痟同從肖聲。故又以削釋痟。許就字爲說。故先以酸痟釋之。而以頭痛申之。然鄭句雖分讀。義實一貫。謂痟即是首疾也。許雖專訓一字。亦一意而分兩讀。謂頭痛即是酸痟也。頭痛而謂之酸痟者。孫詒讓證以金匱要略神農本草經。謂「凡首及四肢並有酸痟之痛。而春之癘疾。其酸痟則多在首。故本經云痟而又云首疾也。」賈疏曰「春是四時之首。陽氣將盛。惟金沴木。故有頭首之疾。言痟者。謂頭痛之外別有酸削之痛。」此乃析痟與首疾爲二事。宜曾釗詆其失鄭意矣。又案文選左思蜀都賦「味蠲癘痟。」劉淵林注云「痟。頭痛也。」即本許義。但劉又引周禮「春多痟首之疾。」離首與疾而以之字間之。合痟首爲一名。亦似誤讀經文。

罷 网部 遣有辠也。从网能。言有賢能而入网。而貰遣之。周禮曰。議能之辟。薄蟹切

議能之辟者。秋官小司寇職文。此偁經說罷字從能會意之指。所以證字形也。經文但言能。許並舉賢能者。蓋兼本經上文議賢言之。對文賢能有別。散則賢亦能也。又說文能部首云「能獸堅中。故稱賢

能」是賢能連文，葢爲成語，擧能可以晐賢，賢之古文作臤，臤即堅也。鄭玄注云：「賢謂有德行者，能謂有道藝者。」又引春秋傳「猶將十世宥之以勸能者」爲證。案宥者寬也，許云入网而貰遣之，與宥義亦同，故惠棟引說文此條以爲周禮古義。

幎巾部　幔也。从巾，冥聲。周禮有幎人。莫狄切

幎人者，天官之屬。今周禮作冪，孫詒讓謂「冪即幎之變體，宋嘉祐石經依說文作幎，輪人亦有幎字。」是也。天官序官鄭玄注云：「以巾覆物曰冪。」葢就本官職掌爲說。許訓幔也者，就字爲說也。幎幔雙聲字，字皆從巾，即巾之類。儀禮大射「冪用錫若絺」，鄭彼注云：「冪覆尊巾也。」鄉飲酒記「尊綌冪」，注同。公食大夫記「簠有葢冪」，注云：「冪巾也。」小爾雅廣服云：「大巾謂之冪。」皆其證。冪既爲巾，本是名詞，引申之則以巾覆物亦曰冪，乃以名詞爲動詞，此經鄭注是也。因之掌共巾冪者亦謂之幎人矣。許君引此，亦證引申之義。段玉裁謂「凡以物冡其上曰幔，與幎互訓」，似以冡覆爲幎幔之本義，恐未確。

幦 巾部

髼布也。从巾。辟聲。周禮曰。駹車犬幦。莫狄切

駹車犬幦者、今周禮無此文。春官巾車職云。「木車犬䙢。素車。犬䙢。駹車然䙢。」諸家皆謂許所偁即此經。段玉裁以爲「葢許一時筆誤。如或簸或舀之比。」嚴可均以爲「許所見本與今異。或引述偶舛也。」愚案說文衣部無䙢字。䙢葢幎之別體。幎亦作冪。儀禮既夕記「白狗幦」。鄭玄注云。「古文幦爲冪。」是其證。幎通作幦者。幎從冥聲。古音在青部。幦從辟聲。古音在支部。青支對轉。故幎亦爲幦矣。許與鄭本異字。疑許所據或故書有別本耳。然駹車而言犬幦。大徐本作犬幦此從小徐又與經言然䙢殊。鄭玄注云。「然。果然也。」賈疏申注曰。「云然果然也者。果然獸名。是以賈氏亦云然獸名也。」案疏所偁賈氏。即賈逵周禮解詁中語。孫詒讓謂「許述此經皆從賈景伯讀。後賈疏引賈本亦作然。則今本說文之譌明矣。」是知犬幦之犬。正當作然。使非如段嚴所謂筆誤偶舛。則是傳寫說文者涉本經上文。兩犬䙢字而譌耳。又許以髼布釋幦。周禮之䙢。鄭司農以爲「覆笭。」則用皮爲之。禮記玉藻有羔幦鹿幦。與士喪禮之白狗幦。其用並

同，皆皮也，非布也。段氏謂「車覆笭古無用桼布者」，是許引此經亦證引申之義。蓋辟從巾，自以布為本義，系羔鹿犬然諸字於辟之上，則轉而為皮辟耳。承培元曰：「巾車止言王之喪車五乘而不及諸侯以下，是尊者以皮，其賤者唯得用髤布耳，是皮稱辟而布亦稱辟也。」今案玉藻所言，即諸侯大夫士之吉禮，士喪禮所言，即大夫士之凶禮，而皆用皮，知承說非是。

傀 人部 偉也。从人鬼聲。周禮曰：「大傀異。」公回切 ○瓌傀或从玉，裹聲。

大傀異者，春官大司樂文。彼云「大傀異烖」，小徐本及韵會十灰引說文亦有災字。案此經釋文曰：「傀，說文以為傀偉之字。」解引此文。」據陸氏言，則許引必為全句。小徐本有災字者是，大徐本誤奪之。災即烖之籀文也。鄭玄注云：「傀猶怪也。大怪異烖，謂天地奇變若星辰奔霣及震裂為害者。」許訓傀偉也，偉下云奇也，則傀亦為奇。鄭雖云傀猶怪，然又以奇變申怪異，正與許同。

僤 人部 疾也。从人單聲。周禮曰：「句兵欲無僤。」徒案切

句兵欲無僤者，考工記廬人文。今周禮作彈，鄭玄注云：「故書彈或

作但。鄭司農云。但讀爲彈丸之彈。彈謂掉也。』段玉裁漢讀考謂『此注當云故書彈或作僤。』其說文注又曰。『經文彈字疑本作僤。彈乃先鄭所易字。』惠士奇亦謂『此注但字爲僤之誤。』阮元校勘記又謂『故書作但。今書作僤。皆從人旁。因鄭司農讀但爲彈丸之彈。淺人遂援以改經矣。』愚案先鄭此注後鄭無駁。則今作彈者。後鄭從先鄭也。未必淺人所改。說文人部云。『但。裼也。』則故書作但爲古文段借字。許引作僤。本字也。後鄭以但爲故書之或作。明但以外當有別本。則僤亦故書也。亦未必但爲僤誤。僤與彈同從單聲。故二字通用。先鄭易但爲彈。許君舍但從僤。僤訓疾者。疾謂速也。與先鄭掉義亦相足。疑許說本賈侍中也。

褘 衣部 蔽厀也。从衣。韋聲。周禮曰。王后之服褘衣。謂畫袍。許歸切

王后之服褘衣者。天官內司服職文。彼云。『王后之六服。褘衣揄狄闕狄鞠衣展衣緣衣素沙。』許但引證褘字。故節取之。引經而又釋之曰謂畫袍者。明經義與本義殊。所以說段借也。鄭司農云。『褘衣。畫衣也。』呂飛鵬謂『許說與先鄭合。』段玉裁則謂『說文袍當作衣。

」愚案鄭玄注云『六服皆袍制』賈疏申之曰『男子袍既有衣裳今婦人衣裳連則非袍而云袍制者正取衣複不單與袍制同不取衣裳別爲義也』然則許云畫袍葢必有所受之後鄭說正與許應又案釋名釋衣服云『袍丈夫著下至跗者也袍苞也苞內衣也婦人以絳作衣裳上下連四起施緣亦曰袍義亦然也』劉氏此說亦其旁證惟禮記襍記鄭注亦云六服皆袍制彼經孔疏謂『連衣裳有表裏似袍』此經賈疏但取衣複不單不若孔說之諦

顅 頁部　頭鬢少髮也从頁肩聲周禮數目顅脰 苦閑切

數目顅脰者考工記梓人文鄭玄注云『顅長脰貌故書顅或作牼鄭司農云牼讀爲鬜頭無髮之鬜』賈疏申之曰『時俗有以無髮爲鬜故讀從之亦取音同也』愚案說文髟部云『鬜鬢禿也』則頭無髮非其本訓許訓顅爲頭鬢少髮也此則兼頭言之鬢屬於頭是正字當作顅後鄭以牼爲故書明顅者今書鬜則俗語也許字從今書而義與先鄭合說或本之賈侍中然經以顅脰連文說文內部云『脰項也』以顅狀脰當取顅之引申義猶言項少毛耳徐養原

周官故書考曰、「依先鄭說、則脰當爲頭、古頭脰通、士相見禮左頭、今文頭爲脰。」段玉裁亦曰、「司農意謂鳥頭毛短也。」（此見段氏說文注、其漢讀考曰、司農與說文彡部合、謂羽屬項無毛也。）此亦可備一解、但恐許意未必如是。後鄭訓顅爲長脰貌者、案顅無長義。惠士奇戴震並擧莊子德充符篇「其脰肩肩」爲況。段氏說同、謂「肩卽顅。」然考莊子釋文肩肩下曰「李頤云、羸小貌。崔譔云、猶玄玄也。梁簡文帝云、直貌。」皆無訓長者。孫詒讓主簡文義、謂「此經顅脰、亦項長而直之貌也。」愚謂此經上文說臝屬有短脰、本文顅脰以說羽屬。後鄭意羽屬頭不必毛短、項亦不必少毛、而引項長鳴則羽屬皆然、故經文又云「其聲淸陽而遠聞。」因之字不從先鄭義、不同許、而易之曰長脰貌、以與上文短脰對。以顅爲長、疑取喉牙相轉而借爲頡。顅從肩聲、古音在寒部、頡從吉聲、古音在眞部、眞寒音又相近。說文云、「頡、直項也。」正與簡文直貌合、引申之亦得爲長矣。至故書之牼、案說文牛部云、「牼、牛厀下骨也。」借牛脛之字以爲鳥頭、不惟音同、義似相反、而亦相因。

魃鬼部　旱鬼也。从鬼。犮聲。周禮有赤魃氏。除牆屋之物也。詩曰。旱魃爲虐。蒲撥切

赤魃氏者。秋官之屬。其職「掌除牆屋。凡隙屋除其貍蟲」。今周禮作赤犮氏。秋官序官鄭玄注云「赤犮猶言捇拔也。主除蟲豸自埋者」。案鄭以拔釋經之犮。以埋釋經之貍。拔從犮聲。蓋取聲訓。貍者釋文音莫皆反。即薶之借字。埋字說文所無。則薶之俗也。許引作魃。亦從犮聲。蓋所據本有異。阮元周禮校勘記謂「魃爲壁中故書。當是古文段借字」。云除牆屋之物也者。物亦即經之貍蟲。呂飛鵬周禮古今文義證謂「鄭云捇拔。與許云除牆屋之物義同」是也。然既以犮除爲義。則是引周禮證從犮聲。非證魃之本義也。引詩乃證本義。段玉裁謂「物讀精物鬼物之物。故毆之之官曰赤魃氏。許說義亦與鄭異。蓋賈侍中說與」。此亦可備一解。孫詒讓從段說。

庌广部　廡也。从广。牙聲。周禮曰。夏庌馬。五下切

夏庌馬者。夏官圉師職文。鄭玄注云「故字庌爲訝。鄭司農云。當爲庌。玄謂庌。廡也。廡所以庇馬涼也」。案故字即故書。說文言部訝訓相迎。則故書作訝爲段借字。許引作庌。與先鄭同。段玉裁謂「許君

從司農易字』是也後鄭釋序為廡即用許義廡者許訓『堂下周屋』業釋名釋宮室云『大屋曰廡廡幠也幠覆也并冀人謂之序』然則以廡為序蓋當時方俗有此偁故許鄭皆從之孫詒讓曰『檀弓注云「夏屋今之門廡也其形旁廣而卑」又漢書董仲舒傳晉灼注云「廊堂邊廡也」則序廡之形蓋長廣而卑與廊同夏時暑埶故為長廣之屋以庇馬使涼吳子治兵篇說治馬云「夏則涼廡」涼廡即序馬也』孫氏此說可申許鄭之義

廄 广部 馬舍也从广𣪘聲周禮曰馬有二百十四匹為廄廄有僕夫

居又切

馬有二百十四匹為廄廄有僕夫者見夏官校人職彼云『乘馬一師四圉三乘為阜阜一趣馬三阜為繫繫一馭夫六繫為廄廄一僕夫』注曰『鄭司農云四疋為乘玄謂二耦為乘自乘至廄其數二百一十六匹易乾為馬此應乾之策也』據此則許所偁蓋周禮說非經有此文也云二百十四匹為廄其數不合四當為六之譌可以後鄭之注訂之玉篇广部云『廄二百六十匹馬也』疑即本之說

文，而六十兩字誤倒。

廇 广部 久屋朽木。从广，酉聲。周禮曰：牛夜鳴則廇。臭如朽木。與久切

牛夜鳴則廇者，天官內饔職文，許引經而又釋之曰：臭如朽木者，廇字從广，本義為屋之朽木，屋久則木朽，木朽則臭，義之相因者也。而牛之臭似之，故許舉以說叚借。鄭司農注云：『廇，朽木臭也。』知許說蓋又本先鄭。賈疏申注曰：『驗今朽木其氣實臭，故云朽木臭也。』不知證以說文，疏矣。禮記內則亦有此文，鄭玄彼注云：『廇，惡臭也。春秋傳曰：一薰一廇。』案僖公四年左傳廇本作蕕，此鄭依禮記改字，非所見左傳有異。賈疏亦引內則注，字仍作蕕，惟又謂『此司農以其朽木臭即與一薰一蕕同，故鄭不引之。』語殊欠分曉。左傳杜預注云：『蕕，臭草。』推康成意，蓋以草臭木臭其類同，廇蕕聲又相近，故注內則引之以為例。其於周禮，則以先鄭已言木臭，彼此兩注互見，自不煩重引也。周禮釋文又引干寶云：『廇，病也。』蓋臭由病出，亦廇義之引申。廣雅釋詁云：『⿸疒酉，病也。』說文疒部無⿸疒酉字，則廇之隸增也。

銅鐵樸石也。从石。黃聲。讀若穬。古猛切 ○ 丱。古文磺。周禮有丱人。

丱人者。地官之屬。地官序官鄭玄注云。『丱之言礦也。金玉未成器曰礦』賈疏釋之曰。『經所云丱。是總角之丱字。此官取金玉。於丱字無所用。故轉從石邊廣。以其金玉出於石。左形右聲。從礦字也』如賈說。則周禮之丱。葢同音叚借字。鄭以其義不協。故以礦易之耳。段玉裁嚴可均據五經文字。『丱。說文以爲古卵字』九經字樣云。『丱卵。上說文。下隸變』因疑唐本說文丱在卵部。磺下之丱爲淺人妄增。或又謂古時字少。丱字實兼樸石總角與卵三義。愚案說文無礦字。礦乃磺之隸增。丱下古文磺之礦當作磺。鄭注丱之言礦亦當作丱之言磺。正以今字釋古字。葢即採之許說。許訓磺爲銅鐵樸石。鄭云金玉未成器者。未成器即樸也。義亦相足。因隸變作礦。公彥乃有石邊廣之言。疑非鄭注本字。校說文者又依周禮注疏本改丱下之磺作礦。更非也。總角丱兮之丱。見詩齊風。毛傳訓爲幼穉。案髮彼兩髦。形雖與丱相似。然義不可見。恐亦非其本。說文卵爲部首。有叚爲其屬。九經字樣以卵爲卝之隸變。許君似不得以隸變當正篆。玉篇卵下不云古文作卝。廣韵二十四緩卵下無卝。三十八梗卝下無卵。集韵亦然。又皆其旁證。然則今本說文殆未可疑也。餘杭章先生曰。「卝蓋象礦䶣从橫。猶卜象龜兆从橫。此初文純象形也。詩之卝字。當是𠂇字隸省。𠂇爲羊角。正象總角之形。卵果作卝。於象形指事何取。𠂇由歌對轉寒。讀古患切。適與卵字古音相合。不得謂爲同字也。」斯說足解諸家之紛矣。

硩（石部） 上摘山巖空青珊瑚墮之。从石。折聲。周禮曰。有硩蔟氏。（丑列切）

硩蔟氏者。秋官之屬。此當云周禮有硩蔟氏。曰字誤衍。秋官序官注曰。「鄭司農云。硩讀爲擿。玄謂硩古字。从石。折聲。」據此則許引作硩。從古文也。後鄭解釋字形。疑亦本諸許說。（段玉裁漢讀考曰。「从石。折聲。折當作析。傳寫之誤。析聲、適聲同在古音支部。折聲在脂部。硩爲擿之古字。則知必析聲也。許以摘訓硩。取其同音。篆文必作硩。析聲。今本作硩。折聲。亦是差繆。」案此說王念孫已辨其誤。）許訓爲上摘山巖空青珊瑚墮之者。文選左思吳都賦「硩陊山谷。」李善注引說文此條摘字作擿。正與先鄭讀爲摘同。是許之訓義又從先鄭也。空青珊瑚皆石之類。故其字從石。以擿石為本義。引申為凡擿取之偁。故掌覆夭鳥之巢者亦以硩蔟氏名官矣。後鄭字雖不從先鄭。而解硩與許合。且亦但以硩擿為古今字。非謂有二義也。賈疏乃謂「先鄭意以為杖擿破之。故從擿。後鄭意以石物等投擲為義。故不從先鄭。」又謂「硩從石折聲者。以石投擲毀之。」此雖主申後鄭。然以硩字從石而遂謂投石。不惟近於望文。亦失後鄭之指。

而 部首 頰毛也。象毛之形。周禮曰。作其鱗之而。如之切

作其鱗之而者。考工記梓人文。鄭玄注云。「之而。頰顉也。」孫詒讓謂「鄭蓋以之而為疊韵連綿語。其義則為頰顉也。」愚案許訓而為頰毛。則鄭意似以頰釋而。以顉釋之。說文頁部云。「顉。禿也。從頁气聲。」義雖為禿。然以气為聲。气之引申有上出之義。之者出也。故從气之顉與之通矣。戴震曰。「鱗屬頰側上出者曰之。下垂者曰而。須鬣屬也。此以人體之稱施於物也。」戴說蓋以補鄭。王引之曰。「說文顉。禿也。禿為無髮。則不可以言作矣。鄭說非也。今案而。頰毛也。

之猶與也。作其鱗之而，謂起其鱗與頰毛也。古人連及之詞，或言與或言之。說文釋而不釋之，然則之為語詞，非實義所在矣。戴氏乃云頰側上出曰之。此未達古人語意而輕為之說也。」愚謂王氏此說以之解經，可自成一義。戴本補鄭，王既難鄭，宜議及於戴矣。然謂說文釋而不釋之，一若許君之意亦以之為語詞者，則未是。說文之例，引經以證本字為主。此引在而下，自不釋及之字。其於經文之字義與後鄭異同，固不可知也。

焌火部　然火也。从火，夋聲。周禮曰：「遂龡其焌。」焌火在前，以焞焯龜。子寸切，又倉聿切

遂龡其焌者，春官菙氏職文。彼云：「菙氏掌共燋契，以待卜事。凡卜以明火爇燋，遂龡其焌契，以授卜師。」許君焌下燋下分別引之，各證一義。今周禮龡作龡者，阮元謂從炊省，是也。鄭注曰：「杜子春云：燋謂所爇灼龜之木也。契謂契龜之鑿也。焌讀為英俊之俊。玄謂士喪禮曰：『楚焞置于燋，在龜東。』楚焞即契，所用灼龜也。焌讀如戈鐏之鐏，謂以契柱燋火而吹之也。契既然，以授卜師，用作龜也。」賈

疏曰：「杜焌讀為英俊之俊者，意取荊樵之中英俊者為楚焞用之灼龜也。後鄭讀從曲禮云進戈者前其鐏，意取銳頭以灼龜也。」愚案此經句讀訓義，杜鄭皆不相同。依杜說，則灼龜用燋，鑿龜用契，契字下屬為句。依鄭說，則焌契連讀，契即灼龜之木，鑽灼是一事，而非別有所謂鑽鑿也。許君讀從焌字句絕，蓋與杜同，而解焌則與杜鄭皆異。云焌然火也者，字之本義也。云焌火在前以焞焯龜者，焞與灼通，所以釋周禮也。然周禮言焌不言焞，儀禮士喪言焞不言焌，許謂以焞焯龜，則亦兼用儀禮之文。又儀禮焞燋並出，周禮但言爇燋，經文遂歛其焌，蒙上爇燋而來，則其焌者，燋之焌也。許云焌火在前者，孫詒讓謂「即燋之前端火所爇者。」劉師培禮經舊說亦曰：「焌即燋前端所燃之火。」是知焌屬於燋，歛焌所以使燋然，然燋即所以灼龜。玩周禮文意當如是。然許不云以燋灼龜而云以焞者，蓋二禮皆言卜事，周禮不如儀禮節次之詳，儀禮楚焞置于燋，則焞燋本為二物。先爇燋以及焞，由焞以及龜，灼龜者焞而非燋。周禮文簡，舉燋以晐焞，故許於此特表而出之。段玉裁說文注疑許說似有舛誤者非也。杜子春不悟周禮燋外有焞，其讀焌爲俊，自當言燋之後出者，則與許說焌火在前亦似有合。徐養原曰：焌之爲俊，同音相借也。焌爲正字，許就字論字，不與杜同，而實未嘗異也。然略焞不言，不如許說之備。賈疏申杜，乃以楚焞當俊，欲以儀禮補杜，然混焌焞爲一，失經指矣。鄭君引士喪禮以證此經，其注士喪禮亦引此經爲證，雖以契當楚焞，與杜說孰爲得失，未敢定。黃以周曰：後鄭以禮經陳龜有燋楚焞而無契，周官有燋契而無楚焞，是楚焞即契，所以灼龜者也。孫詒讓曰：竊意龜卜所用有金契，有木契，金契用以鑽鑿，木契即楚焞，用以爇灼，以二者皆刻削其耑使鐵銳，則故同謂之契，實則異物也。杜鄭咸偏據一隅，故淆混。周禮之契，則是木非金，杜義固不若後鄭之允也。但兩經互證，別焞於燋，則較杜爲長，而與許合。惟讀焌如鐏，義取揩柱，又謂以契柱燋火而吹之。案廣雅釋器云：「杜，歫也。」距與岠通，則焌契者，即以楚焞岠箸燋火，而賈疏申鄭所謂鐏意取銳頭以灼龜者，亦是楚焞之耑，而非燋之前耑矣。此則異於許之所云，蓋取義既別，宜其句讀亦與許別也。

燋 火部　所以然持火也。从火，焦聲。周禮曰：以明火爇燋也。即消切

以明火爇燋也者，春官華氏職文。杜子春云：「燋讀爲細目燋之燋，或曰如薪樵之樵，謂所爇灼龜之木也，故謂之樵。」鄭玄引士喪禮

以釋此燋，而云「燋謂炬，其存火」，其士喪禮注則云「燋，炬也，所以然火者也」。愚案此經義訓，杜鄭各殊，已詳疏下。杜以燋為樵薪，又以為即灼龜之木，與儀禮不合，故許鄭皆不從。許解燋契雖與鄭異，而訓燋為所以然持火也，則與鄭同。鄭周禮儀禮兩注，一曰其存火，一曰所以然火者。段玉裁謂其存火三字誤，當從儀禮注，黃以周云：「苣束而燒之，所以存其火，故曰其存火。燒而存之以待然契，燋火存而不焚，故然契須柱而斂之。」孫詒讓曰：「存者留也，卜之時，必先持火以待爇荆支，且龜不必一灼即兆，恐契火不續，又當用燋留火以備再然，此與士喪禮注義異而意同也。」案黃孫之說皆是也。其存火者，言燋為火之所存，猶俗所偁火種，所以然火者，以猶用也。言此所存之火，即所用為然焞者也。兩注似異而實相成，惟許於然火之間著一持字，初若不可解，段氏謂「持火者人所持之火也，人所持之火，以燋然之。」愚疑此當分作兩讀，所以然為一句，持火也為一句，燋之用廣，不徒施於卜事，通常用燋以為引火之具，大抵先自然，再持之以然他物，故所以然者，謂以燋然他物也，持火也者，謂樵即所持之火也。卜事用樵，則卜人抱之，先奠而後然，初爇未然者，故周禮曰「以明火爇樵」。但卜之用樵，特其一耑，故許君說字仍以持火為本義矣。禮記少儀云「執燭抱樵」，此樵與燭對，故鄭注云「未爇曰樵。」其實燭亦樵也，因其已然，故別之曰「燭」，執燭猶持火也。此主人敬賓之禮，故既執燭又抱樵，待燭盡則以未然之樵繼之也。至樵以何物為之，鄭注二禮皆曰炬。段氏謂炬即說文苣字。苣，束葦燒之也。黃氏亦以為苣束，然考春官序官菙氏，鄭注又曰「樵，焌用荊。」士喪禮賈疏亦云「炬亦用荊為之」，案荊即楚也，則與楚焞同材，不必用葦矣。未知孰是。

熑 火部 火煣車網絕也。从火，兼聲。周禮曰「煣牙外不熑」。力鹽切

「煣牙外不熑」者，考工記輪人文。今周禮煣作揉，熑作廉。鄭玄注云「廉，絕也。」段玉裁謂「許之所引，鄭本當同，轉寫失之耳。」愚案文選司馬相如長門賦「心慊移而不省故兮。」李善注曰「鄭玄周禮注：慊，絕也。」又曰「慊字或從火。」孫詒讓疑「唐時此經別本尚有作熑者。慊則似即熑之聲誤。」然則周禮舊本或正與說文所偁合。惠士奇亦據說文及文選注而謂知古本考工亦作熑。鄭許義亦不異。今作廉者，釋文不別

出音義，或以爲卽陸德明本。但說文广部廉訓仄，則亦叚借字也。煣揉同從柔，義雖可通，然說文手部無揉字。本經上文「揉輻必齊」注云「揉謂以火槁之」，事既用火，疑亦當依許引從火之煣爲正字。至經文言牙，許訓爲車網者，上文「牙也者，以爲固抱也」，鄭司農云「牙謂輪輮也，世間或謂之罔」，阮元曰「說文牙，牡齒，象上下相錯之形。于車牙牙字則加木作枒，曰車輞會也。蓋枒本車輞會合處之名。本義也，因而車輞通謂之枒，此餘義也」。據此，則輞與牙微異，漢時俗語通偁牙爲輞，故先鄭依以爲釋，而許君從之也。外不熑，熑訓絕者，王宗涑考工記考辨謂「外當火之對面，於輞牙爲踐地處，凡煣木使屈，火皆在內，火力不勻，則外或理傷而斷絕」，是也。賈疏云「此一經論用火揉牙使之圜正之意。古者車輞屈一木爲之，要當木善，火齊又得，乃可圜而得所也」，愚因疑俗之稱輞，蓋以屈木使圜，有似於網，而其合抱之處，又有牡齒以相交固，亦如網之結繩聯綴耳。惟賈疏謂屈一木，鄭珍輪輿私箋駮之，謂「古當是屈兩木爲兩半規」。孫詒讓又謂「牙木通制，實是合三成規」，以車人渠制證之。

則孫說為長。渠亦謂罔也。說文網罔皆网之重文。車部無輞字。輞即
網之別體。集韵二十四鹽熑下引說文作「車輞絕。」蓋非許書本
字。

爟 火部 取火於日官名。舉火曰爟。周禮曰、司爟掌行火之政令。从火、
雚聲。古玩切 ○烜、或从亘。

司爟掌行火之政令者。夏官司爟職文。許訓爟為取火於日官名。案
司爟注云、「鄭司農說以鄹子曰、春取榆柳之火、夏取棗杏之火、季
夏取桑柘之火、秋取柞楢之火、冬取槐檀之火。」如先鄭說、則司爟
乃取火於木之官、與許說異。又秋官司烜氏云、「掌以夫遂取明火
於日。」是取火於日之官為司烜氏。許君以烜為爟之重文、則與周
禮本經司爟司烜分屬二官者亦異。陳壽祺云、「說文曰、爟、取火於
日官名。此據司烜氏言之。其下又曰舉火曰爟。此據夏官司爟言之。
其下重文烜、曰或從亘。此以烜爟為一字也。高誘淮南氾論注亦曰、
爟取火於日之官也。下復引司爟之文。許師賈景伯、高師盧子幹、其
言皆有所受。蓋諸儒所見周禮司爟有作司烜者。如世婦稾人環人

之兩見。故併兩職解之也。』孫詒讓從陳說，謂『許所見周禮卷夏秋二官並作爟字。許意以取火於日爲爟之本訓，擧火爲別訓。秋官之司爟氏本訓也，夏官司爟爲別訓。故引夏官職文於擧火之後，明與前一義別也。淮南子高誘注，亦兼夏秋二官爲訓，足與許書互證。』愚案一官兩見周禮，雖有其例，但說文引經之例，以證本義爲主。其有兼證別義者，則必加一曰於其上，或於引經之下別出訓解。今擧火曰爟之上無一曰二字，則引夏官司爟職文非別訓也。然則許云取火於日者，段玉裁疑『當作取火於木。』是也。淮南高注日字，段謂亦當作木。校說文者，以其重文作烜，因改木爲日，以與秋官合，而引經與本訓遂不相符矣。至司烜之烜，秋官序官注云：『烜，火也。讀如衛侯燬之燬。故書燬爲垣，鄭司農云：當爲烜。』據此，則彼官之名，故書作垣，今書作燬。先鄭以其職掌取火，故破故書從土之垣爲從火，經文初不作烜也。依後鄭注例，則秋官經文當作燬，今作烜者，亦後人從先鄭易之也。許既以烜爲爟之或體，知其所見秋官必亦不作烜矣。

李賡芸炳燭編引江聲曰：『周禮司爟掌行火之政令，屬夏官。司烜氏掌以夫遂取明火於日。屬秋官。許君何至牽涸若是。說文爟下必云舉火曰爟。周禮曰。司爟掌行火之政令。從火爟聲。烜字下必云取火於日官名。從火亘聲。後來轉寫舛錯。脫去烜字。而以烜下之注并於爟字之下。校書者因又妄增或從亘三字。』案此亦可備一說。

說文解字引禮考卷一終

說文解字引禮考卷二

衡陽馬宗霍

皋 夲部

气皋白之進也。从夲。从白。禮。祝曰皋。登謌曰奏。故皋奏皆从夲。周禮曰。詔來鼓皋舞。皋告之也。古勞切

詔來鼓皋舞者。春官樂師職文。今周禮鼓作瞽。注曰。『鄭司農云。瞽當爲鼓。皋當爲告。呼擊鼓者。又告當舞者。持鼓與舞俱來也。鼓字或作瞽。玄謂詔來瞽。詔視瞭扶瞽者來入也。皋之言號。告國子當舞者舞。』據此則經文本作鼓。或作瞽。先鄭從正作。後鄭從或作。賈疏謂先鄭破瞽爲鼓。非也。許引作鼓。與先鄭合。皋字經無異作。先鄭亦主易爲告字。許云皋告之也。則但用先鄭之義。而字與後鄭同。後鄭以號釋皋。呼號與告義亦近。又大祝職云。『來瞽令皋舞。』後鄭彼注云。『皋讀爲卒嗥呼之嗥。』賈疏謂『此依俗讀。』今案說文口部云。『嗥。咆也。』與號呼義別。然嗥從皋聲。唐韻手刀切。則與號音同。可與此經之注互照。惠棟曰。『皋告嗥三字同物同音。故二鄭所讀亦無兩義。』是也。惟皋之本義爲气皋白之進也。气皋白三字頗費

解。段玉裁曰。「當作皋气白。皋者複舉字之未刪者。皋謂气白之進。
故其字從白夲。气白之進者。謂進之見於白气滃然者也。」王筠曰。
「此以字形說字義也。白解上半。進解下半之夲。白者气之狀也。進。
皋之之意也。而連言皋白者。皋即有白義。」愚疑皋從夲從白。非從
白。白之隸書。與白黑之白無別。故與白混。說文白下云。「此亦自字
也。省自者。詞言之气從鼻出。與口相助也。」皋蓋從夲白會意。說解
當作气白之進也。皋字衍。气白之進。即出詞气之意。故引申之義爲
告爲號矣。

泐 水部 水石之理也。从水。从阞。周禮曰。石有時而泐。盧則切

石有時而泐者。考工記文。今周禮而作以。鄭司農云。「泐謂石解散
也。夏時盛暑大熱則然。」許訓水石之理也者。段玉裁說文注刪石
字。謂「𨸏部阞。地理也。從𨸏。木部朸。木之理也。從木。然則泐訓水之
理。從水無疑矣。」鈕樹玉曰。「水非石無從辨其理。合水石乃見其
理。故云水石之理。則石字必當有。」愚案卷子玉篇水部泐下引說
文作「水凝合之理也。」無石字。與今本異。廣韵二十五德云。「泐。

凝合」疑亦本之說文。段刪石字。正與卷子玉篇闇合。理者脈理也。泐蓋以水理爲本義。石亦有理。石之解散必順其脈理。因之石解散謂之泐矣。此亦引經說叚借之例。考工記下文云。水有時以凝。此篇韵凝合二字所本。

涚 水部 財溫水也。从水。兌聲。周禮曰。以涚漚其絲。輸芮切

以涚漚其絲者。考工記慌氏文。彼云「以涚水漚其絲」。此引無水字。疑轉寫奪之耳。注曰「故書涚作湄。鄭司農云湄水。溫水也。玄謂涚水以灰所泲水也。」據此則先鄭從故書。許引作涚。與後鄭同。從今書也。故書作湄者。段玉裁云「湄當作渜。釋文曰。湄一音奴短反。可證也。士喪禮渜濯棄於坎。古文渜作㳘。㳘涚同字。猶褖稅同字。司農據作㳘之本。說文據作涚之本。」愚案段說是也。說文「渜。湯也。」與溫水義正合。惟釋文又云「湄。劉音眉。」則劉昌宗本已作湄。集韵二十四緩云「渜或作湄」。疑即本之釋文。阮元校勘記曰「釋文當云一作渜音奴短反。今本奪作渜二字。湄無反奴短之理也。」案以集韵證之。則阮校甚塙。許訓涚爲財溫水也者。字與先鄭異。而義則同。財者才之借。財溫猶言初溫矣。賈疏曰「諸家及先鄭皆

以涚水爲溫水。後鄭獨不從者。禮有涚齊。謂泲酒爲涚。則此涚亦當泲灰汁爲涚。故不從溫水也。」今案賈疏所云諸家。當指賈馬諸儒而言。賈侍中許君之師。然則許蓋本之賈說。

く部首　水小流也。周禮匠人爲溝洫。梠廣五寸。二梠爲耦。一耦之伐廣尺深尺。謂之く。倍く謂之遂。倍遂曰溝。倍溝曰洫。倍洫曰巜。姑泫切○甽。古文く。从田。从川。○畎。篆文く。从田。犬聲。六畎爲一畝。

匠人爲溝洫。梠廣五寸。二梠爲耦。一耦之伐。廣尺深尺。謂之く。倍く謂之遂。倍遂曰溝。倍溝曰洫。倍洫曰巜。者。考工記匠人文。今周禮く作甽。巜作澮。其倍く以下云云。但檃栝經義言之。非本經文也。許以甽爲く之古文。以畎爲く之篆文。く省於甽。則く初文也。今作甽者。蓋甽之隸減。說文水部澮爲水名。是作澮爲叚借字。本字亦當作巜。鄭玄注云。『壟中曰甽。甽。畎也。』釋文云。『畎與甽同。古今字也。』孫詒讓謂『依說文則甽爲古文。畎爲小篆。實一字也。漢時通用畎字。故鄭以畎釋甽。亦以今字釋古字也。』許訓く爲水小流也者。案匠人爲溝洫。本主通利田閒之水道。故田閒水道之小者亦謂之く。

詩小雅節南山孔疏云『匠人注云「壟中曰畎」說文云「畎小流也」言水小不能自通須人畎引之則畎是壟中小水之名』穎達此說可貫會許鄭之義

鮪 魚部 鮥也周禮春獻王鮪从魚有聲 榮美切

春獻王鮪者天官獻人職文鄭玄注云『王鮪鮪之大者月令季春薦鮪于寢廟』許訓鮥也者案鮥下云『叔鮪也』爾雅釋魚作鮛鮪郭璞爾雅注云『鮪鱣屬也大者名王鮪小者名鮛鮪』鮛即叔之俗體以其名魚而作魚旁叔鮪對王鮪爲詞然則鮪蓋通名小者謂之鮥大者則冠以王字王有大義也小大之名皆相對而立散亦可互詩衛風碩人毛傳云『鮪鮥也』蓋即許訓所出彼詩釋文引沈重云『江淮閒曰叔伊洛曰鮪海濱曰鮥』是又隨地異名非以大小分矣鄭引月令爲此經之證今案呂氏春秋季春紀淮南子時則篇文並與月令同而高誘呂覽注云『鮪魚似鯉而小』淮南注又云『鮪魚似鯉而大』知小大初無定偁也

鱢 魚部 鮏臭也从魚喿聲周禮曰膳膏鱢 穌遭切

膳膏臊者，天官庖人職文。今周禮作臊。鄭司農云：『膏臊，豕膏也。』杜子春云：『膏臊，犬膏。』案子春先鄭雖犬豕異說，其為獸膏之臭則一，故字從肉。說文肉部臊下云：『豕膏臭也。』與先鄭義正合。然許於肉部不引經，而魚部引之，字作鱢，訓為鮏臭也者，惠士奇禮說云：『晏子春秋曰「食魚無反，惡其鱢也。」』凡鮏鱢從魚者皆言魚，則許氏以膏鱢為魚膏矣。』阮元校勘記云：『周禮諸本不同，說文引經每兼存異本。叠膏臊一作膏鱢，而其義為魚臭，與鄭以為豕膏杜以為犬膏俱互異。說文於鱢下引周禮，於臊下止存豕膏臭一義，則許氏所據古文本作鱢。』愚案惠阮之說皆是也。段玉裁謂『說文鱢下當作讀若周禮膳膏臊。』嚴可均與段說同，恐未然。孫詒讓亦主阮說，但謂『臊為犬臭，內饔有明文，則不當別為魚臭之鱢。許所據本不及杜鄭本之長。』愚謂依內饔文，則先鄭豕膏之說，又不及杜說犬膏之確。後鄭禮記內則注亦云：『犬膏臊。』即從杜也。

閭 門部　里門也。从門，呂聲。周禮：五家為比，五比為閭。閭，侶也。二十五家相羣侶也。力居切五家爲比。五比爲閭者。地官大司徒職文。許引經而又釋之曰閭侶也二十五家相羣侶也者。段玉裁謂「此言閭之古義」。愚案此義與本義殊。亦所以說叚借也。閭從門。故本義爲里門。然考詩鄭風將仲子「無踰我里」。毛傳云「二十五家爲里」。則里門即二十五家之總門。知羣侶亦本義之引申矣。鄭玄此經注云「閭二十五家」。秋官序官修閭氏注云「閭謂里門」。兩注並與許合。亦隨文而異其訓。孫詒讓曰「凡民所聚居通謂之里。里外周币有圍牆。其門謂之閭。閭即里之外門。其里中門別爲閭。修閭氏注之閭。謂里門閭。不必爲六鄉五比之閭。里亦不必爲六遂五鄰之里也」。此說得之。

𢯱手部　人臂皃。从手。削聲。周禮曰。輻欲其𢯱。所角切

輻欲其𢯱者。考工記輪人文。彼云「望其輻。欲其𢯱爾而纖也」。此蓋約詞。注曰「𢯱纖殺小貌也。鄭司農云𢯱讀爲紛容𢯱參之𢯱。玄謂如桑螵蛸之蛸」。愚案爾雅釋蟲云「蟷蠰螵蛸」。後鄭所讀即本爾雅。但取音同。故曰如。先鄭不易字而曰讀爲紛容𢯱參之𢯱者。賈疏謂「此蓋有文。今檢未得」。王應麟困學紀聞以爲即上林賦

之「紛溶箾蔘」顧炎武日知錄亦曰。「司馬。相如上林賦云。「紛
溶萷蔘。猗柅從風。」字作萷。音蕭。此經上文「旣建而迤。」鄭司農
云。「迤讀爲倚移從風之移。」正義則曰「引上林賦。」疏其下句。
忘其上句。蓋諸儒疏義不出一人之手也。」今案上林賦史記漢書
司馬相如傳皆載之。史記作「紛容蕭蔘。」王顧二氏所引。從漢書
也。然說文艸部無萷字。王引從竹作箾。當爲正體。漢書集注引郭璞
曰。「紛溶萷蔘。枝竦擢也。」段玉裁謂「司農所偁作揱蔘。音義與
郭同。謂輻之纖長。略如枝條竦擢。故曰讀爲。言音義皆同也。」案段
說是。許以揱字從手。故以人臂皃爲本義。然從削聲。削之言梢。當亦
兼有修削之意。玉篇手部云。「揱長也。又長臂皃。」廣韵四覺云。「
揱。纖也。又長臂皃。」篇韵皆於臂上以長字足之。卽就削聲生義也。
後鄭釋揱爲纖殺。殺猶削也。蓋由人臂纖長皃引申爲凡纖長之偁。
知許偁經亦說叚借。

擩 手部 染也。从手。需聲。周禮。六曰擩祭。 而主切

六曰擩祭者。春官大祝職文。鄭司農云。「擩祭。以肝肺菹擩鹽醢中

以祭也。』不釋擩爲何義。許訓染也者。案說文水部染下云。『以繒染爲色。』則擩之訓染。當取染引申之義。非染色也。肝肺菹之擩於鹽醢中。亦猶入染。故許引以爲證。儀禮公食大夫禮『賓升席坐取韭菹以辯擩于醢。』鄭玄彼注云『擩猶染也。』與許說同。然云猶。則亦非用染之本訓。特牲饋食禮少牢饋食禮有司徹三篇字皆作㨎。段玉裁漢讀考定作㨎爲是。考證甚博。經注擩字皆改作㨎。其說文注且據以改本篆。鈕樹玉則謂『隸書從需之字多作耎。此乃俗體。故字書不收。禮經有作㨎者並俗改。』孫詒讓則主段說。但又謂『經注沿譌已久。今未敢輒改。』蓋其愼也。

簎 手部　刺也。从手。籍省聲。周禮曰。『簎魚鼈。』士革切

簎魚鼈者。天官鼈人職文。小徐本周禮二字作春秋國語。案玉篇簎下亦引周禮。則大徐本不誤。彼云。『以時簎魚鼈龜蜃凡貍物。』此約詞也。鄭司農云『簎謂杈刺泥中搏取之。』許訓刺也。與先鄭義同。惠士奇禮說曰『國語魯語「矠魚鼈以爲夏槁。」一作矠。莊子則陽篇「冬則擉鼈於江。」一作擉。列子仲尼篇「宰籍庖廚之物。」一作籍。殷敬順釋文謂「籍本作簎。以竹

木圍繞又刺也。』愚案簎從籍省聲，則作籍爲聲借字。簎者許訓矛屬，亦可以刺，則作簎蓋用其引申之義。韋昭國語注云『簎，搦也。搦刺魚鼈以爲槁儲也。』是亦以刺釋之也。莊子之擉，此經釋文簎下亦引之，云『擉音叉角反，義與簎同。今從彼讀。』然說文手部無擉字，則正字自當作簎矣。

拲 手部 兩手同械也。从手，从共，共亦聲。周禮：上辠梏拲而桎。居竦切

○桊，拲或从木。

上辠梏拲而桎者，秋官掌囚職文。今周禮辠作罪。罪非本字，當從說文。鄭司農云『拲者兩手共一木也。』許訓兩手同械，與先鄭義合。釋文拲下引漢書音義『韋昭音拱，云兩手共一木曰拲。』亦用先鄭說。孫詒讓云『經文云梏拲而桎，則上罪手械雖共一木，其足械仍兩足各一木不共。蓋三木止有手拲無足拲，故其字從手爲形。』愚案孫說是也。惟拲又從共，共從廾，廾已爲兩手，而再從手，則械義不見。欲於字形見義，似當以共下從木之或體桊爲正篆，而入之木部。

奴 女部 奴婢皆古之辠人也。周禮曰：其奴男子入于辠隸，女子入于舂藁。从女，从又。乃都切 〇 伖，古文奴从人。

其奴男子入于辠隸，女子入于舂藁者，秋官司厲職文。今周禮辠作罪，藁作槀。案辠字當從說文，說文艸部無藁字，則當從周禮。注曰：「鄭司農云：「謂坐為盜賊而為奴者，輸於罪隸舂人槀人之官也。由是觀之，今之為奴婢，古之罪人也。」玄謂奴從坐而沒入縣官者，男女同名。」據此則先後鄭說微異。先鄭兼舉奴婢者，謂男曰奴，女曰婢也。後鄭云男女同名者，以經文男女並承其奴而言也。許云奴婢皆古之辠人，即用先鄭說。然考說文䇂部童下云：「男有辠曰奴，奴曰童，女曰妾。」女部妾下云：「女隸也。」婢下云：「女之卑者也。」則奴雖以目男，而女則曰婢曰妾，婢即天官序官酒人下奚之本字。婢但以卑為義，不云有辠。曲禮：「自世婦以下，自稱曰婢子。」知古者貴女自謙亦以婢名。然則以婢為女辠人者，疑起於漢，故先鄭舉今為況也。

戟 戈部 有枝兵也。从戈𠦝。周禮：戟長丈六尺。讀若棘。紀逆切戟長丈六尺者。今周禮無此文。考工記「廬人爲廬器。車戟常。」鄭玄注云。「八尺曰尋。倍尋曰常。」是戟之長度正爲一丈六尺。與許所偁合。嚴可均謂「許引蓋周禮說。」是也。淮南氾論篇「出犀甲一戟。」高誘注云。「戟長丈六尺。」卽本說文。

匰 匸部 宗廟盛主器也。周禮曰。祭祀共匰主。从匸。單聲。都寒切

祭祀共匰主者。春官司巫職文。杜子春云。「匰。器名。主。謂木主也。」許訓宗廟盛主器。可申成杜說。後鄭亦從杜。又案說文示部祏下云。「周禮有郊宗石室。」是主之藏於廟中者。本以石爲室。此云祭祀共匰主。則匰乃臨祭所備。孫詒讓曰。「當祭時出主於室。則以匰盛之以授大祝。不敢徒手奉持。恐褻神也。匰卽筐筥之屬。每祭則司巫共之。逮祭畢。主復歸於室。卽去匰別藏之。主蓋不常盛於匰也。」此說得之。

弓 部首 以近窮遠。象形。古者揮作弓。周禮六弓。王弓弧弓以射甲革甚質。夾弓庾弓以射干矦鳥獸。唐弓大弓以授學射者。居戎切

六弓王弓弧弓以射甲革甚質。夾弓庾弓以射干矦鳥獸。唐弓大弓

以授學射者。夏官司弓矢職文。今周禮甚作椹。干作豻。注。曰『故書椹為鞎。鄭司農云。椹字或作鞎。非是也。』黃以周謂『注宜云故書椹或為鞎。今脫或字。司農注明言或矣。』孫詒讓謂『黃說是也。』今案鞎字不見於說文。或以為恐是艱之誤字。亦無所據。徐養原曰『爾雅釋宮。「椹謂之榩。」毛詩商頌殷武箋云。「椹謂之虡。」虡鞎同音。』此說近是。然釋宮所言。乃斲材之質。非射質。則亦同名而異其用。椹字亦說文所無。段玉裁謂『許從先鄭。鄭本作甚也。』然先鄭文引圉師職『射則充椹質』及此經下文『澤共射椹質之弓矢。』以證作鞎之非。則先鄭未必作甚。許當別有所據。說文甘部云。『甚。尤安樂也。』非射質之義。是作甚蓋叚借字。豻侯者。射人職文同。後鄭射人注云『大射禮豻作干。』則許作干正合於儀禮。但說文干部云。『干。犯也。』非射侯之義。是作干亦叚借字。古文多叚借。疑許並從古文也。王弧夾庾唐大六者皆弓異體之名。故許引之以為弓字之證。

弩 弓部 弓有臂者。周禮四弩。夾弩。庾弩。唐弩。大弩。从弓。奴聲。奴古切四弩夾弩庾弩唐弩大弩者。見夏官司弓矢職。此檃括經文。非述經也。段玉裁曰。「弩統於弓。故官但言弓。」孫詒讓曰。「弩亦弓之類。故同官掌之。」案段孫說是也。許訓弩為弓有臂者者。釋名釋兵云。「弩。怒也。有勢怒也。其柄曰臂。似人臂也。」劉氏此釋可補許說之簡。顏師古急就篇注云。「弓之施臂而機發者曰弩。」是知弓專主力。而弩兼主巧矣。

縜 糸部 持綱紐也。从糸。員聲。周禮曰。縜寸。為贇切

縜寸者。考工記梓人文。彼云。「梓人為侯。上綱與下綱出舌尋。縜寸焉。」此約詞也。注曰。「綱所以繫侯於植者也。鄭司農云。綱連侯繩也。縜籠綱者。」許訓縜為持綱紐也者。與先鄭義合。蓋綱為大繩。必以小繩聯綴之。而結於网。是為縜。張弛之機在縜。故曰紐。戴震曰。「縜者个上之紐。以綱貫之。」此語足申許說。儀禮大射儀「中離維綱」。鄭玄彼注云。「或曰維當為絹。絹綱耳。」案綱耳即籠綱。則彼注絹字亦縜字轉寫之譌。惟周禮釋文云。「縜。于貧反。或尤粉反。劉侯犬反。一音古犬反。」盧文弨據此謂「別本有作絹字者。故劉音

侯犬反。』愚案以說文引周禮作繢證之。則周禮似無別本。劉昌宗之音。疑即緣大射鄭注轉寫誤字而發。臧琳經義雜記雖分別『于貧尤粉兩反皆員聲字作繢。侯犬古犬兩反皆肙聲字作絹。』但仍從說文。謂『綱紐字員聲爲正。作絹爲繒如麥稍。義別。』其說是也。今大射賈疏引梓人亦作繢。不誤。然其述鄭注。則仍作絹。不能以周禮及說文訂之。似絹與繢爲二物者。遂滋後人之疑。集韻三十二霰云。『絹。熒絹切。射侯綱紐。』蓋繢之誤爲絹。相沿不覺久矣。

彝 糸部 宗廟常器也。从糸。糸。綦也。廾持米。器中實也。彑聲。此與爵相似。周禮。六彝。雞彝。鳥彝。黃彝。虎彝。蜼彝。斝彝。以待祼將之禮。以脂切

○彝。𢑱。皆古文彝。

六彝雞彝鳥彝黃彝虎彝蜼彝斝彝以待祼將之禮者。見春官小宗伯職及司尊彝職。此隱括經義。非經有此文也。六彝分用於四時之祭及追享朝享。春祠夏禴。祼用雞彝鳥彝。秋嘗冬烝。祼用斝彝黃彝。凡四時之閒祀。追享朝享。祼用虎彝蜼彝。本以雞鳥斝黃虎蜼爲次。許但言其名。故錯舉之耳。春官序官司尊彝鄭玄注云。『彝亦尊也。

鬱鬯曰彝。彝，法也。言為尊之法也。」許訓宗廟常器也者，常器猶言常用之器。蓋為彝之本義。春秋左氏定公四年傳「官司彝器。」杜預注云「彝器，常用器。」卽用許說。以其常用可以為法式，故引申之義則為法。爾雅釋詁云「彝，法，常也。」是其證。後鄭釋彝為尊，又釋為法，蓋兼二義。其云為尊之法也者，賈疏謂「祭宗廟在室先陳後乃向外陳齊酒之尊，以彝為法。是以鄭云言為尊之法也。」是也。

蚳 虫部　螘子也。从虫，氐聲。周禮有蚳醢。讀若祁。直尼切　○𧑴籒文蚳从䖵。○⿸辰土古文蚳从辰土。

蚳醢者，天官醢人職文。爾雅釋蟲云「蚍蜉大螘，小者螘，其子蚳。」許訓蚳為螘子也者，卽本於爾雅。鄭玄醢人注云「蚳，蛾子。」蛾卽螘也。蛾螘二字雙聲。又螘從豈聲，古音在脂部；蛾從我聲，古音在歌部。歌脂音近同類，故二字通用。許螘訓蚍蜉，亦本爾雅。禮記學記「蛾子時術之。」鄭彼注云「蛾，蚍蜉也。」明螘蛾為一物。爾雅釋文云「螘本亦作蛾。」又其證也。

蜡 虫部　蠅胆也。周禮蜡氏掌除骴。从虫，昔聲。鉏駕切蜡氏掌除骴者。秋官蜡氏職文。秋官序官鄭玄注云：『蜡，骨肉腐臭。蠅蟲所蜡也。月令曰：掩骼埋骴。此官之職也。』其月令注又云：『骨枯曰骼，肉腐曰骴。』兩注正相應。許訓蜡為蠅胆也者，案說文肉部云：『胆，蠅乳肉中也。』乳肉中即在肉中生子之意，與鄭注蠅蟲所蜡亦合。蜡胆蓋字異而義同。段玉裁云：『蠅生子為蛆，蛆者俗字，胆者正字，蜡者古字。已成為蛆，乳生之曰胆曰蜡。』愚謂段氏辨別胆蛆之正俗是也。但謂已成為蛆，乳生之曰胆，似又以蛆胆為兩字兩義，失之矣。又案蜡氏以除骴為職，而月令則骼骴並舉，是周禮之骴，義兼骨肉。說文骨部骴下云：『鳥獸殘骨曰骴。骴可惡也。』亦引明堂月令掩骼薶骴為證，而又申之曰：『骴或从肉。』明骴以殘骨為為本義，與骼對文，則骼為骨而骴亦為肉。單舉骴字，則骨肉兼之矣。骨肉皆腐臭而後蠅乃聚乳其中，因之掌除骴之官以蜡氏名。此亦引經說叚借也。

堋 土部　喪葬下土也。从土，朋聲。春秋傳曰：朝而堋。禮謂之封，周官謂之窆。虞書曰：堋淫于家。方鄧切周官謂之窆者，地官鄉師職、春官冢人職皆云『及窆執斧』，地官遂人職云『及窆陳役』，夏官大僕職云『窆亦如之』，窆字凡數見。大僕職注『鄭司農云，窆謂葬下棺也。春秋傳所謂日中而塴，禮記謂之封，皆葬下棺也，音相似』，鄉師及遂人注略同。許訓堋為喪葬下土也，亦引春秋傳及二禮為證，與先鄭合。段玉裁謂『蓋賈侍中諸君子說皆同也』，惟周禮字作窆，許於穴部窆下已引之，此所偁主證堋字，故先引春秋傳朝而堋，封窆二字非本篆之證，故但曰謂之封，謂之窆，不引二禮原文，以見諸經字異而義同耳。此亦引經之一例也。又許偁春秋傳朝而堋，先鄭偁日中而塴者，案左氏昭公十二年傳云『鄭簡公卒，將為葬除，司墓之室有當道者，毀之則朝而塴，弗毀則日中而塴』，是許偁上句，先鄭偁下句也。至塴堋二字之異，一從崩，一從朋，說文無塴字，蓋即堋之俗。阮元孫詒讓並以從崩者為譌字，是也。周禮宋附釋音本岳本及葉鈔釋文宋本賈疏引春秋傳塴又作傰，傰亦倗之俗。說文人部云『倗，輔也』，則作倗者蓋亦古字叚借。許又引虞書堋淫于家者，此則與本義不同，詳見引書考。

垗（土部） 畔也。爲四時界祭其中。周禮曰。垗五帝於四郊。从土。兆聲。治小切

垗五帝於四郊者。春官小宗伯職文。今周禮作兆。鄭玄注云『兆爲壇之營域。』許引作垗。訓畔也。爲四時界祭其中者。段玉裁說文注改時作畤。云『四畤謂四面有埒也。』孫詒讓曰『爾雅釋言「兆。域也。」郭注云「兆。塋界。」陸釋文本又作垗。說文引周禮亦作垗。與爾雅或本同。蓋垗正字。兆借字。許所據此經故書本用正字也。說文宮部云「營。帀居也。」漢書禮樂志顏注云「域。界也。」蓋封土爲壇。於壇之外四圍周帀爲界畔。卽說文所謂爲四畤界祭其中者。是爲營域。』據此。則許鄭字異而義同。或謂許君蓋讀兆爲垗。是以許爲改字也。恐未然。

鋝（金部） 十銖二十五分之十三也。从金。寽聲。周禮曰。重三鋝。北方以二十兩爲鋝。力輟切

重三鋝者。考工記冶氏文。注曰『鄭司農云。鋝。量名也。讀爲刷。玄謂

許叔重說文解字云，鋝，鍰也。今東萊稱或以大半兩爲鈞，十鈞爲環。環重六兩大半兩。鍰鋝似同矣。則三鋝爲一斤四兩。』愚案今說文鋝下無鍰也之訓，惟鍰下云鋝也。後鄭之意，蓋以許旣訓鍰爲鋝，則二字自可互注。欲引說文證一環之重與鋝相同，環卽說文之鍰。秋官職金疏引鄭此注，環皆作鍰。且經本言鋝，故到其語云鋝鍰也，以就經文，非所見說文與今異。孫詒讓謂『說文鋝下無鍰也之文，蓋挩也。』恐不然。惟據後鄭此說，則許云北方以二十兩爲鋝者，鋝上當奪三字。蓋二十兩卽一斤四兩，正三鋝之重。許此語卽所以解周禮之三鋝也。戴震亦曰，鄭注引說文證三鋝爲一斤四兩，則當云二十兩爲三鋝。許擧北方，後鄭擧東萊，皆當時方俗之稱，非鋝之本重。尚書呂刑釋文引說文云『鋝，十一銖二十五分銖之十三也。』視今說文注多一字銖字。段嚴諸家並據補，此卽鋝之本重也。說文兩部曰『二十四銖爲一兩。』知鋝之本重尚不及半兩矣。秋官職金賈疏引古尚書說『鍰者率也，一率十一銖二十五分銖之十三也。』疑許此注卽用古尚書說，其引北方云云，蓋今文說有如此者。

几部 首

踞几也。象形。周禮五几：玉几、雕几、彤几、髹几、素几。居履切

五几玉几雕几彤几髹几素几者，春官司几筵職文。此亦約詞也。今周禮雕作彫，髹作漆。案說文隹部雕為鳥名，則作彫假借字，彫正字也。桼部云：「髹，桼也。」水部漆為水名，則作漆蓋亦桼之借字。髹雖訓桼，然以髟為聲，讀許尤切，與桼字義同而音別。段玉裁漢讀考謂「當是杜子春賈侍中衛次仲等說，而許從之。」是也。許訓几為踞几也者，段氏說文注訂正作凥几，謂「凥，処也。処，止也。古之凥今悉改為居，乃改云居几。既又改為蹲踞俗字。古人坐而凭几，蹲則未有倚几者也。」愚案儀禮有司徹「受宰几」，鄭玄彼注云：「几所以坐安體。」是鄭亦以几為坐而安體之器，以鄭證許，則段訂得之。

斞 斗部

量也。从斗臾聲。周禮曰：求三斞。以主切

求三斞者，今周禮無此文。集韵九噳類篇斗部斞下引說文求作桼。大小徐本並作求，形近而誤也。桼三斞，即考工記弓人文，今周禮作漆，乃桼之段借。段玉裁謂「此可證今周禮漆字皆非古。」孫詒讓曰：「許從正字作桼，此經從借字作漆，字例不同也。」愚案孫說是

也。許但訓斞為量，不言所受多少。鄭玄弓人注亦云：「斞輕重未聞。」然一弓之黍，為數當不多。斞從斗，即形求義，或當以斗為度。廣雅釋詁云：「斞，量也。」義同說文。釋器又云：「釜十曰鍾，鍾十曰斞。」是斞容六十四斛，其量太大，必非此經之斞也。玉篇曰：「斞，今作庾。」案本經『陶人為庾，實二觳。』後鄭注云：『庾讀如請益與之庾之庾。』賈疏申注曰：『聘禮記云：「十六斗曰籔。」注云：「今文籔為逾。」逾即庾也。』是庾法雖不一，皆主受粟而言，與盛黍之器量亦不合，宜許鄭亦不據以為釋也。

軓 車部 車軾前也。从車，凡聲。周禮曰：立當前軓。音範

立當前軓者，今周禮無此文。秋官大行人：「諸侯立當前疾。」鄭司農云：「前疾謂駟馬車轅前胡下垂柱地者。」賈疏云：「謂若輈人輈深四尺七寸，軾前曲中是也。」惠士奇據詩小雅蓼蕭孔疏論語鄉黨邢疏引周禮此文並作前侯，因謂「疾當為侯之誤。」江永戴震李惇諸家說略同。許此所偁前軓者，即前侯之異文。惠氏且謂「當依說文定作軓，則前衡後軫而軓在其閒。讀者一見而心目了然

矣。」段玉裁漢讀考初亦主是說。謂「前軓者前手軓也。亦以在軹衡之中爲鄭。蓋故書作矦。杜衛賈容有不得矦字之說。易爲軓者。而許從之。惟司農得其說。不易字。」但段氏說文注。又自以前說爲未了。謂「上公立當車軹。車軹本作前軓。軹乃字形之誤。若矦誤爲軓。聲形皆無當。」是段又欲以後說正前說也。愚案先鄭以胡釋矦。胡矦樊聲字。古通用。賈疏雖未能辨正疾爲矦誤。然以軾前曲中申注則得之。許訓軓爲車軾前。義與先鄭正合。王宗涑云。「矦與胡同。胡。牛頷之下垂者。軓前之輈上穹。其後有似下垂之胡。故謂之胡。」王氏此言。足匯許與先鄭之義。然則前軓爲前矦之異文無疑。未必軹爲軓誤也。惟後鄭輈人注。以「軓爲輿下三面之材輢式之所尌持車正也。」孫詒讓本此。因謂「前胡雖適當軓前。然輿輈異材。前軓之義不可通於前矦也。說文引作前軓。則由所據本異。抑或經師異讀。皆未可定。」案此亦可備一解。

轛車部　車橫軨也。从車。對聲。周禮曰。參分軹圍。去一以爲轛圍。追萃切參分軹圍去一以爲轛圍者。考工記輿人文。注曰：「軹，輢之植者衡者也。轛，式之植者衡者也。鄭司農云：轛讀如繫綴之綴，謂車輿軨立者也，立者爲轛，橫者爲軹。書轛或作軨。玄謂轛者以其鄉人爲名。」愚案後鄭之植，即先鄭之立；後鄭之衡，即先鄭之橫。先鄭以立爲轛而橫爲軹，後鄭則謂軹與轛並兼有植衡，與先鄭異。鄭珍曰：「軹圍大，轛圍小，以二木相交，犯大倚小之病。經文大小無并，正爲設軹轛言，故後鄭改之。」案此說是也。許訓轛爲軨，固合於先鄭，然橫軨連文，又合於後鄭。段玉裁曰：「木部橫下曰：闌木也。許云橫軨，橫訓闌，則直者衡者皆在內矣。」（段氏又曰：軾與車輢皆以木一橫一直爲方格成之，如今之大方格然。）段說可通許與後鄭之義。後鄭又云轛者以其鄉人爲名者，賈疏申之曰：「此轛形狀一與軹同，但在式木之下對人爲名耳。」案式即軾之省借。說文輢訓車旁，軾訓車前。轛從對聲，又在車前，如後鄭此說，是轛爲形聲兼意字。許意或亦然。惟說文軹下但云「車輪小穿」，不出別義。車輪小穿在轂末，與軹轛之軹同名異物。後鄭於軹轛之軹，云與轂末同名，則視許爲有分析，可補許說之疏。

輴 車部

車約輴也。从車，川聲。周禮曰：孤乘夏輴。一曰下棺車曰輴。敕倫切

孤乘夏輴者，春官巾車職文。今周禮作篆。注曰：『故書夏篆為夏緣。鄭司農云：夏，赤也。緣，緣色。或曰：夏篆，篆讀為圭瑑之瑑，夏篆，轂有約也。玄謂夏篆，五采畫轂約也。』愚案：故書作緣，則篆為今書。先鄭從故書，後鄭從今書，許引作輴，字與今故書皆異。然說文竹部云：『篆，引書也。』則作篆為叚借字。糸部云：『緣，衣純也。』衣純謂衣邊，沿其邊而飾之謂之緣，與轂約之義尚近，則作緣為用其引申之義。輴從車，經文本言車事，則作輴正字也。二鄭以為轂約，許訓車約輴也者，阮元云：『輴與篆聲相近，蓋賈許所讀本如是，訓為車約，與兩鄭義合。』黃以周云：『說文之輴，乃篆之異文，篆輴音義相同。』愚謂二說固可申許，然轂屬於車，言車可以晐轂，二鄭義狹而許義廣，許意或以轛輢軨等皆有物纏束之，故謂之車約輴與，疑其說受諸賈侍中。

段玉裁漢讀考曰：『故書作緣字，故司農云：夏，赤色。緣，緣色。今各本

作緣。此正同內司服注之誤。」愚案此說雖有據。然先鄭已訓夏爲赤。若下文作緣。則夏緣爲赤緣矣。兩字皆以表色。不惟約義不見。赤緣連文亦不詞。愚意先鄭云緣緣色者。此色字即承上文夏赤而來。謂赤爲緣之色也。孫詒讓謂『段說於義較長。孫所乘車。或以朱緣二色爲飾。古書說車飾並無綠色。白虎通說路車有赤有青之蓋。青與綠色相近。或即謂是與。』案此亦曲爲護段之詞。不足據。

轐 車部　車伏兔也。从車。業聲。周禮曰。加軫與轐焉。博木切

加軫與轐焉者。考工記說車制文。鄭司農云。『轐讀爲旃僕之僕。謂伏兔也。』許訓車伏兔也。與先鄭合。賈疏申注曰。『伏兔漢時名。今人謂之車屐是也。』愚案輈人云。『十分其輈之長。以其一爲之當兔之圍。』此伏兔即兔圍之兔也。是兔之名見於本經。不始於漢也。又釋名釋車云。『屐。似人屐也。』又曰。『伏兔在軸上似之也。』又曰。『轐。轐伏也。伏於軸上也。』如劉成國說。則車屐亦漢時有此語。不始於唐也。賈疏皆失引。至伏兔形制。阮元云。『轐在輿底而銜於軸上。其居軸上之高。當與輈圍徑同。至其兩旁則作半規形。與軸相

合。而更有二長足少鍥其軸而夾鉤之。使軸不轉鉤。軸後又有葦以固之。輿底有轐。則不至與軸脫離矣。」案此說可補賈疏之畧而申鄭許之義。

輥 車部 轂齊等皃。从車。昆聲。周禮曰。望其轂。欲其輥。古本切

望其轂欲其輥者。考工記輪人文。今周禮作眼。注曰。「眼。出大貌也。鄭司農云。眼讀如限切之限。」段玉裁云。「說文眼。目也。鄭意目部睔睴睍睅等字與眼音皆相近。故以出大貌訓眼。大對廉而言。望之如大出目。進而視。則其幔革又斂約。司農讀如限切者。擬其音。謂其齊聲截然也。」據此。是作眼二鄭同。而取義各別。許引作輥。當別有所據。訓為轂齊等皃。則與先鄭限切之讀為近。戴震從說文。謂「眼當作輥。齊等者。不橈減也。」惠士奇亦謂說文為允。但又謂「輥與掍通。掍一作混。其訓為同。三十輻聚一轂。會合齊同。可謂轂之善矣。掍誤為眼。」此與戴說則殊。亦可以備一義。阮元曰。「眼與輥聲相轉。」則又知二字古蓋可通。惠以眼為掍誤。似非。

轚 車部 車轄相擊也。从車。从毄。毄亦聲。周禮曰。舟輿擊互者。古歷切

舟輿擊互者。秋官野廬氏職文。今周禮作『舟車轚互者』。案許引經證字，則擊當從周禮作轚。方與本家相合。擊所以訓轚。引經蓋轉寫者涉注文擊字而誤耳。小徐本不誤，可證。鄭玄云：『舟車擊互，謂於迫隘處也。』不釋轚字。許訓車轄相擊也者，案戰國策齊策云：『主者循軼之途也，轄擊摩車而相過。』轄擊即所謂轚也。蓋即許說之所出。賈疏申鄭曰：『云轚互者，謂水陸之道，舟車往來，狹隘之所，更互相擊。』相擊二字，蓋又用許說也。轚擊同從毄聲，古亦通用。穀梁昭八年傳『御轚者』，釋文云：『轚，本或作擊。』詩小雅車攻毛傳云：『轚則不得入。』釋文云：『轚，本又作擊。』皆其例。

醫 酉部 治病工也。殹，惡姿也。醫之性然，得酒而使，从酉。王育說：一曰殹，病聲。酒所以治病也。周禮有醫酒。古者巫彭初作醫。於其切

醫酒者，見天官酒正職，彼云：『辨四飲之物，二曰醫。』是醫爲可飲之物，亦酒之類也。許以治病工爲醫之本義，酒亦可以治病，故別義爲醫酒。引周禮蓋證別義，故在一曰之下。鄭玄注云：『醫之字從殹從酉省也。』醫本從酉不省，此注疑有誤。惠棟云：『文當云從殹從

酒省」段玉裁漢讀考亦改鄭注之酉爲酒云「鄭意此字俗用爲醫藥字而其字上從殹下從酒省則四飲之一乃此字本義也鄭不言從酒省殹聲者殹毉字在古音脂微齊皆灰部醫字古音在之咍部與內則䐴字同物同音」孫詒讓從惠段說賈疏申注曰「從殹省者去羽從酉省者去水故云從殹從酉省也」愚案如賈說則鄭注當以從殹從酉爲一句省也爲一句言醫之從殹從酉皆有所省也然云酉省去水不省則爲酒字義猶相合云殹省去羽不省乃爲翳字於義無取則不知其所出矣尋釋文從殹下云「烏兮反徐鷖烏例反本或作毉」或據此疑鄭注本作從毉從酒省也賈疏當云從殹省者去巫然說文無毉字亦未可信臧琳經義雜記曰「賈疏本作從翳從酒省也釋文殹徐仙民音烏例反當作蔽翳之翳與賈疏本同今賈疏亦作從殹從酉幸有去羽去水之言可考也」案此就賈疏說亦可備參

尊 酋部

酒器也从酋廾以奉之周禮六尊犧尊象尊著尊壺尊大尊山尊以待祭祀賓客之禮祖昆切○尊尊或从寸

六尊犧尊象尊著尊壺尊大尊山尊以待祭祀賓客之禮者見春官小宗伯職及司尊彝職此與糸部彝下所引同例亦隱栝經義非經

有此文也。今周禮𢍜皆作尊。卽𢍜之重文。犧作獻。鄭司農云。「獻讀爲犧」。蓋許之所本。禮記明堂位孔疏引鄭志荅張逸云。「犧尊或有作獻字者。齊人之聲誤耳」。段玉裁云。「鄭志云或作獻。正謂周禮也」。是後鄭亦主從先鄭矣。

爾雅釋器釋文云。「尊本又作罇。酒器也。又作樽。同。案曹憲文字指歸。檢字無此從缶從木者。說文云字從酋寸。酒官法度也。今之尊卑從此得名。故尊亦爲君父之稱」。惠棟據此謂「今說文無酒官法度等語。知非全書」。愚案曹氏所引說文止字從酋寸一語。其酒官以下云云。皆曹氏自爲之解。似非許書原文。

以上偁周禮者凡九十五字

瓚 玉部 三玉二石也。从玉。贊聲。禮。天子用全。純玉也。上公用駹。四玉一石。侯用瓚。伯用埒。玉石半相埒也。徂贊切

天子用全。上公用駹。侯用瓚。伯用埒者。此但偁禮。實周禮考工記玉人文也。今周禮駹作龍。埒作將。注曰。「鄭司農云。全。純色也。龍當爲尨。尨謂雜色。玄謂全。純玉也。瓚讀爲餐饡之饡。龍瓚將皆雜名也。卑

者下尊、以輕重為差、玉多則重、石多則輕、公侯四玉一石、伯子男三玉二石、』段玉裁謂『許君龍作駹、從先鄭易字也、埒許鄭同、皆不作將、倆是將字、鄭不得釋為雜、鄭已後傳寫失之、鄭云公侯四玉一石、則記文不當公侯分別異名、許說為長、』愚案段說是也、惟先鄭作尨、許作駹、二字雖可通、但說文馬部云、『駹、馬面顙皆白也、』面顙白、明其他非白、則駹本義為馬之雜色、引申可為凡雜色之偁、犬部云、『尨、犬之多毛者、』無雜色義、依先鄭說、則字當作駹、疑尨亦傳寫之省、又先鄭云尨雜色者、蓋謂玉色不純者、主色而言也、許以四玉一石為駹、則取玉石相雜之意、主質而言也、是字雖從先鄭、而義則殊、後鄭公侯不分者、據賈疏說其文出於禮緯、（見白虎通引王度記）固與許異、但兼擧玉石、則其所云雜名者、蓋亦謂質雜玉石、不同於先鄭之雜色也、雜與純對、先鄭既釋尨為雜色、故亦釋全為純色、許與後鄭既以自駹以下皆玉與石雜、故亦釋全為純玉、純玉謂不參以石也、然玉全不必色全、賈疏申注、乃謂『純玉即純色、義無殊、』恐非後鄭之恉、至埒而有雜義者、案說文土部云、『埒、庳垣也、』庳之言卑。廣韵十七薛埒下引孟康云。『等庳垣也。』卑垣延長而齊等若一。是之謂埒。引申又爲相等之偁。許云玉石半相埒。即半玉半石。兩者相等。雜義自在其中矣。後鄭瓚讀爲餐餍之餍者。說文無餍字。錢大昕云。『據玉篇。餍即饡之古文。說文云。「饡以羹澆飯也。」禮記內則云。「小切狼臅膏以與稻米爲酏。」注。「狼臅膏。臆中膏也。以煎稻米。則似今膏餍矣。」釋名。「䐶。饡也。以米糝之如膏饡也。」賈疏謂「漢時有膏餍」。蓋本內則注。集韵「餍以膏煎稻爲酏」。與賈疏合。凡從贊之字。皆有相佐義。故鄭以瓚爲雜名』王引之曰。周禮釋文。餍作旦反。內則釋文。餍又作餍。同之然反。又音贊。案餍字說文缺載。以六書之例求之。餍蓋從食。餍省聲。餍音作旦之然二反。並與餍字聲相近也。字當作餍。俗書譌而爲餍。則諧聲之理不明。其又作餍者。餍之省耳。據此。則後鄭讀瓚爲餍者。即以饡譬瓚。饡瓚同從贊聲。以米糝膏煎爲饡。以石參玉爲瓚。其物異。其爲雜糅之義則同也。戴震謂『此經蓋泛記用玉爲飾之等。』然則依許說差之。天子純玉。公四玉一石。侯三玉二石。伯半玉半石。子男同位。當爲一玉二石矣。惠棟謂『許氏之說。蓋本賈逵。』殆是也。

璋 玉部

剡上爲圭。半圭爲璋。从玉章聲。禮。六幣。圭以馬。璋以皮。璧以

帛。琮以錦。琥以繡。璜以黼。諸良切

六幣圭以馬。璋以皮。璧以帛。琮以錦。琥以繡。璜以黼者。此但偁禮。實周禮秋官小行人職文也。鄭玄注云『六幣所以享也。享天子用璧。享后用琮。皆有庭實。以馬若皮。皮。虎豹皮也。用圭璋者。二王之後也。二王後尊。故享用圭璋而特之。其於諸侯。亦用璧琮耳。子男於諸侯則享用琥璜。下其瑞也。』今案六玉之名。璧璜琮琥諸文皆見璋篆上。圭見璋篆注。故許於璋篆引禮。總言所配之幣。以見其爲朝聘所用之玉。上下文可互照也。

珕玉部

蜃屬。从玉。劦聲。禮。佩刀。士珕琫而珧珌。郎計切

佩刀士珕琫而珧珌者。今禮經無此文。韵會八霽引作禮記。今禮記亦無此文。詩小雅甫田瞻彼洛矣篇云『鞞琫有珌。』毛傳云『鞞。容刀鞞也。琫。上飾。珌。下飾。珌下飾者。宋本者字作也。小字本相臺本不重珌下飾三字。考文古本同。阮元案有者複衍也。馬瑞辰則謂『傳又云珌下飾者。恐人疑珌之不得爲下飾。故又引天子玉琫而珧珌四語以證之。』也是又以爲非衍文天子玉。琫而珧珌。諸侯璗琫而璆珌。大夫鐐琫而鏐珌。士珕琫而珧珌。』案許於珧下璗下引禮。皆與毛傳文同。則此亦當作士珕琫

而珕珌。今作琫珌。疑涉琫琫之注而誤。惟文同毛傳而許偁禮。蓋必有所本。詩正義曰。「傳因琫珌歷道尊卑所用。似有成文。未知出何書也。」今以許證毛。知毛傳卽出於禮。惠棟謂「說文所偁禮者蓋逸禮。」胡承珙謂「毛亦必據禮逸篇之文。」是也。詩正義又曰。「說文云。公珕蜃。而不別於蜃。故天子用蜃士用珕也。」案孔氏所引說文與今本異。公字不可解。山井鼎謂「公珕蜃作珕蜃屬爲是。」蓋以今本說文訂之也。而不別於蜃以下。似是孔疏語。別字宋本作及。推孔意。蓋謂珕者蜃之屬。言屬則非眞蜃。故曰不及於蜃。珧始是蜃。天子珧珌。故曰天子用蜃士用珕也。

珧　玉部

蜃甲也。所以飾物也。从玉。兆聲。禮云。佩刀。天子玉琫而珧珌

余昭切

佩刀天子玉琫而珧珌者。集韵四宵珧下但作說文引禮。無云字。韵會二蕭引禮記「天子佩刀玉琫而珧鞞。」不系說文。文亦與此微異。此與詩小雅瞻彼洛矣毛傳文同。毛不釋珧爲何物。案爾雅釋器說弓之飾曰。「以蜃者謂之珧。」許訓珧蜃甲也。卽本於爾雅。故詩

正義亦引說文以申傳。惟許珌下云『佩刀下飾天子以玉。』與此云天子珧珌異。段玉裁毛詩小箋曰：『考說文琫珌天子皆以玉。則諸侯皆以金。大夫皆以銀。士皆以蜃。爲有條理。』此即依說文珌下之訓爲說也。但段氏說文注珧下云『天子玉琫珧珌。備物也。諸侯璗琫璆珌。讓於天子也。璆美玉也。天子玉上。諸侯玉下。故曰讓於天子也。大夫鐐琫鏐珌。銀上金下也。士珕琫珧珌。珧有玉珧之偁。貴於珕。自諸侯至士。皆下美於上。惟天子上美於下。』又珌下云『毛傳云天子以珧。說文珧字下亦云天子珧珌。此當云天子以珧。諸侯以玉。淺人妄竄改之。』是又與其小箋說自相反。胡承珙謂『說文毛傳皆據逸禮。不應互異如此。說文珌下云天子以玉者。因珧有玉珧之稱。以玉猶言以珧。未必淺人妄改諸侯爲天子也。』馬瑞辰又謂『案說文天子佩刀上下飾皆當以玉。不得雜用珧。珧蓋瑤字之叚借。瑤與玉異名而同物。』今案馬說與段氏小箋略同。而以珧爲瑤借。則天子珧珌猶玉珌。可不致疑於說文珌下之訓。胡氏雖亦云說文珌下以玉猶以珧。意在糾段後說。但不過以珧有玉偁。非謂珧即是玉。此則不同於焉，故仍主天子琫珌異物。然又謂『諸侯大夫士則皆琫珌同物』，與段氏後說亦殊。愚案詩正義云：「天子諸侯琫珌異物，大夫士則同，言尊卑之差也。」此語本不誤，與毛傳說文皆合。惟今本說文作『士珕琫而珧珌』，遂啟諸家之議。其實此珧字當從毛傳作珕，即使非珕之誤，然珕與珧固同為蜃類也。大夫所用，說文金部鐐鏐兩篆下皆未引，以玉部所引例之，許當與毛傳同。鐐為白金，鏐為黃金，金色雖別，其為金屬則一也。然則佩刀之飾，天子上玉下蜃，諸侯上金下玉，大夫上下皆金屬，士上下皆蜃屬，毛許之意，蓋若是耳。

璗 玉部 金之美者，與玉同色。从玉，湯聲。禮佩刀，諸侯璗琫而璆珌。徒朗切

佩刀諸侯璗琫而璆珌者，韵會二十二養引作禮記玉藻『諸侯璗琫而珌璆』，文與此異，彼當有誤。此與詩小雅瞻彼洛矣毛傳同。詩正義中傳引爾雅釋器黃金謂之璗，許訓璗為金之美者，與玉同色，義與爾雅微別，然其為金則一也。許琫下又云『佩刀上飾也。天子以

玉。諸侯以金。』正與此注相應。至璆珌之璆，詩正義謂『定本及集注皆以諸侯珌璆，字從玉，恐非也。』是孔穎達本蓋從金作鏐。胡承珙、馬瑞辰並據此以為諸侯琫珌皆金之證。愚案以說文此條證之，則從玉作璆不誤。詩釋文云『璆音糾。』是陸德明本與定本集注本同字也。說詳珧下。

蒩 艸部　茅藉也。从艸，租聲。禮曰：封諸侯以土，蒩以白茅。子余切

封諸侯以土，蒩以白茅者，今禮經無此文。周禮地官封人職云『凡封國，設其社稷之壝，封其四疆。』鄭玄注云『封國建諸侯，立其國之封。』賈疏引禹貢徐州孔傳燾以黃土，苴以白茅之文以釋注。禹貢孔疏則引韓詩外傳、蔡邕獨斷以申傳，而曰『是必古書有此說，故先儒之言皆同也。』今案周書作雒云『將建諸侯，鑿取其方一面之土，燾以黃土，苴以白茅，以為社之封。』是偽孔傳蓋本於彼。又史記褚先生補三王世家引春秋大傳曰『天子之國有泰社，將封者各取其色物，裹以白茅，封以為社。』白虎通義社稷篇引春秋傳略同。裹亦作苴。史記索隱引獨斷苴又作藉。案說文艸部云『苴，履

中艸也。」則作苴爲叚借字。正字當從許作蒩。裹與藉又蒩之詁訓字也。然則許之所偁。周書春秋說並有此文。許君不偁書與春秋而偁禮者。蓋古封建之禮如是。或出百三十一篇之記。未可知也。

殳 部首

以杸殊人也。禮。殳以積竹八觚。長丈二尺。建於兵車。旅賁以先驅。从又。几聲。（市朱切）

殳以積竹八觚長丈二尺建於兵車旅賁以先驅者。此但偁禮。案其文則皆出於周禮。然亦隱栝言之。非周禮有此文也。考工記廬人爲廬器。殳爲廬器之一。鄭司農云。「廬讀爲纑。謂矛戟柄竹攢柲。」（見考工記總敘秦無廬注）說文木部云。「柲。欑也。欑。積竹杖也。」此許所以云殳以積竹也。以之言用。猶言用積竹爲之。段玉裁謂「凡戈矛柄皆積竹。而殳無金刃。故專積竹杖之名。」是也。先鄭既以竹欑柲釋廬。則知廬蓋籚之叚借。說文竹部云。「籚。積竹矛戟矜也。」矜與柄同。是本字當作籚。（考工記釋文云。「廬本或作籚。」疑籚即廬之譌。）先鄭讀爲纑。段氏亦謂「纑當作籚。若依纑字。則當云讀如。不當云讀爲矣。」又廬人後鄭注云。「凡矜八觚。」殳無刃與矜同。故許亦云殳八觚也。考工記總敘又云。「

車有六等之數，車軫四尺，戈崇於軫四尺，人崇於戈四尺，殳長尋有四尺，崇於人四尺，車戟崇於殳四尺，酋矛崇於戟四尺。』後鄭注云：『此所謂兵車也，八尺曰尋，倍尋曰常，殳長丈二。』此則許說殳長丈二尺，建於兵車之所本，而後鄭注與許合者也。又夏官旅賁氏『掌執戈盾夾王車而趨。』不言執殳，然下文司戈盾職云『祭祀授旅賁殳。』則旅賁之士亦兼執殳，是又許說旅賁以先驅之所本也。詩衛風伯兮曰：『伯也執殳，為王前驅。』毛傳云：『殳長丈二尺而無刃。』亦其旁證。洪頤煊謂『旅賁氏未言殳，則司戈盾授旅賁殳，殳當是及字之譌。』莊有可蔣載康說同，若然，則及字下屬，故士戈盾為句，其說亦通，然以說文此條證之，則殳字蓋不譌。孫詒讓謂『許所見本亦作殳，與鄭本同。』是已。

刷　刀部　刮也，从刀，㕞省聲。禮布刷巾。所劣切

布刷巾者，今禮經無此文，韵會八黠引作『禮有刷巾。』桼春秋左氏桓公二年傳云『藻率鞞鞛。』彼孔疏引服虔以藻為畫藻，率為刷巾。又曰『服言禮有刷巾，事無所出。』今據說文，則知刷巾之文蓋出於禮，服說與許正同，孔疏不援說文為證而云事無所出，疏矣。今大小徐本皆作布刷巾者，布當為有字之誤，段玉裁曰『鄉飲酒

禮、鄉射禮、燕禮、大射儀、公食大夫禮、有司徹皆言帨手。注：帨，拭也。帨手者於帨。帨，佩巾也。帨之爲巾，見於士昏禮及內則。內則盥卒授巾。注云：巾以帨手。鄭卽用禮經帨手字也。許云：刷，巾刷。刷當作㕞。蓋漢時禮經帨手有作刷手者。段刷爲㕞。說禮家所定字不同也。』案段說是也。刷從㕞省聲。帨者帥之或體。以六書之例求之，蓋從巾兌聲。三字古音同在脂部，故通用。王筠曰：士喪禮，乃沐櫛挋用巾。釋詁：挋、拭、刷，清也。則挋刷同意。許云刷巾，或卽此挋用巾手。

觶 角部 鄉飲酒角也。禮曰：一人洗舉觶。觶受四升。从角單聲。之義切

○⿰角辰觶或从辰。○觝禮經觶。

一人洗舉觶者，儀禮鄉射禮文。彼云「一人洗舉觶于賓」。此約辭也。訓曰鄉飲酒角也者，鄉飲酒禮亦云「一人洗升舉觶于賓」。據周禮地官鄉大夫職，飲酒禮訖，乃行射禮，是鄉飲鄉射同時舉行，觶本酒器，故以飲酒角爲本義也。不謂之器而謂之角者，以其字從角。觶卽以角爲之，從其器名則曰觶，從其質名則曰角也。鄉飲酒角，小徐本作鄉飲酒觶。段氏說文注謂「鄉當作禮。禮經十七篇，用觶者多矣，非獨鄉飲酒也。觶，鉉本作角，非。當同觝下作爵。」愚案段謂鄉當作禮，是也。至以大徐本作角爲誤，考小徐說文篆韵譜五寘觶下注云：「飲酒角。」疑小徐本初亦是角字，今作觶者，或校者所改。集韵五寘觶下

引說文亦作角。又其旁證。引禮之下又曰觶受四升者。桼禮記禮器孔疏云『異義。今韓詩說一升曰爵。二升曰觚。三升曰觶。四升曰角。五升曰散。揔名曰爵。其實曰觴。古周禮說。爵一升。觚三升。三原作二依考工記梓人訂。獻以爵而酬以觚。一獻而三酬。則一豆矣。許慎謹桼周禮云一獻三酬當一豆。若觚二升。不滿一豆。』據此。則許君作異義時。從周禮說。以辨韓詩說之非。周禮觚受三升。則觶當受四升。故說文亦依此以爲義也。觗爲觶之重文。許云觗禮經觶者。桼考工記梓人賈疏引鄭玄駁異義云。『觶字角旁氏。今誤作友汝潁之間師讀所作。今禮角旁單。古書或作角旁氏。角旁氏則與觚字相近。學者多聞觚寡聞觶。今誤作觚寫此書亂之而作觚耳。』據此。則觗爲古文。觶爲今文。鄭燕禮注大射注並云今文觶作觚。蓋皆據觶古作觗與觚相似而言。非以觶爲古文也。鄭知同說文本經答問乃謂觶爲禮古經正文。觗爲古文或體。未必允。觗從氏聲。古音在支部。觶從單聲。古音在寒部。二字雖不同部。然變聲則支紐相轉。觶通作觗。亦猶磾讀若低矣。見廣韻十二齊。惟鄭注梓人觚三升之觚云當爲觶。主於易字。與其駁異義之說同。是鄭於爵制不徒與許異趣。且謂周禮與韓詩說合矣。尋論語雍也篇『觚不觚。』何晏集

解引馬融注云『觶禮器一升曰爵三升曰觚也』（此依皇侃疏本）彼亦本周禮爲說而所見合於許君疑其於觶或亦主受四升耳

觚（角部）　鄉飲酒之爵也一曰觴受三升者觚从角瓜聲（古乎切）

觚鄉飲酒之爵也者此雖非引經文然考儀禮鄉飲酒禮禮記鄉飲酒義皆有觶無觚惟燕禮大射禮特牲饋食禮則觶觚兼用臧琳謂『此當作燕禮之角也寫者涉上觶字注誤耳』段玉裁謂『鄉當作禮』愚案段說較允言禮飲酒之爵則燕射特牲皆晐之矣許又云一曰觴受三升者觚者蓋觚從角本以飲酒之爵爲字義至所受升數古今文家說殊許主周禮說故加一曰以見其爲一義耳

奠（丌部）　置祭也从酋酋酒也下其丌也禮有奠祭者（堂練切）

奠祭者者韵會十七霰引無者字段玉裁曰『禮謂禮經也士喪禮既夕禮祭皆謂之奠』愚案奠從丌丌者荐物之丌故奠又通作荐禮記郊特牲鄭玄注云『奠或爲荐』是其證許訓置祭也者置荐一聲之轉置猶荐也詩召南采蘋『于以奠之』毛傳云『奠置也』蓋許說所本鄭箋以采蘋詩爲教成之祭又禮記文王世子『凡

學。春夏釋奠於先師。」知奠之名所施者廣。釋名釋喪制曰『喪祭曰奠。」專主喪禮而言。非義之本也。

鼜 壴部

夜戒守鼓也。从壴。蚤聲。禮昏鼓四通為大鼓。夜半三通為戒晨。旦明五通為發明。讀若戚。倉歷切

昏鼓四通為大鼓。夜半三通為戒晨。旦明五通為發明者。今禮經無此文。案周禮地官鼓人職云。『凡軍旅夜鼓鼜。』注曰。『鼜夜戒守鼓也。司馬法曰。昏鼓四通為大鼜。夜半三通為晨戒。旦明五通為發昫。』據此則許所偁乃司馬法之文。漢書藝文志以司馬法百五十五篇入禮家。蓋軍禮也。故許偁之曰禮。今司馬法亦無此文。當在佚篇中。至鼜鼜之異。戒晨與晨戒之異。發明與發昫之異。孫詒讓謂『鼜即鼜之異文。晨戒戒晨義通。未知孰是。」惠棟謂『發明猶旦明也。」阮元周禮校勘記云。『說文壴鼓異部。鼜字從壴蚤聲。今禮經注釋文皆從鼓作鼜。譌。戒晨今注作晨戒。誤倒。當從許所引。說文大鼓為大鼜之誤。發明為發昫之誤。當從禮注校正。」愚案阮校是也。段玉裁亦謂『說文大鼓當依鄭注作大鼜。大鼜謂大行夜也。』許

又云鼜讀若戚者，案春官眡瞭職云「鼜愷獻亦如之」，彼注曰「杜子春讀鼜為憂戚之戚，謂戒守鼓也。擊鼓聲疾數，故曰戚」。知許讀鼜本於杜，然杜以疾數為義，則與蹙同，說文有蹴無蹙，古皆叚戚為之。許意當亦然。鼓人賈疏云「言鼜者，聲同憂戚，取畢中憂懼之意，故名戒守鼓為鼜也。昏鼓四通為大鼜者，欲取從初夜即為警戒之意，故擊鼓四通使大憂戚也」。此則亦似依杜為說，但義取憂戚，既非杜意，亦乖經指，宜王念孫以賈為失之。孫詒讓譏賈為望文生訓，不足據也。

豐 部首

豆之豐滿者也。从豆，象形。一曰鄉飲酒有豐侯者。敷戎切

鄉飲酒有豐侯者，段玉裁曰「鄉當作禮。禮飲酒有豐侯，謂鄉射燕大射公食大夫之豐也。鄭言其形，云似豆卑而大。禮但云豐，許云豐侯者，蓋漢時說禮家之語。竹書紀年，成王十九年黜豐侯。阮諶曰「豐國名也，坐酒亡國」。崔駰酒箴曰「豐侯沈湎，荷罌負缶，自戮於世，圖形戒後」。李尤豐侯銘曰「豐侯荒謬，醉亂迷逸，乃象其形，為禮戒式。後世傳之，固無正說」。三君皆後漢人。諶撰三禮圖者，漢人傳會

禮經有豐侯之說。李尤以為無正說。鄭不之用。許則襲禮家說也。」愚案段注甚确。許偁此而云一曰。蓋亦以為別義。不以為正說也。

欒 木部 木似欄。从木。䜌聲。禮天子樹松。諸侯柏。大夫欒。士楊。洛官切

天子樹松諸侯柏大夫欒士楊者。今禮經無此文。案周禮春官冢人職云。「以爵等為丘封之度與其樹數。」賈疏引春秋緯云。「天子墳高三刃。樹以松。諸侯半之。樹以柏。大夫八尺。樹以藥草。士四尺。樹以槐。庶人無墳。樹以楊柳。」白虎通義崩薨篇論封樹。引春秋含文嘉語全同。惟樹以藥草作樹以欒。正與許合。阮元周禮校勘記亦云。「藥欒字形之誤。草衍字耳。」惠士奇禮說乃謂「欒木似欄。欄桂類。春秋緯所謂藥草也。」殊近傅會。又案含文嘉本為禮緯。當是春秋緯禮緯並有其文。故白虎通義合偁之。春秋下或挩緯字。而許君則專系之禮耳。惟二緯皆言士槐。庶人楊柳。段玉裁因謂「說文士楊二字。當作士槐庶人楊五字。轉寫奪去也。」嚴可均說同。然冢人言以爵等為度數。則有爵者乃有封樹。庶人無爵。既無墳矣。似不得有樹。墓大夫掌國民之墓。亦無封樹之文。禮記王制亦言庶人不封

不樹。是則許君所據禮。或庶人無樹。亦未可知。不必定有奪文。至槐楊之異。更不足爲士與庶人之分。太平御覽五百五十七引禮系又作『卿大夫樹楊。士樹榆』。亦不及庶人。禮記檀弓鄭玄注云『周之士制。其樹數則無文』。據此知士冢所樹。或楊或槐或榆。蓋無定也。

柶（木部）

禮有柶。柶匕也。从木。四聲。息利切

柶者。三禮皆有之。見於儀禮者尤多。或以楔齒。或以扱醴。其制則別率以角爲之。故多角柶連文。周禮天官玉府角柶注『鄭司農云。角柶。角匕也』。儀禮士冠禮角柶注『柶狀如匕。以角爲之者。欲滑也』。許但訓匕也。不言角。（太平御覽七百六十引說文匕也下有所以取飯四字。或疑今本說文脫去。然考唐寫本說文木部殘帙柶下注與今本同。則四字疑御覽兼引匕下之注。非柶下注文也。）蓋其字從木。又有以木爲之者。士喪禮『角觶木柶』其證也。聶崇義三禮圖云『醴有柶。用角爲之。鉶有柶。用木爲之』。則木柶又以之扱羹矣。匕則率以木爲之。或用桑。或用棘。亦隨吉凶之禮而異。無用角者。後鄭謂柶狀如匕。言狀則其質不必同。言如則其形亦不必全同。此所當知者耳。

晢 日部 昭晣明也。从日，折聲。禮曰：晣明行事。旨埶切

晣明行事者，儀禮士冠禮文。本篆作晢，日在下。引經作晣，日在旁。此篆隸易位，非異文。小徐本篆文與引經同作晣，可證也。今儀禮作質。鄭玄注云：「質，正也。宰告曰旦日正明行冠事。」賈疏申之曰：「少牢云：旦明行事。故此注取彼而言旦日正明行冠事也。」許所據作晢，訓為昭晢明也者，蓋以昭字足晢，而以明字申之。昭亦明也。昭晢連文，蓋為成語，猶言明之昭著者，即大明之意，與鄭注正明字異而義亦合。惟說文貝部云：「質，以物相贅。贅，以物質錢。」則就鄭注言，作質亦為叚借字。經文本字當從許引。段玉裁曰：「以戴記禮器昏義兩言質明推之，戴記多從今文，則知質明今文，晢明古文也。」其說得之。士昏禮：質明，贊見婦於舅姑。鄭彼注云：質，平也。案平亦正也。平明即平旦。

席 巾部 籍也。禮：天子諸侯席有黼繡純飾。从巾，庶省。祥易切

天子諸侯席有黼繡純飾者，見周禮春官司几筵職。此亦隱栝經義言之，非經有此文也。彼云：「凡大朝覲大饗射，凡封國命諸侯，設莞筵紛純，加次席黼純。」鄭司農云：「紛讀為和粉之粉，謂白繡也。純

讀爲均服之均，純，緣也。』則知許云繡者，蓋從先鄭，繡卽經文之紛也。次席黼純，黼亦爲繡，考工記畫繢職：黼爲繡采是也。許云純飾者，亦與先鄭釋純爲緣合，緣所以爲飾也。爾雅釋器云：『緣謂之純。』先鄭蓋本爾雅，郭璞爾雅注云：『緣，飾也。』又與許說相應也。許但言席不言筵者，筵亦席也，惟設有先後耳。後鄭春官序官注云：『藉之曰席』亦與許訓藉也同。今說文大小徐本並作籍，字從竹。太平御覽卷七百九引作藉，字從艸。知從竹者蓋轉寫筆誤。

航 方部 胡郎切

方舟也。从方，亢聲。禮：天子造舟，諸侯維舟，大夫方舟，士特舟。

天子造舟，諸侯維舟，大夫方舟，士特舟者，今禮經無此文。卷子玉篇航下引說文亦無禮字，其語見詩大雅大明毛傳及爾雅釋水。爾雅此下又有庶人乘泭句，疑出古禮經之文，而爾雅毛傳述之。故鄭玄詩箋亦曰：『天子造舟，周制也。殷時未有等制。』詩孔疏引王基云：『自殷以前質略，未有造維方特之差。周公制禮，因文王敬大姒，重初昏，行造舟，遂卽制之以爲天子禮，著尊卑之差。記以爲後世法。』

王氏此言，當有所本，然則此蓋周代昏禮之制也，許引之者，蓋證斻從方會意之指，李巡曰：「比其舟而渡曰造舟，中央左右相維持曰維舟，併兩船曰方舟，一舟曰特。」孫炎曰：「造舟，比舟為梁也，維，連四船，」李孫之說，並見詩疏及春秋公羊宣十二年疏所引，彼本爾雅注文，可援以證說文也。

髽 髟部

喪結，禮，女子髽衰，弔則不髽，魯臧武仲與齊戰于狐鮐，魯人迎喪者始髽，从髟，坐聲。莊華切

女子髽衰者，儀禮喪服文，彼云：「女子子在室，為父布總箭笄髽衰三年。」此約詞也，鄭玄注云：「髽，露紒也。」案說文糸部無紒字，髟部有髺，即紒之正文，許髽訓喪結，髺訓簪結，其為結同，但以吉凶異名，士冠禮注云：「古文紒為結。」則紒結同字，鄭云露紒，即許之喪結也，許又云弔則不髽，魯臧武仲與齊戰于狐鮐，魯人迎喪者始髽者，案禮記檀弓云：「魯婦人之髽而弔也，自敗於臺鮐始也。」是婦人弔禮本不髽，檀弓記此，蓋著禮變之始，其事見春秋左氏襄公四年傳，故許即述左傳文以明弔髽非禮之正，左傳作狐鮐，許與傳合，禮

記作臺駘者。鄭注云：「臺當為壺，字之誤也。」壺狐音同。

庠　广部　禮官養老，夏曰校，殷曰庠，周曰序。从广，羊聲。似陽切

禮官養老夏曰校殷曰庠周曰序者，案禮記王制記養老之禮云：「有虞氏養國老於上庠，養庶老於下庠。夏后氏養國老於東序，養庶老於西序。殷人養國老於右學，養庶老於左學。周人養國老於東膠，養庶老於虞庠。」是庠乃有虞氏之名，而周用之。孟子滕文公篇述三代學制，亦以庠屬於周。史記儒林傳同。惟漢書儒林傳云：「夏曰校，殷曰庠，周曰序。」說文正與漢書合。然子長孟堅並錄太常博士之議，不知何以有異。段玉裁疑今孟子史記有誤，蓋以許說證班，而從漢書也。又許於庠下不出訓義，逕偁禮官養老。案孟子曰：「庠者養也。」疑禮官上當有養也二字，而今奪之矣。

麗　鹿部　旅行也。鹿之性，見食急則必旅行。从鹿，丽聲。禮麗皮納聘，蓋鹿皮也。郎計切　○丽，古文。○𠀕，篆文麗字。

麗皮納聘者，見儀禮士昏禮及聘禮。士昏禮云：「納徵玄纁束帛儷皮。」鄭注云：「儷，兩也。皮，鹿皮。」聘禮云：「上介奉幣儷皮。」鄭注

云『儷猶兩也。皮，麋鹿皮。』字並作儷。士冠禮酬賓亦有儷皮，字同。棠說文人部云『儷，棽儷也。』則作儷爲叚借字。許偁作麗，訓曰旅行。凡旅行者必有耦，故引申之義爲耦。周禮夏官序官，圉人『駑馬麗一人』，鄭注云『麗，耦也。』是其證。耦與兩義相近，知作麗爲正字。胡承珙據說文謂『鄭本經文亦當作麗，人旁乃後人所加。』是也。然其字從鹿，則旅行本指鹿言，故許引禮而又釋之曰盇鹿皮也。兩者幣之數，鹿者幣之質。段玉裁謂『鄭意麗爲兩，許意麗爲鹿，其意實相通。』得之。春秋公羊莊二十二年冬，公如齊納幣，何休注引納徵禮而申之曰『儷皮者鹿皮，所以重古也。』與許說亦合。何云重古者，古以漁獵爲生，食肉衣皮，後世尚文，禮不忘本耳。

皋（本部）　气皋白之進也。从夲从白。禮祝曰皋，登謌曰奏，故皋奏皆从夲。周禮曰：詔來鼓皋舞。皋，告之也。古勞切

祝曰皋者，見儀禮士喪禮。彼云『復者一人，升自前東榮，中屋，北面，招以衣，曰皋某復三。』鄭玄注云『復者，有司招魂復魄也。皋，長聲也。』愚案禮記禮運云『及其死也，升屋而號，告曰皋某復。』與儀

禮此文正相應。彼孔疏云。『皋。引聲之言』。引亦長也。許訓皋爲气皋白之進也者。皋字衍。白疑當作白。白者。詞言之气從鼻出。與口相助也。由气白之進引申之。與引聲長號之義亦合。蓋聲之長者。必曳其气而出之也。

婚 女部

婦家也。禮。娶婦以昏時。婦人陰也。故曰婚。从女。从昏。昏亦聲。呼昆切 ○𡠜。籒文婚。

娶婦以昏時者。見儀禮士昏禮記。彼云。『凡行事必用昏昕』。此但舉經義。非述經文也。許又云婦人陰也。故曰婚者。衆白虎通義嫁娶篇云。『昏時行禮。故謂之婚也。所以昏時行禮何。示陽下陰也。婚亦陰陽交時也』。許說蓋與班合。又士昏禮鄭玄目錄云。『士娶妻之禮。以昏爲期。因而名焉。必以昏者。陽往而陰來』。此說亦略同班許。許引經蓋證婚從昏會意。

縉 糸部

帛赤色也。春秋傳縉雲氏。禮有縉緣。从糸。晉聲。即刃切

縉緣者。今禮經無此文。卷子玉篇引說文。禮下有記字。今禮記亦無此文。戴侗六書故曰。『禮止有緟緣。緟縉聲相近。豈即一字與』。愚

案縓緣見儀禮喪服傳，又見禮記檀弓上及閒傳。鄭玄喪服注云：「縓，淺絳也。」檀弓注云：「縓，纁之類。」說文纁亦淺絳也，絳爲大赤，淺絳即赤色之淺者。廣韵二十一震云：「縉，淺絳色。」急就篇顏師古注云：「縉，淺赤色也。」是諸書解縉與鄭君解縓同，則六書故說似亦有徵。然說文縉訓帛赤色，後漢書蔡邕傳注引作赤白色。縓訓赤黃色，二字義微有別，且許縓下不引禮，仍未可彊合爲一。段玉裁以爲「玉藻有錦緣，朱錦爲緣，或即縉緣。」亦無確證，似當闕疑。

墀 土部

涂地也。从土犀聲。禮：天子赤墀。直尼切

天子赤墀者，今禮經無此文。廣韵六脂墀下引作「禮：天子有赤墀。」較今本說文多一有字。段玉裁以爲「蓋出禮緯含文嘉之文。」今案漢書梅福傳「涉赤墀之塗」，應劭注云：「以丹淹泥塗殿上也。」文選左思魏都賦「丹墀臨猋」，張載注云：「以丹與蔣離合用塗地也。」張衡西京賦「青瑣丹墀」，李善注引漢官典職曰：「以丹漆地，故稱丹墀。」據此，是其制至漢猶存。廣韵又引漢書曰：「王根作赤墀。」則僭禮也。

堋 土部 喪葬下土也。从土，朋聲。春秋傳曰：朝而堋。禮謂之封，周官謂之窆，虞書曰：堋淫于家。方鄧切

禮謂之封者，案儀禮既夕禮『乃窆，主人哭踊無算』，鄭玄注云『窆，下棺也，今文窆為封』，是封字在禮經為今文。許云禮謂之封，亦從今文也。然封之本義為爵諸侯之土，則作封為叚借字，故許封本篆下不引禮，但於堋篆下存之。又案禮記檀弓云『縣棺而封』，正與儀禮今文合。段玉裁謂『小戴記一書，於禮經多從今文』是也。鄭司農周官注云『禮記謂之封』，即本檀弓為說，然不偁禮而偁禮記，知先鄭於禮經蓋主古文。鄭玄於檀弓曾子問中封字皆注云『封當為窆』，則後鄭並欲彊戴記以從古文矣。

鉉 金部 舉鼎也。易謂之鉉，禮謂之鼏。从金，玄聲。胡犬切

禮謂之鼏者，鼏當作鼏，從冂不從冖，說見鼎部鼏下。今儀禮皆作扃。士冠禮云『設扃鼏』，鄭玄注云『今文扃為鉉』，是禮之今文作鉉，與易同。許以鉉專繫之易者，蓋於禮經不主今文也。扃雖為古文，然本義為外閉之關，非舉鼎之具，故許亦不從也。王引之經義述聞

曰「說文禮謂之鼏禮上當有周字鼏字注周禮廟門容大鼏七箇即易玉鉉大吉也正與鉉字注合是其明證俗本禮上脫周字而解者遂以為儀禮若儀禮古文果作鼏鄭安得輒改為扃手易作鉉周禮作鼏皆正字故許君引之」愚案此亦可備一解然今周禮亦作扃與今儀禮同疑鄭於兩經所據皆作扃為古文叚借字而許所據兩經皆作鼏為古文本字故鼎部引周禮而金部引儀禮蓋互見之例也則此條禮上似不必補周字至許於鉉下見之者不過存經典異文以明鉉與鼏字異而義同胡承珙儀禮古今文疏義云「許於禮經從古文鼏字故以鉉專系之易如既夕禮今文窆為封而土部堋下禮謂之封周官謂之窆此則於禮經從今文封字故專以窆系之周官耳」此說得之徐養原儀禮古今文異同疏證乃又據說文此條疑「鄭注本云今文扃為鼏後人多聞鉉少聞鼏遂以意改之許君所稱禮易雖不知其為古文為今文然禮經異文不越古今二途故鄭注止別古今不分慶戴非如易家就今文中又有施孟梁邱之別也今古文既作扃今文又作鉉則所云禮謂之鼏者何所指邪

』愚謂古文不必一本，許鄭所據不必同，許云禮謂之冡者，當爲古文別本，不得視爲今文而疑及鄭本今文之鉉亦當作冡也。

醮 酉部

冠娶禮祭，从酉，焦聲。子肖切 ○ 𥜒，醮或从示。

冠娶禮祭者，小徐本祭下有也字。段玉裁曰：『士冠禮若不醴，則醮用酒，三加凡三醮。鄭曰：酌而無酬酢曰醮。士昏禮父醮子，命之迎婦，嫡婦則酌之以醴，庶婦使人醮之，酌之以酒。鄭曰：酒不酬酢曰醮。依鄭說，非謂祭也，而許云冠娶禮祭，事屬可疑。詳經文不言祭也，蓋古本作冠娶妻禮也，一曰祭也。轉寫有奪與，祭者別一義，不蒙冠婚。宋玉高唐賦醮諸神，禮太一，此後世醮祀之始見也。醮或从示作𥜒，依此則有祭義審矣。』愚案玉篇酉部醮下云：『冠娶妻也，禮祭也。』分爲兩義，段氏古本云云，即本之玉篇，而移禮字於娶妻之下，然言娶則自爲娶妻，不必有妻字。愚疑許說本分兩讀，冠娶禮爲一讀，祭也爲一讀。廣韵三十五笑云：『醮，祭也。』但取一義，不連禮字，亦其旁證。廣雅釋天云：『醮，祭也。』王念孫疏證亦引高唐賦，又引漢書郊祀志云：『益州有金馬碧雞之神，可醮祭而致。』則醮之爲祭，其義自古。然正篆既從酉。酉者酒之省。故許君以。冠昏禮之醮酌為本義耳。

莤 酉部

禮祭束茅加于祼圭而灌鬯酒。是為莤。象神歆之也。一曰。莤。榼上塞也。从酉。从艸。春秋傳曰。尒貢包茅不入。王祭不供。無以莤酒。

所六切

祭束茅加于祼圭而灌鬯酒是為莤象神歆之也者。今禮經無此文。案周禮天官甸師職「祭祀共蕭茅。」注曰。「鄭大夫云。蕭字或為莤。莤讀為縮。束茅立之。祭前沃酒其上。酒滲下去。若神飲之。故謂之縮。縮浚也。故齊桓公責楚不貢包茅王祭不共無以縮酒。杜子春讀為蕭。蕭香蒿也。」據此是許所偁禮者乃周禮說。鄭大夫依或本作莤而許從之也。惟鄭不以為祼儀耳。段玉裁云。「許云加于祼圭者。謂加於祼圭之勺也。」孫詒讓云。「大夫此注。隱據禮經之苴為釋。依士虞禮設饌饗神。陰厭時。祝取奠觶祭于苴。即所謂沃酒其上。左傳僖四年杜注云。束茅而灌之以酒為縮酒。國語晉語置茅蕝。韋注云。蕝謂束茅而立之。所以縮酒。說並與大夫同。說文謂加祼圭而灌鬯酒，則是裸事亦用茅，但裸圭即圭瓚，用以酌鬱鬯，非束茅所加，許說與禮微迕，不知何據。』愚案孫說是也，惟許於引禮之下亦引春秋傳，則其解莤字與鄭大夫無不同，大夫又主破字為縮者，臧琳謂『恐人不識莤字，故以今文讀之。』鄭意或然，許不從者，案詩小雅伐木篇『有酒湑我』，毛傳云『湑，莤之也。』是毛公亦作莤字，蓋即許之所宗，惟詩之湑莤，其義為以茅泲之而去其糟，與禮之莤酒為沃酒茅上若神飲之者有別，此則所當辨耳。莤從酉艸，其義為以酒灌艸，禮之本字也，作縮為叚借字，莤與縮古音同在幽部，故通用。今周禮作蕭者，蕭從肅聲，肅亦在幽部也，徐養原周官故書考云『儀禮肅賓或作宿賓，見特牲饋食禮注，則肅聲宿聲之字自可相通。』其說是，至杜子春讀蕭為香蒿之蕭，而後鄭從之者，此則自合於詩之『取蕭祭脂』，以蕭與茅為二物，非許之所取。

酋 酉部　繹酒也，从酉，水半見於上，禮有大酋，掌酒官也。字秋切

大酋者，不見禮經，案月令仲冬有『乃命大酋』之文，則是禮記文也，鄭玄彼注云，『酒孰曰酋，大酋者，酒官之長也，於周則為酒人。』然

考周禮天官酒正鄭注云「酒正酒官之長」亦引月令大酋以爲證是鄭意大酋於周又爲酒正而非酒人鄭兩注自相異者月令孔疏申之曰「酒正掌酒之政令及酒出入之事不親監作此大酋監作故爲酒人也以酒人監作酒故也」但周禮又言酒正以式灋授酒材鄭司農注云「授酒材授酒人以其材」然則監作雖屬酒人固受式灋於酒正矣孫詒讓云「月令注以大酋爲酒人與周禮注異當以周禮注爲正月令大酋爲酒官之長周禮酒正亦與酒人衆人爲長正與月令相應故周禮注引月令文爲釋月令注蓋偶通長屬言之未及別白耳」今案孫說是也許君以大酋爲掌酒官當亦主酒正言酋字本義本爲繹酒繹之言昔猶言舊釀之酒即後鄭所云酒孰因之掌酒者亦以大酋名矣蓋亦引經說叚借之例

以上偁禮者凡二十八字偁鄉飲酒者二字從段注坿入於禮

禜 示部

設緜蕝爲營以禳風雨雪霜水旱癘疫於日月星辰山川也从示榮省聲一曰禜衛使灾不生禮記曰雩禜祭水旱 爲命切

雩禜祭水旱者見禮記祭法篇小徐本禮記上有臣鍇案三字則是

小徐引語非許書原文大徐本誤入正文集韵四十三映類篇示部禜下引說文此條並同大徐蓋其沿誤已久考祭法篇本作『雩宗』鄭玄注云『宗當為禜字之誤也』是破字為禜實始於鄭許君年輩在鄭前安得從鄭易字段嚴諸家刪之是也（陳瑑曰雩宗釋文云依注並讀為禜禜破為宗疑自王肅以泰昭坎壇六者為六宗誤之也愚案陳說非是鄭注宗當為禜則鄭所据本作宗王肅在鄭後好與鄭立異鄭破宗為禜王則如字釋文亦明言之何得謂破禜為宗自王耶陳氏於鄭注既未照於釋文亦讀之未審）

芐（艸部）　地黃也从艸下聲禮記鈃毛牛藿羊芐豕薇是（侯古切）

鈃毛牛藿羊芐豕薇者乃儀禮公食大夫禮記文非小戴記也今儀禮記鈃作鉶釋文本作鈃與許同毛作芼芼本字毛叚借字也芐作苦鄭玄注云『苦苦荼也今文苦為芐』是許從今文鄭從古文也士虞禮特牲饋食禮二記『鉶芼用苦若薇』鄭注并以芐為今文許訓芐為地黃也者蓋本爾雅釋草鄭以苦為苦荼且於特牲注又云『芐乃地黃非也』賈疏申之曰『芐地黃非者以其與薇蔡等菜為不類故知非也』然則古今文字異而義亦異非今文叚芐為苦也王念孫謂『古人飲食無用地黃者芐乃苦之叚借』嚴可均

則謂「苦者叚借字。許君用本字。」愚案當依賈疏說。徐養原亦謂「芐與苦聲相近而義不同。」是也。（羅願爾雅翼謂地黃古以為芐。釧蘘用之。蓋即本之說文。）

薙 艸部 除艸也。明堂月令曰：季夏燒薙。从艸，雉聲。他計切

季夏燒薙者。禮記月令季夏文。許偁明堂月令者。案大戴禮記盛德篇引明堂月令。盧辯注云：「於明堂之中施十二月之令。」又漢書藝文志六藝略禮家有明堂陰陽三十三篇。又禮記孔疏引鄭玄目錄云：「月令者。以其記十二月政之所行也。此於別錄屬明堂陰陽記。」然則月令者。乃古明堂陰陽之一篇。別錄劉向所次。蓋許君亦從別錄。故冠以明堂二字也。惠棟曰：「禮記去明堂二字。後人遂不知月令之行於明堂矣。」是知許之所偁。不惟存古名。亦兼存古制也。薙者。許訓除艸也。鄭注云：「薙謂迫地芟草也。」芟者刈艸。與除艸義亦合。又案周禮秋官薙氏掌殺草。夏日至而夷之。與月令此文正相應。故鄭君此注亦引彼文為釋。但夷之作薙之。明薙又通作夷。秋官序官注云：「薙。書或作夷。字從類耳。」即其證。段玉裁以為「古雉音同夷。類謂聲類。」是也。

鸝 鳥部

知天將雨鳥也。从鳥，矞聲。禮記曰：知天文者冠鸝。余律切

知天文者冠鸝者。今禮記無此文。集韵六術鸝下但作說文引禮。無記字。今禮經亦無此文。案顏師古匡謬正俗卷四引逸禮記曰：『知天文者冠鸝。』與說文全同。是則許之所偁，蓋在記百三十一篇中而今逸之也。許訓鸝為知天將雨鳥也者。小顏云：『鸝水鳥，天將雨即鳴。古人以其知天時，乃為冠象此鳥之形，使掌天文者冠之。』顏說足申許義。司馬彪續漢書輿服志下引記曰：『知天文者冠述。』錢大昕謂『述讀如聿，詩聿修厥德，漢書引作述修。爾雅：遹，自也。孫炎云：遹古述字。聿與遹同。故鸝冠字亦為述也。』愚案莊子天地篇『皮弁鸝冠。』彼釋文云：『鸝本又作鷸，鳥名也。』述即鷸之省借，鷸則鸝之異文。矞聲述聲古音同在脂術部。故鸝一作鷸。以此知輿服志所引之記，當亦為逸禮記。故劉昭輿服志注亦引說文此條為釋。劉向說苑云：『知天道者冠鉥。』鉥亦鷸之借也。至漢書五行志中之上小顏注引逸周書云：『知天文者冠鸝冠。』文同而引書異名者。朱右曾謂『或云記，或云禮記，總之出於周書耳。』但今逸周書

不見此語。以顏證顏。疑周書二字或禮記之誤。亦未可知。不必如朱說。韵會四質鶻下乃引從漢書注。不從說文。疏矣。

骴 骨部 鳥獸殘骨曰骴。骴可惡也。从骨。此聲。明堂月令曰。掩骼薶骴。

骴或从肉。資四切

掩骼薶骴者。禮記月令孟春文。今禮記薶骴作埋胔。說文土部無埋字。埋即薶之俗。釋文云。『胔亦作骴。』是陸氏所見亦作本正與許引同。許又云骴或從肉者。從肉即是胔字。疑胔即骴之重文。嚴可均謂『此亦重文之見於說解中者。』是也。從骨則義爲殘骨。從肉則義爲腐肉。肉不離骨。言骨則肉自見。故許以殘骨爲本義也。鄭玄月令注云。『骨枯曰骼。肉腐曰胔。』蓋骼骴對文。故鄭以骨肉分屬。若單舉骴字。則骨肉兼之。疑許君之意或亦如此。惟鄭此注似指人言。許專系之鳥獸。微不同耳。然王者之政。仁民愛物。則掩薶當以兼晐人與禽獸爲是。周禮秋官蜡氏掌除骴。鄭彼注引月令此文而釋之曰。『胔骨之尚有肉者也。及禽獸之骨皆是。』兼用許說。義斯備矣。月令孔疏引蜡氏此注以爲先鄭說。案此注上文云。故書骴作脊。鄭司農云。脊讀爲漬。謂死人骨也。則先鄭字從脊而義爲死人骨。下引月令云云，當為後鄭之說。

盬（血部） 血醢也。从血脁聲。禮記有盬醢。以牛乾脯粱𥼶鹽酒也。（他感切）

盬醢者，今禮記無此文。集韵四十八感盬下引說文此條竝作「禮有盬醢」，無記字。愚案儀禮公食大夫禮、少牢饋食禮及周禮天官醢人職皆有醓醢之文，則非記文也。疑二徐本記字誤衍。醓字說文所無，葢盬之異文。周禮釋文云「醓，吐感反，本又作盜」。盜又盬之俗也。（玉篇以盬為醓之重文，集韵、類篇竝云盬或作盜、醓，韵會醓下云本作盬。）鄭玄醢人注云（今文作醓）「醓，肉汁也。作醓及醬者，必先膊乾其肉，乃後莝之，雜以粱麴及鹽，漬以美酒，塗置瓶中，百日則成矣」。許云以牛乾脯粱𥼶鹽酒也，是作醢之法。許、鄭竝同，葢經文之盬本以肉汁為義。許以其字從血，故訓為血醢。引經而又釋之者，明經義與本義殊，所以說叚借也。盬從脁聲，說文肉部云「脁，肉汁滓也」。經文正字葢當作脁。孫詒讓云「盬乃後來孳生字，漢時禮家說葢有以醓為血醢者，許遂別以盬隸血部，實則與脁是一字也」。此說亦通。

僟人部 精謹也。从人。幾聲。明堂月令。數將僟終。巨衣切

數將僟終者。禮記月令季冬文。今禮記作幾。呂氏春秋季冬紀文同。鄭玄於本文幾字無釋。高誘呂覽注訓幾爲近。月令孔疏云「幾近也。」卽用高義。許引作僟。蓋所據本不同。僟從幾聲。故相通。然僟之本義爲精謹。則是叚僟爲幾也。説文丝部云「幾微也。殆也。」微殆引申之。皆有近意。

偭人部 鄉也。从人。面聲。少儀曰。尊壺者偭其鼻。彌箭切

尊壺者偭其鼻者。小徐本及廣韵三十三線引皆作禮少儀曰云云。較大徐本多禮字。桂馥疑少儀以下後人所加。謂「説文不擧戴記篇名。」嚴可均曰「案當作禮曰。許書引禮無出篇目例。彼時月令未入記中。故稱明堂月令。其餘引記皆謂之禮。今此少儀字蓋校者輒加也。」愚案嚴謂彼時月令未入記中者。蓋本隋書經籍志以月令爲馬融所足也。然劉向別錄禮記已有四十九篇。不待融足。隋志之誤。戴震四庫提要嘗辨之。嚴説非是。又許書偁禮者。止一字出戴記。嚴謂其餘引記皆謂之禮。亦非也。偭者。今禮記作面。鄭玄注云「

鼻在面中言鄉人也』與許訓鄉也同許引作偭蓋其本字作面叚借字也偭從面聲故二字通用

舫 舟部 船師也明堂月令曰舫人習水者从舟方聲甫妄切

舫人習水者今禮記月令無此文惟季夏之月有『命漁師伐蛟』語鄭玄注云『今月令漁師爲榜人』據此則月令在漢時有兩本文選司馬相如子虛賦云『榜人歌』張揖注引月令亦作『命榜人』舫榜同聲故段玉裁謂『榜人即舫人舫正字榜叚借字許所據即鄭所謂今月令也』惠棟亦云『鄭所云今月令皆明堂月令也』習水者三字嚴可均以爲蓋月令說桂馥以爲許公解釋舫人之文然舫人習水則單擧舫字其義似不得爲船師韵會二十三漾舫下引說文云『舩也』無師字舩即船之俗爾雅釋言云『舫舟也』舟即船也亦其旁證段氏說文注依韵會删師字是也舫從方聲方者併船也象兩舟省總頭形廣韵四十一漾及龍龕手鑑舟部皆曰『舫並兩船』蓋又兼取聲中之義惟卷子玉篇舟部舫下引說文亦作『舩師也』則顧野王所見舊本已如是不始於大小徐

疑韵會或從爾雅改說文，未必別據古本也。

𩅰 雨部 小雨也。从雨眾聲。明堂月令曰：𩅰雨。職戎切

𩅰雨者，今禮記月令無此文，惟季春之月有「淫雨蚤降」語，鄭玄注云「淫，霖也。雨三日以上為霖。今月令曰眾雨。」據此則許所偁之𩅰雨，即鄭注今月令之眾雨也。𩅰本字，眾段借字。𩅰從眾聲，故通用。然經文淫雨，鄭既釋淫為霖，與許訓𩅰為小雨義異，霖雨故為災，若小雨則非災象矣。故段玉裁謂「許不當以小雨釋𩅰，似小必是誤字。」鈕樹玉則疑「明堂月令當是霃雨，霃訓霖雨，音亦近，淫或傳寫為眾，後人因加雨頭。」郝懿行亦謂「依聲義當為霃。」愚案𩅰以眾為聲，眾多也，聲中兼意，則𩅰當是多雨之義，霃與眾又同從从聲，故𩅰霃亦通。但二係本引經皆在𩅰下，固不可以𩅰為霃。鈕郝說似未必是。苗夔說文繫傳校勘記謂「小雨當作久雨。」久小形近，其說得之。且𩅰篆之次，霃訓久陰，霖霤皆訓久雨，以列字之序求之，作久雨正其類。又𩅰本月令作淫之別本，說文淫下云「一曰久雨為淫」，爾雅釋天云「久雨謂之淫」，𩅰與淫異字同義，亦其相

通之證也。

乳 乙部 人及鳥生子曰乳。獸曰產。从孚。从乙。乙者。玄鳥也。明堂月令。玄鳥至之日祠于高禖。以請子。故乳从乙。請子必以乙至之日者。乙春分來。秋分去。開生之候鳥。帝少昊司分之官也。而主切

玄鳥至之日祠于高禖者。禮記月令仲春文。以請子三字。今禮記無。疑許君以意足之。增成其義也。鄭玄注云。『玄鳥。燕也。燕以施生時來。巢人堂宇而孚乳。嫁娶之象也。媒氏之官以為候。高辛氏之世。玄鳥遺卵。娀簡吞之而生契。後王以為媒官嘉祥。而立其祠焉。變媒言禖。神之也。』案此注可與許說相參。說文燕部云。『燕。玄鳥也。籋口布翄。枝尾。象形。』燕即乙字。乙初文。畧象形。燕象其全體之形也。又案杜佑通典吉禮篇高禖條下引盧植曰。『玄鳥至而陰陽中。萬物生。故於是以三牲請子於高禖。』正與許以請子之說合。許引此蓋證乳從乙會意之指。

蠲 虫部 馬蠲也。从虫目。益聲。勹象形。明堂月令曰。腐艸為蠲。古玄切

腐艸為蠲者。禮記月令季夏文。今禮記作螢。鄭玄注云。『螢飛蟲。螢

火也』許訓蠲爲馬蠲也者，文義皆與鄭異。案呂氏春秋季夏紀云：『腐草化爲蚈』，淮南時則篇同，高誘注云：『蚈，馬蚿也。蚈讀如蹊徑之蹊。幽州謂之秦渠。一曰螢火也。』據此，則月令此文蓋有數本。鄭所據作螢，許所據作蠲，呂覽爲禮記月令之所出，（禮記孔疏引鄭目錄云：月令本呂氏春秋十二月紀之首章也，以禮家好事抄合之。）字又作蚈。高訓蚈爲馬蚿。太平御覽卷九百四十八引淮南條下有無名氏注云：『蚈，馬蠸也。』顧廣圻、陶方琦並謂『此與高注殊，當爲許愼注』。蠲、蚈、蠸、蚿俱一聲之轉，實一物而異名。獨螢則非其類，說文有熒無螢，鄭君雖以螢火爲釋，而高氏則以一曰別之，明其非義之正也。蚈、蚿二字亦說文所無。段玉裁謂『許所據者古文古說，鄭注蓋非古文古說』，是也。（本草綱目螢有三種：一種能飛，有光，乃茅根所化，呂氏月令腐草爲螢是也；一種長如蠶，尾後有光，無翼，乃竹根所化，亦名蠲，明堂月令腐草爲蠲是也；一種水螢居水中。案此分別螢種甚悉，惟謂呂氏月令作螢則誤。呂覽舊本有作螢蚈者，以淮南及高注校之，知螢乃衍字。）

虹　虫部

螮蝀也。狀似蟲。从虫工聲。明堂月令曰：虹始見。（戶工切）○蚺，籀文虹，从申。申，電也。

虹始見。禮記月令季春文。鄭玄注云：『螮蝀謂之虹。』案爾雅釋天云『螮蝀謂之雩。螮蝀，虹也。』此鄭注所本。許訓螮蝀也，亦與爾雅合。春秋元命苞云『陰陽交為虹蜺』淮南說山篇云『天二氣則成虹』是虹乃陰陽之氣，許以其狀似蟲，字又從虫，故入之虫部。籀文作蚺，從申，申電也，電者陰陽激燿，則兼取二氣之義為會意字。劉熙釋名釋天云『虹，陽氣之動也。』又云『虹，攻也，純陽攻陰氣也。』斯乃讀虹為攻，虹攻同從工聲，蓋又以聲為義矣。

酎 酉部 除柳切

三重醇酒也。从酉，从時省。明堂月令曰：孟秋天子飲酎。

天子飲酎者，禮記月令孟夏文，呂氏春秋此文亦在孟夏紀，許引作孟秋，當為傳寫之誤。戴侗六書故弟二十八引蜀本說文正作孟夏，可證也。酎從時省者，蜀本作『肘省聲』，段嚴桂諸家皆從之，則亦傳寫之誤也。鄭玄注云『酎之言醇也，謂重釀之酒也。』許訓三重醇酒也者，與鄭義同。再重三重，皆重釀也。廣韵四十九宥云『酎，三重釀酒。』易醇字為釀。段玉裁謂『當從之，用酒為水釀之，是再重之酒也。次又用再重之酒為水釀之，是三重之酒也。』段意蓋謂說文醇當作醲。愚案月令孔疏申注云。「酎音近稠。稠醲厚。故為醇也。」許訓醇為不澆酒。不澆者。謂不以水襍也。不襍以水。則味厚。孔疏蓋得許恉。不必從廣韵。又案漢書景帝紀「元年高廟酎。」顏師古注云。「酎。三重釀醇酒也。味厚。故以薦宗廟。」顏解酎字即本之說文。而增一。釀字於三重與醇酒之閒。亦知醇自為義。非醲之譌矣。

以上偁禮記者四字。偁明堂月令者九字。偁少儀者一字。月令少儀皆禮記篇名也。故歸之禮記。

說文解字引禮考卷二終

說文解字引春秋傳考

說文解字引春秋傳考敘例

許君引春秋傳，主於左氏。案孔穎達左傳正義引劉向別錄云：左丘明授曾申，申授吳起，起授其子期，期授楚人鐸椒，鐸椒作抄撮八卷，授虞卿，虞卿作抄撮九卷，授荀卿，荀卿授張蒼。據此則張蒼於左氏為七傳。漢書儒林傳偁：漢興，北平侯張蒼及梁太傅賈誼，皆修春秋左氏傳。誼為左氏傳訓故，授趙人貫公。子長卿，授清河張禹。禹授尹更始，更始傳子咸及翟方進，而劉歆從尹咸及翟方進受。後漢書賈逵傳偁：父徽，從劉歆受左氏春秋，兼習國語。逵傳父業，尤明左氏傳國語，為之解詁五十一篇。據此則賈逵左氏之學，於賈誼為八傳。陸德明經典釋文序錄言張蒼傳賈誼，斯則史無明文。然其述張蒼以上授受之人，皆與孔氏所引別錄同，則此語或亦出自別錄。尋史記張蒼傳：蒼秦時為御史，本好書，無所不觀，無所不通。許君說文敘言：北平侯張蒼獻春秋左氏傳。蒼既師承有自，秦雖燔書，而蒼以為御史故，或得私藏。漢弛書禁，因而獻之，事自可信。然則漢初言左氏，固當本之張蒼。賈生洛陽少年，蒼則秦時故吏，書獻自蒼，則誼從蒼受，又事之可信者也。惟蒼所尤邃者為律歷。而左氏傳之有訓故。實自賈生始。漢書楚元王傳云。初左氏傳多古字古言。學者傳訓故而已。此所謂傳訓故。蓋即傳賈生之學。及賈逵為解詁。猶是賈生家法。由逵越賈生而上溯。則逵於丘明為十六傳。許君從逵受古學。故於春秋宗左氏矣。

左氏之學。因劉歆而顯。左氏之橫見詆排。亦因劉歆而致。楚元王傳偁歆治左氏。引傳文以解經。轉相發明。由是章句義理備焉。蓋自賈生而後。大抵皆傳訓故。漢書儒林傳以賈護劉歆並偁。護受之胡常。常受之尹更始。與歆同淵源。後漢書陳元傳。元父欽。習左氏春秋。事賈護。與劉歆同時而別自名家。元少傳父業。為之訓詁。惟歆於訓故外兼明義理。訓故依經為說。語不空生。義理須加紬繹。自多創見。杜預左傳集解序所謂劉子駿創通大義是也。依經則人無間言。創通則易招疑謫。矧歆奮其獨往之識。欲建立左氏以奪公穀之席。宜攻難之士。滯固所稟。起而與之訟也。其後治左氏而出於歆者。大義訓故。分別為書。見於後漢書者。鄭興從歆講正大義。歆美興才。使撰條例章句訓詁。興子衆。作春秋難記條例。賈徽作左氏條例二十一篇。此所云條例。蓋皆承歆創通之學。三國志蜀志尹默傳云。默專精左氏春秋。自劉歆條例。鄭衆賈逵父子。陳元服虔注說。咸略誦述。不復案本。據此則歆於左氏已先有條例之作。而各自有其義者也。徽子逵。章帝建初元年。詔逵入講北宮白虎觀南宮雲臺。帝善逵說。使發出左氏傳大義長於二傳者。逵於是具條奏之。摘出左氏三十事尤著明者。此亦條例之類。與其所作解詁殊科。晚有服虔穎容。穎作春秋左氏條例五萬言。服作春秋左傳解誼。解誼猶解詁也。今諸家之書皆佚。惟許君引春秋傳以證字義。猶紹侍中之業。而亦太傳訓故之正傳也。故凡賈服遺說之散見羣書可取以資許說者。并釆之。諸可寶曰。許君固五經無雙者。而尤以左氏爲專門名家之學。隸釋高彪碑引□□尉汝南許公明王左氏。范書亦專敘左氏學之次。即列許君傳。雖前有服穎謝三人。其意自見。杜預左傳注。名曰經傳集解。自序云。劉子駿創通大義。賈景伯父子許惠卿皆先儒之美者。末有穎子嚴。雖淺近。亦復名家。故特舉劉賈許穎之違。以見同異。是則集解者。當謂匯諸解而集之。與何晏論語集解同。乃其注中更不指系一人。而序文經傳集解之目。又在分經與傳數語之下。於是孔氏正義。遂謂聚集經傳爲之作解。與何晏言同而意異。夫取傳附經。何名曰集。此實曲護杜失。顛亂命名之恉。故錢大昕曰。元凱名其書曰集解。蓋取何平叔論語之例。顧平叔於孔包馬鄭諸解各標其姓名。而元凱於前賢義訓。隱而不言。則又近於伯尊之勦善矣。今考許君所引傳文，杜注多與許說同。許說本承賈侍中，此正杜氏穀善之塙證。然清儒作左傳補注及輯賈服舊注者，率未之及。偶有引說文者，亦不知叚許說以通賈說，蓋其疏也。

許君於詩兼存三家，故其於春秋，亦不廢二傳。惟三家詩異字甚多，未嘗以家為別。其明著魯詩說韓詩傳者，雖止二字，三家詩字不止於此也。春秋則左氏文繁，二傳辭絜，故名系公羊者但三字，又皆左氏之所無也。今錄以為左傳之殿焉。其有公穀與左氏同文者，覽者自能辨之。

國語為春秋外傳，賈氏父子並兼習之。逵之解詁五十一篇，唐章懷太子李賢後漢書賈逵傳注，謂左氏三十篇，國語二十一篇。今國語惟韋昭注行。昭偁三君注，逵之解詁雖在其中，而所存無幾。今得許君所引觀之，知韋注之同於許說者，即同於賈；韋所不同者，由許說亦可以窺賈詁之遺也。今附引國語考於引春秋傳考之後。

說文解字引春秋傳考字目

卷一

祳　社　祲　瓘　璿　琥　薀　茷

⿰牛京　牼　噧　設　咋　趡　癹　㞢

違　迋　彶　逞　徼　衛　⿰齒責　齮

踣　嵒　諗　誒　訐　讟　妄　弇

睔　眅　䀏　雃　雒　鶂　玆　殲

肎　籓　篳　衘　曶　話　盬　盤

盄　餕　桒　櫝　杇　栽　楹　桷

檇　槎　橋　楄　櫬　楬　麓　郡

鄅　郳　郲　邲　郟　郥　鄸　鄍

鄐　郣　鄭　鄟　郳　旰　鄉　曬

旝　有　穮　稃　秊　稔　黏　香

氣　兇　窀　痁　黴　儵　儆　僑

佃　俘

禰 禬 祛 褰 移 禍 衷 樾

䀹 畝 鎖 碬 砉 碩 貜 嫣

𩢍 㚘 奰 撕 燬 埶 燀 㸕

煒 繙 惄 寱 㥯 惰 悝 忼

惷 溠 灤 沿 湫 瀋 匸 震

鱷 閟 耴 䁥 㩙 摜 抎 掉

掀 擐 掫 捷 姓 姺 娠 姶

婉 嬛 𢯲 戭 武 紇 縉 緹

緜 紲 繢 縊 蠱 墊 堋 勍

勦 鑷 轑 轘 附 隝 莤 亥

𨜹 鋧 娟 上三字僻公羊傳

坿引春秋國語考字目

珠 葩 犅 𧦧 鸞 篕 䍡 伏

侊 㢩 𧊒 𡚇 餕 闊 聆 挑

捲 医 蛧 垓

說文解字引春秋傳考卷一

衡陽馬宗霍

祳 示部 社肉盛以蜃，故謂之祳。天子所以親遺同姓。从示，辰聲。春秋傳曰：石尚來歸祳。時忍切

石尚來歸祳者，左氏定公十四年經文，非傳文也。嚴可均曰：「當作春秋曰，傳字議刪。漢時經傳別行，不得以傳統經。兆下等下無傳字乃舊本也。餘皆後人輒加。」段玉裁曰：「凡說文引春秋經皆繫諸傳，謂左氏春秋有此文也。」愚案鄭注禮記，凡引三傳文，通偁春秋傳，不冠公穀左字。許君說文於春秋以左氏爲主，引公羊傳者止三字，則系公羊以別之。然則但偁春秋傳者，固皆左氏文也。至於經有傳無之文，兆下等下並讀若引以證音，非證本字本義。其餘引證本字者，大徐本俱有傳字，小徐本偶有無傳字者，是否後人輒加，殊未能定之。尚有其文經傳兼見者，嚴氏亦議刪傳字，則非也。今此文三傳經文皆作脤，許引作祳，當是所據古文如此。訓曰社肉盛以蜃，故謂之祳者，案周禮春官大宗伯賈公彥疏引五經異義左氏說：「脤

社祭之肉。盛之以蜃」是許訓亦本古說也。五經異義亦許君作。彼字作脤。疑脤卽裖之別體。主祭而言。故字從示。主肉而言。故字從肉。肉為祭設。所重在祭。說文為字書。肉部無脤字。許蓋以裖為正字也。又云天子所以親遺同姓者。案大宗伯職「以脤膰之禮親兄弟之國」此卽許說所出。彼經鄭玄注亦引春秋此文為證。而曰「脤膰社稷宗廟之肉。以賜同姓之國。同福祿也」據此。知春秋周禮兩經誼相應。許鄭說亦同。杜預左傳注云「脤。祭社之肉。盛以蜃器。以賜同姓諸侯。親兄弟之國。與之共福」蓋兼許鄭之義。孔穎達正義申注。以為「先儒及杜並如此解」所云先儒。謂賈服也。（漢書五行志中之上「成肅公受脤於社」注引服虔曰「脤。祭社之肉也。盛以蜃器。故謂之脤」此卽服氏左傳注之文。與杜解正合。）又周禮地官掌蜃職「祭祀共蜃器之蜃」鄭注引本經。又作「歸蜃」賈疏曰。「以蜃器而盛肉。故名肉為蜃」則作蜃乃叚借字。然疑鄭引春秋證周禮。卽改就周禮之字。未必所據春秋經別有作蜃之本也。

社（示部）

地主也。从示土。春秋傳曰。共工之子句龍為社神。周禮。二十五家為社。各樹其土所宜之木。（常者切）○䄕。古文社。

共工之子句龍爲社神者。見左氏昭公二十九年傳。彼云：『共工氏有子曰句龍。爲后土。后土爲社。』此約辭也。杜預注云：『共工在大皞後神農前。以水名官。其子句龍能平水土。故死而見祀。』正義引祭法曰：『共工氏之霸九州也。其子曰后土。能平九州。故祀以爲社。』（國語魯語曰：『共工氏之伯九有也。其子曰后土。能平九土。故祀以爲社。』與祭法同。）據此則句龍生爲后土之官。有平水土之功。死配五土之神。祭於社耳。許訓社爲地主也者。乃其本義。句龍配社。故引之以爲證。又案禮記郊特牲正義引五經異義則地主爲社。出今孝經說。許君於異義主古左氏說。以社是上公非地祇。於說文則今古文說兼用。且以今文說爲本義者。蓋異義先成。說文晚定。故不同也。

祲（示部）　精氣感祥。从示。侵省聲。春秋傳曰：見赤黑之祲。（子林切）

見赤黑之祲者。左氏昭公十五年傳文。案周禮春官眡祲『掌十煇之灋。以觀妖祥。辨吉凶。一曰祲。』鄭司農注云：『煇謂日光氣也。祲陰陽氣相侵也。』許訓祲爲精氣感祥。字又從侵省聲。聲中兼意。與先鄭義正合。淮南泰族篇『精祲有以相蕩也。』許君彼注云：『精祲氣之侵入者也。』（泰族篇敘目無「因以題篇」語，諸家定此篇爲許慎之注。）可與說文之訓相參。春官序官鄭玄注云：「祲，陰陽氣相侵漸成祥者。」亦引左傳此文爲證。蓋即兼用先鄭與許說。嚴可均、程瑤田、桂馥且據後鄭此注，謂今說文感祥當作成祥，案宋祁校漢書匡衡傳引字林亦作「成祥」，字林多本說文，感與成形相近，則感爲成譌，理亦或然。杜預注云：「祲，妖氣也。」此蓋探本傳下文喪氣爲說。對文則凶曰氛，吉曰祥，散則可通。說文气部氛亦訓祥氣，蓋統言祥，亦兼吉與凶也。孔疏申杜，但引二鄭周禮注，不引說文，疏矣。

瓘 玉部 玉也。从玉，雚聲。春秋傳曰：瓘斝。（工玩切）

瓘斝者，左氏昭公十七年傳文。杜預注云：「瓘，珪也。」許但訓玉也者，以玉爲大名也。正義申杜曰：「瓘是玉名，此傳所云，皆是成就之器，故知瓘是珪也。」案孔氏以瓘爲玉名，即本說文，然愚疑許意瓘斝即是玉爵，與本傳下文「玉瓚」相對爲二物。杜以瓘爲珪，則合斝瓚爲三物矣。

璿 玉部 美玉也。从玉，睿聲。春秋傳曰：璿弁玉纓。（似沿切）〇璚，古文璿。

○叡。籀文璿。

璿弁玉纓者。左氏僖公二十八年傳文。今左傳作瓊。杜預注云。『瓊玉之別名。』正義引詩毛傳云。『瓊玉之美者。』許偁作璿。當是所據左氏古文如此。文選張衡西京賦云。『璿弁玉纓。』蓋郎用左傳語。正與許引同。璿通作瓊者。璿從睿聲。瓊從夐聲。古音同在寒部。又瓊之重文作琁。從旋省、經典璿與琁旋多通用。尚書舜典『在璿璣玉衡。』史記律書作『旋璣玉衡。』司馬彪續漢書律歷志作『琁璣。』爾雅釋詁郭璞注引舜典文作璿。彼釋文云。『璿又作璇。』皆其證也。今說文璿訓美玉。瓊訓赤玉。美赤二篆形相近。證以毛傳。則瓊下赤字蓋亦美字之譌。然則璿瓊不惟音近。義亦同矣。錢坫謂『後人不知璿琁爲二文。故以璿弁爲瓊弁。』似於璿瓊相通之理偶有未達。

文選顏延年陶徵士誄。『璿玉致美。』李善注云。『山海經曰。「升山黃酸之水出焉。其中多琁玉。」說文曰。「璇亦璿字。」』段玉裁據此。謂『李氏以琁注璿。引說文爲證。然則李所據說文不同今本。

」因移説文瓊之重文琁爲璿之重文。又改瓊下注赤玉作亦玉。亦可備一説。

琥 玉部 發兵瑞玉。爲虎文。从玉。从虎。虎亦聲。春秋傳曰。賜子家雙琥。呼古切

賜子家雙琥者。左氏昭公三十二年傳文。今左傳作子家子。小徐本同。疑大徐本脱一子字。杜預注云「琥玉器。」正義曰「周禮大宗伯云。「以玉作六器。以禮天地四方。白琥禮西方。」鄭玄云「虎猛象秋嚴。」禮經及記言琥多矣。都不説其狀。蓋刻玉爲虎形也。」愚案杜注但云玉器。孔疏引周禮經注申之。且説其狀。周禮賈疏亦謂以玉爲虎形。與孔説同。考聶崇義三禮圖引鄭圖云。「白琥以玉。長九寸。廣五寸。刻爲伏虎形。高三寸。」則孔賈二疏説亦有徵。許訓琥爲發兵瑞玉。則非周禮六玉之琥也。又云爲虎文。則非刻爲虎形也。段玉裁曰。「周禮典瑞。牙璋以起軍旅。以治兵守。不以琥也。漢與郡國守相爲銅虎符。銅虎符從第一至第五。國家當發兵。遣使者至郡國合符。符合乃聽受之。蓋以代牙璋也。許所云未聞。」愚案以虎符

發兵。見漢書文帝紀應劭注。既是漢制非周制。則許君不得引左傳為證。且漢之虎符以銅為之。亦與許云瑞玉不同。此當別有所本。洪亮吉左傳詁。馬宗槤左傳補注。皆引說文此條。而亦無旁證。但存為左氏舊義而已。孫詒讓札迻曰：「偶讀御覽珍寶部引呂氏春秋云：「戰鬥用琥。」與發兵瑞玉義似相近。又云：「成功用璋。大喪用琮。」檢今本呂覽悉無此文。繼考段成式酉陽雜俎云：「安平用璧。興事用圭。成功用璋。邊戍用珩。（當為六玉之璜，璜珩聲相近。）戰鬥用璩。（璩當作琥）城圍用環。災亂用雋。（疑瓗之誤。）大旱用龍。（龍當作瓏。）大喪用琮。」其文較詳。而不審所出書。殆全本呂覽也。其璋琮二句。與御覽引呂書亦正同。以二書互證。知許書琥瓏二字。自據呂覽佚文為釋。琥為虎文。則瓏為龍文。義正相儷。此疑亦漢人說呂覽佚義在高誘前者。九玉蓋據六國時制。與禮經瑞玉自不相應也。」此說可備一解。顧六國之制而許君引左傳說之。則或以其同為玉器。又同以琥名耳。（敦煌唐寫本切韻殘卷十姥云：「琥，發兵符。」廣韻同。易瑞玉二字為符字，未知何據。）

薀 艸部　積也。从艸，溫聲。春秋傳曰：薀利生孽。於粉切

薀利生孽者。左氏昭公十年傳文。今左傳作蘊。釋文云：「薀，紆粉反。

」則陸氏所據本正與許引同。阮元左傳注疏校勘記曰：「石經宋本宋殘本淳熙本岳本足利本蘊作薀，與北宋刻釋文合。蘊俗薀字。」愚案說文無蘊字，廣韵十八吻云：「薀俗作蘊。」則阮校是也。今經典薀蘊多互出。本經隱三年傳之「薀藻」，石經作蘊。詩召南釆蘋孔疏引文選左思蜀都賦李注引並同。隱六年傳「芟夷蘊崇之」，石經宋本及釋文本並作薀。周禮稻人薙氏鄭司農注引亦並同。昭二十五年傳「蓄而弗治將薀」，釋文云「薀本亦作蘊」，皆其證。蓄正俗不辨久矣。此文之薀，杜預注云「蓄也」，許訓積也者，蓄畜通作蓄。說文云「蓄積也」，則杜與許義合。

茷 艸部 艸葉多。从艸，伐聲。春秋傳曰：晉糴茷。符發切

晉糴茷者，見左氏成公十年傳。杜預注云「糴茷，晉大夫。」愚案古人命名，率有所取義。茷之本義為艸葉多，則以茷為名，或取茂美豐盛之意耳。

㹁 牛部 牻牛也。从牛，京聲。春秋傳曰：牻㹁。呂張切

牻㹁者，左氏閔公二年傳文。今左傳作尨涼。惠棟左傳補注云：「說

文引作牻椋，云「牻，白黑雜毛牛。椋，牻牛也。」牛之雜色者不中爲犧牲，衣之不純者，不得爲太子、若以尨爲涼，義無所取。古文省少，或借涼爲椋。』沈彤左傳小疏云：『案廣韻，椋，牻牛駁色。蓋說文脫駁色二字。牻椋謂牻服色駁也。否則冬與金玦皆有義，而牻獨無乎。上文偏衣即牻服，蓋分織牻牛白黑毛爲之，下所謂奇無常也。』王引之經義述聞述其父念孫云：『尨涼冬殺，金寒玦離，上字與下字義並相因。尨既爲雜，則涼亦爲雜也。說文偁春秋傳曰牻椋，牻與尨同義。椋與涼同義。』愚案惠沈王說雖各別，要皆以爲涼通作椋而取雜色之義。今檢說文犬部云：『尨，犬之多毛者。』水部云：『涼，薄也。』則作尨涼皆叚借字，正字並當從許引。杜預注云：『尨，雜色。』此解不誤。惟又云：『寒涼殺離，言無溫潤。』則似就涼之本義生意，失之。正義曰：『尨涼則申上衣之尨服也。尨涼據服，冬殺據時耳。』是孔氏亦知涼爲借字，故不從杜也。漢書五行志中之上引左傳此文，顏師古注云：『涼，薄也。尨色不能純，故曰薄也。』蓋依杜解，故亦用涼之本義。徐鍇繫傳通釋曰：『尨，駁雜之稱也。涼亦寒埶相半不純也。』

」斯又近於牽彊矣。顧炎武左傳杜解補正引林氏堯叟曰：「衣之尨雜，則有涼薄之意。」惠棟以爲亦未當。愚謂顧書以杜解補正爲名，則就杜立說，固其體例然耳。陳瑑曰：「涼之義亦爲雜。周禮水漿醴涼注：涼，今寒粥，若糗飯雜水也。是其義也。」案說文酉部有䣼字，云「襍味也。」周禮六飲醴涼之涼，蓋即䣼之借字耳。段玉裁曰：「閔二年傳本作尨涼，蓋許引之證牻椋二字所以從尨從京也。京者涼之省也。牻椋同義，如尨涼一理相似，傳寫誤爲春秋傳牻椋，殊不可通。」愚案作牻椋，大小徐本及集韻類篇引說文皆同。此蓋許據有別本，恐非傳寫之誤。椋涼同從京聲，故通用。若謂椋之從京爲涼省，則椋但有雜義無薄義，當爲䣼之省而非涼省矣。段說似未允。

牼 牛部 牛厀下骨也。从牛，巠聲。春秋傳曰：宋司馬牼字牛。口莖切

宋司馬牼字牛者，今左氏傳無此文。嚴可均曰：「宋有少司寇牼，見昭二十年傳，疑當作春秋傳有宋司寇牼字牛。」吳玉搢桂馥並與嚴說同。段玉裁曰：「仲尼弟子列傳，宋司馬耕字牛。左傳哀十四年兩書司馬牛，不偁其名。許云司馬牼，豈即司馬耕與？外此昭廿年廿一

年宋有華牼。孟子書有宋牼，皆不傳其字。』愚案：此當存疑，與不得已。段說近之。王引之春秋名字解詁云：『古者耕以人耦，不用牛力。作耕非本義也。耕當讀爲牼。說文引春秋傳曰宋司馬牼字牛，即司馬耕也。』此足申成段說。然如其言，亦當作春秋傳有，而曰字爲有之誤。敦煌唐寫本切韵殘卷十四耕正作『宋有司馬牼』，廣韵十三耕同，可證。

噧口部　高气多言也。从口，蠆省聲。春秋傳曰：噧言。訶介切

噧言者，今左氏傳無此文。惠棟曰：『噧言無考，疑作煩』。錢坫亦曰：『疑蠆省聲當爲萬聲，即嘖有煩言之煩。煩言，多言也。是於音訓皆合。但無据以證之。』段玉裁曰：『噧言未見所出。惟公羊襄十四年經鄭公孫囆，二傳作蠆。疑噧言二字有誤，當云鄭公孫囆。』嚴可均則以爲即哀公廿四年傳『躗言』。陳樹華說同。阮元校勘記曰：『案錢大昕云：杜云：「躗過也。」釋文云：「躗戶快反。」與噧音河介切相近。古文從口從言之字多相通。說文兼收噧譪二字。噧訓高气多言。譪訓譀。譀又訓誇。誇譀義較過尤長。然則噧言即躗言，亦可作譪言也。』愚案：嚴陳說及阮引錢說皆是也。左傳釋文正義並引服虔

云。『躛偽不信言也』。許以多言釋噧。多言者無實。是許說與服義正相合。然說文足部云『躛，衛也』。既無過謬之義，亦無偽不信之義。明作躛是叚借字。許所偁作噧，古文正字也。釋文躛下又引『字林作⿱衛心今注疏本所坿釋文誤作躛云夢言意不慧也。音于例反』。案字林⿱衛心之音義亦本之說文。然許心部⿱衛心下不引經，疑亦非許之所據。李貽德春秋左傳賈服注輯述云『說文⿰言萬，譀也。譀又作⿰言忘，云俗譀從忘。⿰言忘卽詤之異文。說文云，詤，夢言也。釋文云，字林作躛，云夢言意不慧也。惟躛本是⿰言萬。⿰言萬訓譀。譀詤同。故字林以說文釋詤之夢言轉以釋躛也』。愚案李氏據釋文誤本，以為字林作躛，不悟陸氏音義本為躛字而發。而字林作⿱衛心，從心，與從足之躛不同，故特出之。若亦作躛，但錄字林音義足矣。何為複出躛字。且字林之訓與說文⿱衛心字全同。李氏亦未之照，乃展轉求與譀詤相合，更失之矣。

嗀 口部 歐皃。从口。㱿聲。春秋傳曰。君將嗀之。許角切

君將嗀之者，左氏哀公二十五年傳文。今左傳作㱿。唐石經作㱿。釋文本作嗀。今注疏本所坿釋文亦誤作㱿。云『許角反』。是陸氏所據正與許引同。

石經作殸，為省形存聲字，今本作殸，誤字也。杜預注云：『磬，嘔吐也。』許訓歐兒者，說文無嘔字，嘔即歐也，杜解與許合。沈欽韓左氏傳補注云：『玩諸師上語，必是足創不堪著屨，若復勉同人，必潰浥須擱拭，反使君見而欲嘔也。』此說足以申杜。徐鍇說文繫傳通釋曰：『心惡未至於歐，因磬而出之也。』殊為迂曲，而梁履繩左通補釋取之，未必是。

嗾 口部　使犬聲。从口，族聲。春秋傳曰：公嗾夫獒。穌奏切

公嗾夫獒者，左氏宣公二年傳文。釋文云：『嗾，服本作㗖。』正義引服虔云：『嗾，㗖也。』臧琳云：『案釋文，則㗖即嗾字。㗖讀若諏，与嗾聲相近，故文異。依正義，則服本亦作嗾，但訓嗾為㗖耳。』惠棟則謂『服讀嗾為㗖，非作㗖。』段玉裁以閩本監本毛本正義㗖作取，謂『此段宋本有誤，正義當云服虔本嗾作取，注云取嗾也。』愚按臧惠說是。段氏疑服本作取，非也。左氏之學興于賈服，許學出賈，說文引作嗾，則服本當同。正義引服說似不誤，惟服訓嗾為㗖，㗖字說文玉篇皆無，集韻四十五厚始收之，云『嗾或作㗖。』蓋為俗字，當以

作取為正。許訓嗾為使犬聲者，左傳釋文引作「使犬也」，日本汲古留真所收說文口部殘葉亦作「使犬也」，則今本聲字疑也字之譌。服訓嗾為取者，取與趣通，莊子齊物論「趣舍不同」，彼釋文云「趣本作取」，是其證。漢書集注「趣讀曰促，趨讀曰趣」，說文「趣，疾也。趨，走也。」然則趣蓋有促使疾走之意，服注與許說亦相成也。徐鍇說文繫傳通釋曰「嗾，獎使之進也。」梁履繩取之，案獎即奬之俗，說文犬部云「奬，嗾犬厲之也」，小徐此解可申許義。

趡 走部 動也，从走隹聲。春秋傳曰盟于趡。趡，地名。千水切

盟于趡者，左氏桓公十七年經傳皆有之，嚴可均議刪傳字，非也。杜預注云「趡，魯地」，許引經而又釋之曰趡地名者，明經義與本義殊，所以說段借也。凡引地名非本義者皆視此。許君或言或不言，段玉裁必謂「趡地名三字為後人增」，亦未塙。

𤼵 癶部 以足蹋夷艸，从癶从殳。春秋傳曰，𤼵夷薀崇之。普活切

𤼵夷薀崇之者，左氏隱公六年傳文，隸變作發。今左傳作芟，杜預注云「芟，刈也」，案說文艸部芟訓刈艸，是杜注即本許說，然許艸部

不引經而引作癹當是所據左氏古文如此惠棟云『癹今作芟音刪形聲兩失』李賡芸云『後人尠見癹字乃改爲芟』李富孫左傳異文釋亦謂『癹與芟音義不同當以字形相亂』章先生亦疑『今本左傳作芟有誤』又未必然案釋文云『芟所銜反說文作癹匹未反』此蓋左傳有兩作本許杜各異故陸氏引說文以相況周禮地官稻人職注秋官序官薙氏注鄭司農兩引左傳此文亦作芟又其證也癹芟皆從殳詩周頌載芟毛傳云『除草曰芟』許訓癹爲以足蹋夷艸蹋所以釋從癶夷所以釋從殳除與夷義亦近也廣雅釋詁云『撥除也』撥卽癹之孳乳字

乏 正部 春秋傳曰反正爲乏 房法切

反正爲乏者左氏宣公十五年傳文今左傳作乏九經字様謂經典相承隸省愚謂葢隸變也此引左傳證字形而義卽在其中王筠謂『此說義說形之詞皆挩但存引經』不悟左傳明言『故文反正爲乏』本是說字形故許卽以傳說代字說也乏之本不正之偁射禮正以受矢乏以御矢借正爲射侯之名射人注云『正之言正也射者內志正則能中焉』故知射正之正爲叚借字借乏爲御矢之名鄭玄鄉射注『容謂之乏所以爲獲者御矢也』賈公彥疏云『容者以革爲之可以

容身。言唱獲者容身於其中。故云容也。云乏者謂矢於此匱乏不去。言矢至此乏極不過。故云乏也』蓋周禮射人言容儀禮鄉射大射言乏據人而說則曰容據矢而說則曰乏。故乏引申之義又爲匱乏。杜預注云『文字也』不解乏字。蓋亦以乏字之義卽見於傳不煩再解也。正義曰『許愼說文序云「蒼頡之初作書。蓋依類象形謂之文其後形聲相益謂之字文者物象之本字者孳乳而生。」是文謂之字也。制字之體文反正爲乏服虔云「言人反正者皆乏絕之道也」』案孔疏此節雖爲釋經而實卽釋字雖意在補杜而兼以證許矣。鄭樵通志六書畧論象形之惑云『左氏曰反正爲乏正無義也正乃射侯之正音征象其形焉正以受矢乏以藏矢是相反也反正爲乏其義在此』案漁仲以射侯與藏矢爲正乏二字之本義旣昧叚借之理且乏亦非藏矢也。

韙 是部 是也。从是韋聲。春秋傳曰犯五不韙。于鬼切 ○愇籀文韙从心。

犯五不韙者左氏隱公十一年傳文杜預注云『韙是也』與許說合。韙從是而訓是蓋卽形以爲義也左傳釋文引蒼頡篇同訓是知許訓蓋又本於蒼頡篇。

迋 辵部 往也。从辵王聲。春秋傳曰子無我迋。于放切子無我迋者。左氏昭公二十一年傳文。段玉裁曰：『鄭風「無信人之言，人實迋女」毛曰「迋，誑也」傳意謂迋爲誑之叚借。左氏此迋正同。迋本訓往，而經傳叚借爲誑，故偁之以明依聲託事。』王引之曰：『段氏說文注謂人實迋女之迋爲誑之叚借，是也。而謂子無我迋之迋亦同，則非也。子無我迋，乃恇之叚借，言子毋以是言恐懼我，今日之事，不幸而後死亡，幸猶不亡也，豈誑之叚借乎。』愚案杜預注云：『迋，恐也。』王氏此說，足以申杜。但本經定公十年傳云：『是我迋吾兄也。』杜預彼注云：『迋，欺也。』則與誑同義。蓋亦隨文而異其解。又案以言恐人者，多虛聲相脅，誑亦有虛誕之意，則誑與恐義亦相成，王氏必以段說爲非，過矣。

返辵部　還也。从辵从反，反亦聲。商書曰：祖甲返。扶版切　○彶，春秋傳返从彳。

春秋傳返从彳者，彶爲返之重文。返下引商書，當爲古文，許不言彶爲何體，但言春秋傳作彶者，案說文敘云：『左丘明述春秋傳以古文。』又曰：『其偁春秋左氏，皆古文也。』漢書亦曰：『左氏多古字古言。』則知彶亦古文矣。從辵從彳之字，古多互通，如䢐或作徂，𨑨或作征，𨑒或作𢓊，皆其例。鄭知同說文本經荅問云：『彶下偁春秋傳返从彳，可定許君於左氏與壁經異者。立壁經爲正，左氏爲別。』其說近是。章先生亦謂『迻之作徦，爲古文或字。』今左傳無徦字者，蓋後人習見迻，少見徦，從其習見者易之也。

逞 辵部 通也。从辵，呈聲。楚謂疾行爲逞。春秋傳曰：何所不逞欲。丑郢切

何所不逞欲者，左氏昭公十四年傳文。許訓逞通也，但引傳在『楚謂疾行爲逞』之下，則非本義之證。謂左氏此逞與疾同意也。疾有快義，方言云：『逞，疾也。楚曰逞。』又云：『逞，快也。自山而東或曰逞，江淮陳楚之閒曰逞，自關而西曰快。』是其證。本經此文杜預無注，桓六年傳云：『今民餒而君逞欲。』成十三年傳云：『穆公是以不克逞志於我。』成十六年傳云：『晉可以逞。』杜預彼注竝云：『逞，快也。』蓋通爲逞之本義，快與疾又通引申之義也。文選潘安仁關中詩：『未逞斯願。』李善注引賈逵國語注亦訓逞爲快，疑許於左傳此逞以疾快爲義者，蓋本之賈侍中。

微 彳部 隱行也。从彳，敚聲。春秋傳曰：白公其徒微之。無非切

白公其徒微之者，左氏哀公十六年傳文。杜預注云：『微，匿也。』許訓隱行也者，案爾雅釋詁：隱與匿竝訓微，許以其字从彳，故以行字足之。郭璞爾雅注云：『微謂逃藏也。左傳曰：其徒微之是也。』郭言

逃藏。亦兼有行義。且舉本傳此文為證。正與許同。蓋隱行猶行隱矣。段玉裁謂「杜注與釋詁匿微也互訓。皆言隱不言行。傳文微為散之段借字。此偁傳說段借。」愚案說文匿訓亡。亡訓逃。从入乚。謂入於迟曲隱蔽之處。是匿亦有行義也。

衝 行部

通道也。从行。童聲。春秋傳曰。及衝以戈擊之。昌容切

及衝以戈擊之者。左氏昭公元年傳文。今左傳作「及衝擊之以戈。」蓋許君所據與今本異也。衝為衝之俗變字。杜預注云「衝。交道。」許訓通道也者。交猶通也。慧琳音義卷八衝下引說文作「交道四出也。」與今本不同。而與杜注正合。案爾雅釋宮云。「四達謂之衢」郭璞注云。「交道四出。」然則衝猶衢矣。徐諧說文繫傳通釋云。「謂南北東西各有道相衝」亦釋四出之義也。

䶫 齒部

齒相值也。一曰齧也。从齒。責聲。春秋傳曰。皙䶫。士革切

皙䶫者。左氏定公九年傳文。今左傳作「幘。」杜預注云。「齒上下相值。」許引作䶫。訓曰齒相值也。則杜本與許字異義同。釋文正義並引說文作䶫以申杜。知正字當從許引。惠棟曰。「古者有冠無幘。

秦漢以來，始有其制，此傳幘字說文引作䶐，云齒相值也。故杜訓從之。古省，或以幘為䶐。」段玉裁曰：「古無幘，則述傳時無此字也。今左傳作幘，譌字也。」洪亮吉云：「杜注取說文，則杜時本尚作䶐，可知後乃誤作幘耳。又說文收幘字，明非後出之字。惠氏以幘為䶐之省文，亦未的。」愚按段洪說是也。李富孫以幘為假借字，亦失之。姜宸英湛園札記乃謂「字書幘音責，皆釋以冠幘之義，杜注幘齒上下相值，此又一義，字書失載。」更昧矣。

齹 齒部 齒差跌皃。从齒，佐聲。春秋傳曰：鄭有子齹。昨何切

鄭有子齹者，見左氏昭公十六年傳。嚴可均謂春秋傳下衍曰字，議刪是也。今左傳作子齹。說文齹齹二篆相蒙，段玉裁曰：「實一字也。左氏釋文曰：「齹，字林才可士知二反。說文作齹，云齒差跌也。在河千多二反。」是字林始有齹，各本說文乃以齹篆先齹，而別為音義，誤甚。古人名字相應，或以相反為相應。齹者不齊，故為嬰齊之字也。」愚案玉篇齒部云：「齹，此何切，齒齹跌者。又楚宜切，齒參差也。」齹跌即差跌，正與齹字義同，此亦齹齹一字之證。然玉篇亦複出齹

字云『在何切。齒差跌皃』全本說文。陳瑑因疑『𪗉為齹之或體，誤以一注分為兩注，而許所見之左傳作𪗉不作齹，故于𪗉下引經。』案如陳說，則齹𪗉兩篆似皆說文所本有，特轉寫誤以重文為正篆耳。陶方琦曰『說文齹下云「齒參差也」，參差即不齊，齒惟嬰兒最齊，齹象老人齒之參差不齊也，故嬰齊字齹』，案此亦可備一解。

踣 足部　僵也。从足，咅聲。春秋傳曰：晉人踣之。蒲北切

晉人踣之者，左氏襄公十四年傳文。今左傳作『與晉踣之』，嚴可均以許引為約文。按上文云『譬如捕鹿，晉人角之，諸戎掎之』，則下文作與晉為是，言戎與晉共踣之也。疑今說文轉寫致譌，非許所據有異也。杜預注云『踣，僵也』，即本許說。正義曰『前覆謂之踣』，案說文人部僵、偾二字互相訓，偃亦訓僵，爾雅釋言云『偾，僵也』，郭璞注云『卻偃』，許既訓踣曰僵，則踣亦是卻偃之意，而孔疏以前覆釋之者，案爾雅釋言又云『弊，踣也』，左氏定公八年傳正義引彼文作『斃，仆也』，又引孫炎云『前覆曰仆』，蓋爾雅之踣古本作仆，孔疏之說本孫炎也。要之踣、仆、僵、偃皆顛頓之名，對文則偃仆有卻、倒、前覆之別，散文則通耳。

㗊 品部　多言也、从品相連、春秋傳曰、次于㗊北、讀與聶同、尼輒切

次于㗊北者、左氏僖公元年經文、嚴可均議刪傳字、今三傳經文皆作聶、杜預注云、「聶北、邢地、」許所據作㗊、蓋古文本字也、九經字樣云、「今經典相承作聶北、行之已久、不可改正、」愚案許云讀與聶同、則作聶之本亦許所見、或謂許據左氏、則左氏本文當是㗊字、今亦作聶者、疑後人援二傳所改也、

諗 言部　深諫也、从言、念聲、春秋傳曰、辛伯諗周桓公、式荏切

辛伯諗周桓公者、左氏閔公二年傳文、杜預注云、「諗、告也、事在桓十八年、」按桓十八年傳本作「辛伯諫曰、」是諗與諫古通用、許訓諗為深諫、真古義也、諫而曰深者、徐鍇繫傳通釋曰、「據辛伯之言簡而深、故知為深諫也、」段玉裁曰、「諗深疊韵、深諫者、言人之所不能言也、」愚謂深諫即盡言以相諫之意、釋文諗下引說文云「深某、」張雲璈謂「陸氏所見本異、爾雅釋言云、諗、念也、則作謀度義亦得、」然說文列字皆有序、諗篆次於諫下、則作深諫為是、謀諫形近、蓋轉寫之譌、不得以此疑說文也、洪亮吉謂「杜注訓告、雖本

詩鄭箋、究當以說文為是」今案國語晉語七韋昭注云、「諗、告也、告得失也、」疑杜注自出于韋、不必依鄭也、

誒 言部 可惡之辭、从言、矣聲、一曰、誒然、春秋傳曰、誒誒出出、許其切

誒誒出出者、左氏襄公三十年傳文、今左傳作譆譆、按此狀鬼神之聲、本無定字、然說文譆訓痛也、則作譆為叚借字、許引作誒誒、誒之本義為可惡之辭、鬼神之聲、發於歎恨、与可惡之義尚近、是引經蓋證本義、卷子玉篇言部誒下載說文引春秋傳曰云云、正在可惡之辭下、今本說文在一曰下者、轉寫亂之也、一曰誒然者、卷子玉篇引作「一曰然也」野王案「然亦應也」是今本然下又脫也字、當據補、說文口部云、「唉、譍聲也」則誒之第二義蓋與唉同、杜預注云、「譆譆、熱也」此又探本傳下文「甲午宋大災」為說、以譆譆主火妖也、如杜解、則譆當為嬉之借字、然訓熱於詞理不馴、焦循左傳補疏云、「左氏於譆譆之上、明指出一叫字、叫猶號也、譆譆出出乃號咷之聲、下文「鳥鳴于亳社如曰譆譆」謂與叫于太廟之聲相似也、杜注未是」此亦可備一解、

訆 部言　大呼也。从言丩聲。春秋傳曰：或訆于宋大廟。古弔切

或訆于宋大廟者，左氏襄公三十年傳文。今左傳作叫。杜預注「叫，呼也。」按說文口部云「嘂，外息也。叫，嘑也。嘑，唬也。」小徐本作號也 則叫與呼義有別。許口部不引經而引作訆，當是所據左氏古文如此。訆訓大呼，謂歎息之大者。下文誒誒出出，即歎息之聲也。杜以呼訓叫，正訆字之義，明叫為訆之段借也。段玉裁說文注改訆下大呼作大嘑，云「與㗊部嘂口部叫音義皆同。」如段說，則訆之義當為大號，亦通。又案卷子玉篇言部訆下引說文云「忌言也。」忌字不可解。今本玉篇作「妄言也。」妄忌形近，疑忌即妄之筆誤。而今本玉篇刪去說文二字。後人遂以此為野王說矣。然則顧氏所據說文舊本本作妄言，不作大呼，使所據而真，是許君引春秋傳為廣一義，非本義之證。訆又當為叫之段借耳。

讟 部言　痛怨也。从誩賣聲。春秋傳曰：民無怨讟。徒谷切

民無怨讟者，隸省作讟。嚴可均曰「宣十二年傳「君無怨讟」，昭元年傳「民無謗讟」，此皆不合。恐有一誤。」段玉裁曰「左傳昭

元年曰、「民無謗讟、」八年曰、「怨讟動於民、」疑相涉而誤、』愚案卷子玉篇言部讟下引左氏傳正作『民無謗讟』當即本之說文、則今本說文作怨讟者、怨乃謗字之譌、杜預注云、『讟、誹也、』許君訓誹為謗、訓謗為毀、訓讟為痛怨、則讟與謗誹有別、杜以傳文謗讟相連、故遂解讟為誹、非其本義也、孔疏申杜、亦引說文謗誹二字之義、而謂『謗讟誹其義同、』微失之矣、又案方言十三『讟、痛也、』』郭璞注云、『謗誣怨痛也、』知許說蓋出方言、而郭注又轉用許義耳、

妾 辛部

有辠女子給事之得接於君者、从辛、从女、春秋云、女為人妾、妾不娉也、 七接切

女為人妾者、左氏僖公十七年傳文、春秋下當補傳字、集韵二十九葉類篇辛部引說文竝有傳字、可據、嚴可均以此為變例、非也、妾不娉也者、許君釋傳之詞、按禮記內則云、『聘則為妻、奔則為妾、』本經昭元年傳云、『志曰、買妾不知其姓則卜之、』然則妾有奔有買、不必有辠、故許引傳而又以不娉釋之、明經義與字義殊、所以說段

借也。杜預注云：「不聘曰妾。」即用許說。娉聘二字經典多通用。說文娉在女部，云「問也。」聘在耳部，云「訪也。」義近音同。

𢍰 廾部

舉也。从廾由聲。春秋傳曰：晉人或以廣墜楚人𢍰之。黃顥說：廣車陷，楚人為舉之。杜林以為騏麟字。渠記切

晉人或以廣墜楚人𢍰之者，左氏宣公十二年傳文。今左傳墜作隊，𢍰作惎。按墜字說文所無，當依今傳。𢍰惎之異，蓋由許杜所據不同。杜預注云：「惎，教也。」則連下文脫扃為句，正義謂「脫扃拔旆，皆是教人之語。知惎為教也。」是也。許引作𢍰，蓋為古文。洪亮吉謂賈逵本或作𢍰。訓𢍰為舉者，即用黃顥說。段玉裁以為「許偁古本古說。」愚謂此亦所謂博采通人也。桂馥曰：「楚人舉晉之陷車，既舉脫扃，仍不能進，又舉之，拔其旗，投其衡，然後出陷。衡即扃也。故服虔云：「扃，橫木。有橫木投于輪間。一」」據此，知許義較杜為長。顧炎武杜解補正引傅遜之說，言「楚人將𢍰害之，而晉人乃脫扃拔旆投衡而出。」此則以惎為𢍰害，字同杜而解復別，於經義殊不當。宜顧氏以為未詳。惠棟以為非也。

睔 目部 目大也。从目，侖。春秋傳有鄭伯睔。古本切

鄭伯睔者，左氏襄公二年經傳皆有之。嚴可均議刪傳字，非也。漢書古今人表作『鄭成公綸』，顏師古曰：『綸音工頑反，左傳作睔，音工頓反。』是字異音亦異。梁玉繩古今人表考證謂『經史皆作睔，讀若袞，惟此作綸，蓋睔與瞏同，亦音胡關切，而綸又音鰥，遂音工頑反，竝聲之轉也。』愚謂睔綸同從侖，故古相通。春秋世族譜鄭公子睔字子印，王引之春秋名字解詁引古今人表此睔作綸，以證彼睔亦當讀為綸。綸，印綬也，故字子印，是其例也。

眅 目部 多白眼也。从目，反聲。春秋傳曰：鄭游眅字子明。普班切

鄭游眅字子明者，見左氏襄公二十二年傳。此非述傳文，傳下曰字誤衍。今左傳作眅，宋纂圖本監本毛本作販，皆非也。五經文字開成石經宋淳熙本岳本及北宋刊本釋文竝从目作眅，與說文合。眅訓多白眼，一切經音義卷一引作眼多白也。本為不明之義，名眅字子明者，王引之春秋名字解詁引檀弓鄭注『明，目精也』，是亦以相反為相應也。

翫 習部 習猒也。从習，元聲。春秋傳曰：翫歲而愒日。五換切

翫歲而愒日者，左氏昭公元年傳文。杜預注云：『翫愒皆貪也。』釋

文云『翫，說文云習猒也，又作忨，云貪也』今注疏本所附釋文忨誤作玩，按說文心部忨下云『貪也』亦偁春秋傳曰『忨歲而澂日』与陸氏所引正合，然則此語蓋有兩作本，故許君並引之以存異文。全書引經此例甚多，杜釋翫為貪，正與忨義同，疑杜所據本作忨也。許訓翫為習猒也者，習者數飛也，引申之義為習孰，猒飽也，引申之義為猒足，謂習孰而至于猒足為翫也。本經僖五年傳『寇不可翫』杜彼注云『翫習也』即用許說。猒足與貪義亦近，易繫辭傳『所樂而玩者』彼釋文云『玩，馬融云「貪也」』鄭作翫』玩亦忨之借字，知玩與翫古字通，翫亦可訓為貪矣。

雃　隹部　石鳥一名雝𪇗，一曰精列，从隹，幵聲，春秋傳秦有士雃，苦堅切

秦有士雃者，見左氏襄公九年傳，秦景公使乞師于楚者也，雃，本鳥名，以之命名，蓋申繻所謂取於物為假之例。

雓　隹部　鳥也，从隹，今聲，春秋傳有公子苦雓，巨淹切

公子苦雓者，見左氏昭公二十一年傳，杜預注云『吳大夫』說文

繫傳本作若雉。徐鍇曰『若雉，宋人也。』愚案玉篇隹部雉下云『傳有公子若雉』，作若與小徐本同。苦若二字形近，未審孰是。惟鍇云宋人，則為誤記。汪中曰『爾雅釋鳥「鶨，鵙」，注「鳹，鶨也」。昭二十一年傳吳有公子苦雉，即此字。』沈欽韓又謂『雉即雒之省耳。說文鷀屬。』愚謂從隹從鳥多相通，爾雅釋文云『鳹，巨炎反。』與雉同音，則汪說是也。

鶂 鳥部

鳥也。从鳥兒聲。春秋傳曰『六鶂退飛。』五歷切 〇鷊，鶂或从鬲。〇䳭，司馬相如說鶂从赤。

六鶂退飛者，左氏僖公十六年經傳皆有之。嚴可均議刪傳字，非也。今左氏經傳皆作鷁，公羊經傳同，穀梁經文亦作鷁，惟傳文作鶂。按左氏釋文云『鷁本或作鶂。』正義云『鷁字或作鶂。』公穀釋文但出鶂字。據此是唐時左傳有兩作本，而陸氏所見二傳則無作鷁者。知三傳本皆作鶂，正與說文所偁合。今二傳亦作鷁，臧琳謂『唐時左傳已有作鷁者，故後人據以易二傳也。』鷁字說文所無，鶂蓋古文正字。大徐本作鶂，偏旁易位，非有異也。穀梁楊士勛疏引賈逵云『鷁水鳥，陽中之陰象君臣之訟鬩也。』此蓋賈氏左傳解詁之語，杜預左氏注云：『鷁，水鳥。』即用賈義，許學出賈，以許引作鶂證之，則楊疏所偁賈說，鷁字亦鶂之譌。史記宋微子世家云：『六鶂退蜚。』徐集解引賈逵云：『鶂逢風卻退。』字正作鶂，是其證。臧氏謂『賈景伯以鬩解鶂，取同聲為詁，尤可見六鶂字本從兒』是也。

玆 玄部 黑也。从二玄。春秋傳曰：何故使吾水玆。子之切，亦音胡涓切

何故使吾水玆者，左氏哀公八年傳文，今左傳作滋。釋文曰：『滋音玄，本作玆，子絲反，字林云黑也。』是陸氏所據亦作本，正與說文所引合。許訓玆黑也，陸引字林，即本許說。杜預注云：『滋，濁也。』濁與黑義亦近，則滋蓋從玆，與水部滋之從茲者音義不同，故陸氏音玄，廣韵滋在七之，玆在一先，與玄同音胡涓切。其下全引說文此條，又云：『本亦音滋，案本經只作滋。』其云本亦音滋者，謂與七之之滋同音也。其云本經只作滋者，謂春秋傳作滋，其字從玆，其音當與玆同也。隸書玆茲多相溷（茲在艸部，从絲省聲），因之滋滋亦不分，滋字說文所無，當以玆為正字也。惟玆從二玄，則廣韵收入一先，（集韵同）實為本音，陸氏知滋音玄，而又云玆音子絲反者，蓋子絲反古音在之部，胡涓反古音在眞

部之部爲陰脩聲，眞部爲陽聲之眞音得相轉者。說文𢽎讀若迅，𢿙讀若沔，𣄰讀又若銀，皆是其例。易林蒙之咸，來門鄰協音，亦其旁證。馬宗槤曰：『釋名云「緇，滓也。泥之黑者曰滓，此色然也」。滋緇古字通』。案此卽就子絲反之轉音爲說也。然馬氏不知引說文，似猶未悟滋本從玆，玆本音玄也。新出三體石經尚書殘碑君奭篇惟兹之兹字，古文作88，篆文作𢆶，隸書作兹。章先生曰：『玆本從絲省聲，此古文直作絲省，借絲爲兹，古銅器多如此』。又曰：『茲玆字異，皆子之切。今說文𦵏鶿皆從兹，或欲盡改爲兹。案凡字聲義相兼，玆者艸木多益，兹者黑也。𦵏訓汲汲生，字當從玆；鷀鶿色黑，字正從玆。若訓此之字，則但取其聲，亦或有用之者』。愚案此分別玆兹二字甚明，惟謂皆子之切，則是義異音同也。但以廣韻證之，則玆與兹本音異讀。段氏十七部諧聲表、嚴氏說文聲類，玆皆入之類，似於廣韻失檢。鷀本從玆，取黑色之義，疑亦當有胡涓切之音，今讀如玆，亦轉音也。至訓此之字，段玉裁謂『本段借從艸之玆，而不當用二玄之玆。蔡邕石經見於隸釋、漢隸字原者，尚書玆字五見，皆從艸，則唐石經皆作玆者非矣』。今考三體石經篆隸皆從二玄，則唐石經實本於彼。豈寫三體石經者果如衛恆書勢所云『轉失邯鄲淳法』，故不盡合許氏字指邪。

殲 歺部

微盡也。从歺，韱聲。春秋傳曰：齊人殲于遂。子廉切

齊人殲于遂者，左氏莊公十七年經文。小徐本及韵會十四鹽引春秋下無傳字。嚴可均議依小徐。此經左穀同字，公羊作瀸為異。杜預注云：『殲，盡也。』案爾雅釋詁云：『殲，盡也。』即杜注所本。許訓微盡者，段玉裁曰：『殲之言纖也。纖細而盡之也。』愚謂此與殫訓極盡同例，以別於殄之但訓盡也。左氏正義引舍人爾雅注曰：『殲，眾之盡也。』眾盡亦纖細皆盡之意。

肓 肉部

心上鬲下也。从肉，亡聲。春秋傳曰：病在肓之下。呼光切

病在肓之下者，左氏成公十年傳文。今左傳作在肓之上，膏之下。許訓肓為心上鬲下也。釋文肓下引說文云：『心下鬲上也。』後漢書鄭玄傳注引作肓隔也。是今本說文併經與本傳異，訓義與陸引異。愚案上下二字形相近，轉寫易誤。傳文既無別作本，孔疏謂古今傳文皆以為膏之下，據此則上文自當皆作肓之上。則併經當依本傳也。杜預注云：『肓，鬲也。心下為膏。』正義曰：『此賈逵之言，杜依用之。』案許學出賈，賈言心下為膏，傳言疾在肓之上膏之下，則是膏介于心與肓之間，疾介于膏與肓之間，膏且在心下，肓當更在心下矣。今本說文作心上鬲下，與賈說不合，則訓義

當依陸引也。賈以肓即是鬲。許云鬲上者。段玉裁謂「賈統言之。許析言之。」愚按鍼灸圖經。椎骨諸穴。第四椎下謂之膏亡腧。第七椎下謂之鬲關。亡即肓之假借字。是亦肓在鬲上之證也。洪亮吉乃謂「尋賈義及說文傳文應云居肓之下膏之上。」而以釋文引說文作心下鬲上為誤。蓋於醫理生理有未諳耳。

籀竹部　讀書也。从竹。㨨聲。春秋傳曰。卜籀云。直又切

卜籀云春。今左氏傳無此文。嚴可均疑即其繇曰。按左傳卜筮皆有繇詞。字皆作繇。僖公四年傳有「且其繇曰」語。易繫辭釋文引服虔曰。「繇。抽也。抽出吉凶也。」彼所引蓋即服氏左傳之注。或許所據作籀。亦未可知。許訓籀為讀書也者。讀與抽義亦近。惠棟云。「籀从竹。㨨聲。㨨即古抽字。故手部㨨或作抽。詩毛傳曰「讀。抽也」箋云「抽出也。」籀訓為讀。讀訓為抽。誼並得通。」案惠說可貫許服之義。又案漢書孝文帝紀顏師古注。「繇本作籀。籀書也。謂讀卜詞。」此亦籀繇相通之證。章先生亦謂「作籀為本字。」是也。惟此但存卜籀云三字。恐有譌脫。

篳 竹部

藩落也。从竹，畢聲。春秋傳曰：篳門圭窬。卑吉切

篳門圭窬者，左氏襄公十年傳文。今左傳作篳門閨竇。玉篇竹部篳下引與許同，蓋即本說文也。惟又云：「篳亦作蓽。」按文選謝玄暉拜中軍記室辭隨王牋李善注引左氏傳作「蓽門圭竇」，蓽字正與玉篇亦作合。圭則合于說文。左氏釋文云：「閨本亦作圭。」是此語除門字外，餘三字皆有兩作。然說文穴部云：「竇，空也。」「窬，穿木戶也。」則窬為正字，竇假借字也。艸部無蓽字，則篳為正字，蓽俗字也。門部閨訓「特立之戶，上圜下方，有似圭。」則閨以圭為聲兼取其義，作圭蓋古文省借字也。禮記儒行亦有「篳門圭窬」之文，鄭玄彼注云：「篳門，荊竹織門也。」杜預左氏注云：「篳門，柴門。」與鄭義相近。許訓篳為藩落者，藩，屏也。屏蔽同義，屏篳聲轉。段玉裁謂「藩落猶俗云籬落矣。」禮記正義亦引左傳說文及杜氏注以申鄭注，足證兩經此文，字或異而義無不同。然許不偁禮記而偁春秋傳者，蓋左傳古文，禮記今文，且禮記此語出孔子，左傳此語出王叔之宰，時亦在前也。

䉛竹部 禁苑也从竹御聲春秋傳曰澤之目䉛魚舉切○敔䉛或从又魚聲

澤之目䉛者小徐本及五音韵譜目作自集韵八語類篇竹部䉛下引與小徐本同今三傳皆無此文嚴可均謂『自當作舟隸書舟為舟與自形近因誤昭二十年傳澤之萑蒲舟鮫守之許君約引此文彼鮫字則䉛重文敔之誤也』段玉裁說同章先生亦謂『舟鮫作自敔鮫則今本左傳之誤自或說文之譌』莊述祖亦云『舟鮫當作舟敔舟敔掌澤之官鮫無取』愚按杜預注云『舟鮫官名』釋文云『鮫音交』正義申注曰『舟是行水之器鮫是大魚之名澤中有水有魚故以舟鮫為官名也』是陸孔所據六朝及初唐本皆作鮫』若如段嚴莊章說則許所據左傳與杜異又按周禮山澤之官皆名為虞鄭玄云『虞度也』洪亮吉因謂『敔與虞音同說文敔即是周禮之虞』桂馥謂『說文敔从又者疑从寸禁苑法度之地』蓋亦依鄭虞度之訓以為說然周禮之虞雖山澤兼掌而左傳下文云『藪之薪蒸虞候守之』則舟敔與虞候明為兩官似未可

以彼例此。左氏正義亦引周礼鄭注以釋虞候，非以釋舟鮫也。段氏又謂「魯語有舟虞，與舟御同。」今按韋昭國語解云：「舟虞掌舟。」呂覽上農篇「澤非舟虞不敢緣」，高誘注亦云：「舟虞主舟官也。」亦與左傳舟御守澤者不同，恐亦非其擬也。李富孫左傳異文釋曰：「說文御或作魰，篇海魰池水編籬養魚，廣韵作籞，注同。漢宣帝紀注，蘇林曰、池籞折竹以繩綿連，禁籞使人不得往來，則澤中編竹籬遮衛以養魚，籬當有孔眼，故謂之目御。許見本當如此，萑蒲之利，似無煩舟鮫守之也。」案此又以目籞為萑蒲之異文，亦可以備一說。

曶 [illegible]

出气詞也。从曰，象气出形。春秋傳曰：鄭大子曶。呼骨切 〇曰

籀文曶。一曰佩也。象形。

鄭大子曶者，始見左氏隱公三年傳。段玉裁謂始見左傳桓公十年者，偶誤記也。隸變作曶，今左傳作忽。阮元校勘記曰：「按曶與忽古今字。論語仲忽，漢書古今人表作中曶。」段氏因謂「許云鄭大子曶，則未識名字取何義也。」愚案說文心部云：「忽，忘也。」則義與

曶殊。曶之別義曰佩也。象形。疑鄭大子名當從許引，而取佩曶之義。

又案卷子玉篇曰部曶下引作「春秋傳有鄭大子曶」。許書凡引春秋人名率作有，則今本作曰者為有字之譌，當據訂。

嚭 喜部 大也。从喜否聲。春秋傳吳有大宰嚭。匹鄙切

吳有大宰嚭者，見左氏哀公元年傳。許訓嚭為大，桂馥曰：「嚭字子餘。餘亦大意。說文：奄，大有餘也。」段玉裁謂「訓大則當从丕，集韵一作噽是也。」愚案嚭，伯州黎之孫，又以伯為氏，史記吳世家作「伯嚭」。王充論衡作「帛喜」。吳越春秋作「白喜」。王筠曰：「白則省形存聲，喜則省聲存形。」愚謂伯帛白皆雙聲字，伯之為白，猶彝器召伯虎敦之作召白虎矣。

豔 豐部 好而長也。从豐。豐，大也。盍聲。春秋傳曰：美而豔。以贍切

美而豔者，左氏桓公元年傳文公十六年傳文。許訓豔好而長也。杜預注云：「色美曰豔。」正義申注曰：「色美曰豔。詩毛傳文也。美者言其形貌美，豔者言其顏色好，故曰美而豔，為二事之辭。」愚按孔氏以好釋豔，與許說亦同。然許好與長竝舉，則兼形貌言之，不惟顏

色之好也。徐諧說文繫傳通釋曰：「豔容色豐滿也。」此從豐之本義為說，亦不足以賅長。段玉裁曰：「許必云好而長者，為其從豐也。豐，大也。大與長義通。詩言莊姜之美，必先言『碩人其頎』；言魯莊之美，必先言『猗嗟昌兮，頎若長兮』。所謂好而長也。左傳兩言美而豔，此豔進於美之義。人固有美而不豐滿者也。」茲說得之。

盥 血部　澡手也。从臼水臨皿。春秋傳曰：「奉匜沃盥。」古玩切

奉匜沃盥者，左氏僖公二十三年傳文。杜預注云：「匜，沃盥器也。」不釋盥字。正義曰：「盥謂洗手也。沃謂澆手也。」兼引說文以為證。段玉裁曰：「內則亦云『請沃盥』。沃者自上澆之，盥者手受之而下流於槃。故曰臼水臨皿。此引傳說字形之意。」案：段說是也。

衁 血部　血也。从血亡聲。春秋傳曰：「士刲羊，亦無衁也。」呼光切

士刲羊亦無衁也者，左氏僖公十五年傳文。杜預注云：「周易歸妹上六爻辭也。衁，血也。」按周易本作「士刲羊無血」。故正義申注曰：「易之爻辭無二亦字，傳文加之。易言血而此言衁，知衁是血也。」許亦訓衁為血。杜正與同。徐鍇說文繫傳通釋曰：「衁，心上血也。

』此葢以衁从亡聲。讀衁為肓。肓訓心上鬲下也。其實肓下之訓。本當作心下鬲上。知小徐此解為坿會矣。梁履繩取以補杜。未見其可。

餮 食部 貪也。从食。殄省聲。春秋傳曰。謂之饕餮。他結切

謂之饕餮者。左氏文公十八年傳文。今左傳作餮。按饕从食。號聲。籀文作饕。从號省。以彼例此。則餮从食殄省聲者。許君所據。疑亦古文或籀文。今作餮不省者。疑篆文也。許君自敘。今敘篆文。合以古籀。其間葢有以古籀為正篆而不明言者。此類是已。小徐本及韵會九屑引作㐱聲。段玉裁從之。而識鉉本作殄省聲為不明於平入一理妄改之。恐未然也。杜預注云。『貪財為饕。貪食為餮。』正義曰。『此無正文。先儒賈服等相傳為然。』據此。則杜注即襲賈服舊說。許饕餮皆訓貪。不為分別者。葢賈服說經。承本經上文『貪于飲食冒于貨賄』來。故析言之。許說字。故渾言之。所謂散文可通也。一切經音義卷四引說文。餮亦貪也。又云。貪財曰饕。貪食曰餮也。桂馥謂此許公說左氏之文。愚案一切經音義卷九。餮說文貪也。下亦引此二語。則以為杜預說。然則卷四所引。非許公文也。王念孫曰。『按傳是貪財

貪食總謂之饕餮，饕餮一聲之轉，不得分貪財為饕、貪食為餮也。呂氏春秋先識篇曰：「周鼎著饕餮，有首無身，食人未咽，害及其身。」蓋饕餮本貪食之名，故其字从食，因謂貪得無厭者為饕餮耳。」王氏此說，尤足申許。李貽德謂「說文饕又作叨，古名泉為刀，叨从刀，故以財言之；飻从食，故以食言之。」是以俗體為正文，且以賈服所據之饕作叨矣，殊為臆說。

亲 木部　果實如小栗。从木，辛聲。春秋傳曰：女摯不過亲栗。側詵切

女摯不過亲栗者，左氏莊公二十四年傳文，今左傳摯作贄，亲作榛。按本經成公十二年傳「交贄往來」，釋文云「贄本又作摯」，曲礼上「非贄」，釋文云「本亦作贄」，曲礼下「凡摯」，釋文云「本又作贄」，是贄摯二字經典多通用。然說文貝部無贄字，則作摯正字也。小徐本作贄，蓋校者改。榛者，周禮籩人、禮記曲禮內則、毛詩皆如此作。然說文榛訓「木也，一曰菆也」，則作榛為叚借字，作亲本字也。今則榛行而亲廢，九經字樣亲榛並出，引左傳此文從許作亲，是也。惟又以榛為亲之隸變，則非。二字義既各別，經典相承假榛為亲耳。許

訓桒為果實如小栗者果字當絶句與本篆連讀言桒果其實如小栗也與栗為二物杜預注云『榛小栗』則以榛栗為一物但有大小之分非許義鄭玄曲礼注云『榛實似栗而小』與許說合左傳正義亦引鄭彼注以申杜

檟 木部 楸也从木賈聲春秋傳曰樹六檟於蒲圃 古雅切

樹六檟於蒲圃者左氏襄公四年傳文許訓檟楸也按爾雅釋木云『槄山榎』郭璞注云『今之山楸』彼釋文云『榎古雅反舍人本又作檟』榎字說文所無當以檟為正字也（玉篇以榎為檟之重文）詩秦風終南『有條有梅』毛傳云『條槄也』正義引陸機疏云『槄今山楸也亦如下田楸耳皮葉白色亦白材理好宜為車板能濕又可為棺木』左傳此檟杜預注云『樹檟欲自為櫬』則知許君訓檟為楸又引傳證之葢謂山楸也亦即毛詩之條爾雅之槄矣釋木又云『槐小葉曰榎大而皵楸小而皵榎』此之楸榎疑與山楸山榎同名異物郭注乃云『槐當為楸』又引左傳曰『使擇美榎』是謂此榎其材中棺也邵晉涵郝懿行因竝引說文此條為證未知其

審。

枵 木部 木根也。从木号聲。春秋傳曰歲在玄枵。玄枵虛也。許嬌切

歲在玄枵者。左氏襄公二十八年傳文。彼云「歲在星紀而淫於玄枵」此約詞也。玄枵虛也。乃爾雅釋天文。許君引傳而又以爾雅釋之者。明經義與字義殊。所以說叚借也。（王筠曰。不云爾雅曰者。直是自為玄枵加解注。）本傳下文云「玄枵虛中也。枵秏名也。」傳以虛中釋玄枵。較爾雅多中字。杜預注云「玄枵三宿。虛星在其中。」愚謂傳意猶言玄枵即在虛宿之中。虛星之名凡四。玄枵其一耳。傳又謂枵為秏名者。則釋虛星所以名枵之義。正義曰「枵聲近秏。故枵是秏之名也」又引孫炎曰「枵之言秏。秏虛之意也」此即孫氏爾雅注語。蓋孫氏又援左傳以解爾雅也。惟許以木根為枵之本義。則與傳義太遠。小徐本作木皃。嚴可均謂「枵篆不列于本柢根株間。明非木根」段玉裁說同。且曰「枵。木大皃。莊子所云呺然大也。木大則多空穴。故左氏釋玄枵云虛也。」案如段說。知段枵為虛星之名。亦本義之引申矣。

栽 木部 築牆長版也。从木𢦏聲。春秋傳曰。楚圍蔡。里而栽。昨代切

楚圍蔡里而栽者。左氏哀公元年傳文。杜預注云「栽設版築。」正義曰「築牆立版謂之栽，栽者豎木以約版也。」按礼記中庸云「栽者培之。」鄭玄彼注云「栽猶殖也。今時人名草木之殖曰栽，築牆立版亦曰栽。」然則栽本立版之名。孔疏正與鄭說合。許訓築牆長版者，葢言築牆則立之意自在其中，非謂長版為栽。（王筠謂長當作設。）洪亮吉謂「杜注即本說文。」是也。築牆有榦有版，先豎榦後施版于榦內，栽本兼版榦而言。本經莊二十九年傳「水昏正而栽。」杜彼注云「樹版榦而興作。」義較此注為足。許以度牆之高與長皆以版為主，故舉版以賅榦矣。

段玉裁謂許以版該楨榦。按莊二十九年傳正義曰「釋詁云『楨翰榦也。』舍人曰『楨正也，築牆所立兩木也。翰所以當牆之兩邊鄣土者也。』然則榦在牆之兩端，樹立之，即楨是也。翰則在兩邊鄣土，即板是也。」又宣十一年傳「平板榦。」正義引釋詁及舍人說同，亦申之曰「彼楨為榦，謂牆之兩頭立木也。板在兩旁鄣土者，即彼文翰也。」據此則榦楨為一物，翰板為一物。說文榦下云「築牆。耑木也。』與舍人說正合。段氏亦引舍人說作『榦所以當牆之兩邊鄣土者也。』蓋詩桑扈及書費誓正義所引舍人說竝作榦。不作翰。為段所本。故段以『楨為兩耑木。榦為夾版兩邊木。』而謂『爾雅與許皆渾言之。』愚謂詩書左傳正義同出孔氏。同引舍人說。不當有異。必因榦翰形近。轉寫致誤。似當從左傳正義所引為是。舍人兩邊鄣土之訓。蓋指版而言。今吾鄉版築止有兩耑之木。每耑各二。版即夾于其內。別無兩旁樹立之木。殆古之制也。

楹 木部 柱也。从木。盈聲。春秋傳曰。丹桓宮楹。以成切

丹桓宮楹者。左氏莊公二十三年經文。傳作丹桓宮之楹。多一之字。故嚴可均議刪傳字。杜預注云『楹。柱也。』與許說同。

桷 木部 榱也。椽方曰桷。从木。角聲。春秋傳曰。刻桓宮之桷。古岳切

刻桓宮之桷者。左氏莊公二十四年經文。非傳文也。今左傳經文無之字。公穀二傳本同。嚴可均議刪傳字之字。杜預注云『桷。椽也。』許於桷椽皆訓榱。則杜與許義亦合。然許又云『椽方曰桷。』則榱為大名。於榱之中有桷有椽。段玉裁曰『桷之言棱角也。椽方曰桷。

則知楣圜曰椽矣。」是杜以椽釋楣，渾言之耳，不如許之有别。又案國語魯語云：「莊公丹桓宮之楹而刻其桷。」即述左傳此事。韋昭注曰：「唐云：楣，榱頭也。昭謂桷一名榱。今北土亦云然。」按韋引唐云，即唐固也。楣為榱頭，則椽蓋為榱身，榱頭多方。唐說與許說互足。

檇（木部）　以木有所擣也。从木，雋聲。春秋傳曰：越敗吳於檇李。遵為切

越敗吳於檇李者，左氏定公十四年經文。嚴可均議刪傳字，今三傳經文越上皆有於字，左傳正義曰：「於越，即越也。夷言發聲，謂之於越，從彼俗而名之也。」於檇之「於」，唐寫本說文木部殘帙作「于。」小徐本亦作「于」，與經文同，當從之。檇李地名，左穀同字，公羊作「醉」為異。史記吳世家集解引賈逵曰：「檇李，越地。」蓋即賈氏左傳解詁之語。杜預注云：「檇李，吳郡嘉興縣南醉李城。」案醉李城蓋晉時存古之名。字從公羊，杜氏以今名釋古名，故亦用之。吳世家集解引杜注同，惟醉上多一有字，越世家集解引又作「檇李。」阮元校勘記載陳樹華引越世家正義，正義二字為集解之誤，疑校者改，非原文也。

槎（木部）　衺斫也。从木，差聲。春秋傳曰：山不槎。側下切

山不槎者。今左氏傳無此文。說文繫傳本及五音韻譜並作山木不槎。徐鍇以為「此公羊傳之言。傳寫脫兩字。」不悟公羊亦無此文也。唐寫本說文木部殘帙作「春秋國語曰山不槎栓。」按魯語里革曰。「山不槎櫱。」說文櫱為巘之或體。栓為巘之古文。櫱即栓字。則唐寫本是也。大小徐本並誤。可據以訂正。玉篇槎下亦引國語「山不槎櫱。」蓋即本之許書。又其旁證也。文選張衡西京賦李善注引賈逵國語注云。「槎。邪斫也。」許訓衺斫。邪與衺同。知許說又承其師矣。段玉裁嚴可均說並闇與唐寫本說文合。其時唐寫本未出。故猶不免詞費耳。

檮 木部　斷木也。从木。𠷎聲。春秋傳曰。檮柮。徒刀切

檮柮者。見左氏文公十八年傳。今左傳作檮杌。檮即檮之隸變。說文無杌字。許所據作柮。蓋左氏古文也。易臲卼。說文作槷𣖳。兀聲出聲同部。故相通。檮柮為顓頊氏不才之子。杜預注云。「檮杌。頑凶無儔匹之貌。」案史記五帝本紀集解引賈逵曰。「檮杌。凶頑無疇匹之貌。謂鯀也。」此蓋賈氏左傳解詁中語。即杜注之所襲。段玉裁謂「蓋取斷木之可憎為

惡人名。』是也。

楄木部 楄部方木也。从木，扁聲。春秋傳曰：楄部薦榦。部田切

楄部薦榦者，唐本說文木部殘帙榦下有者字 左氏昭公二十五年傳文。彼云：「唯是楄柎所以藉幹者。」此約詞也。部柎薦藉，皆以聲近通用。幹即榦之俗。本經襄二十四年傳「部婁無松柏」，說文引作「附婁」。附之為部，猶柎之為部矣。洪亮吉主從說文，乃謂「今本左傳作楄柎以音同而誤」，非也。薦與荐同音。漢書終軍傳、翟義傳、王莽傳、敘傳注並云：薦讀曰荐。荐與藉同義，故古多以薦為藉。說文薦部薦訓獸之所食艸，艸部荐訓薦席也，謂以薦艸為席也。則薦荐義自有別。漢書張湯傳集注引服虔曰：「薦，藉也。」本經襄四年傳「藉之以樂」，杜預彼注云：「藉，薦也。」是其證。許云楄部方木也者，左氏正義引說文無部字，當從之。蓋楄為方木之通偁。段玉裁曰：何平叔景福殿賦：爰有禁楄，勒分翼張。亦方木之一耑也。楄部連文，則義有專屬。杜注云：「楄柎，棺中笭牀也。幹，骸骨也。」正義云：幹，骨也。語承說文楄方木也之下，若連引說文者然。今案說文有榦無幹，榦訓築牆耑木也，亦不訓骨，不知孔氏何據。洪亮吉遂以為說文之語，而没正義所引，失之考矣。笭牀所以藉骸骨，亦以方木為之，因得楄部之名，故許引以為證耳。

櫬（木部） 棺也。从木。親聲。春秋傳曰：士輿櫬。初僅切

士輿櫬者。（唐本說文木部殘帙輿作舁。）左氏僖公六年傳文。杜預注云：「櫬，棺也。」與許說合。太平御覽卷五百五十一引說文：「櫬，附身棺也。」較今本多附身二字。又王篇木部云：「櫬，親身棺也。」本經襄四年傳：「定姒薨，無櫬。」杜彼注亦云：「櫬，親身棺。」蓋棺為通名，櫬从親聲，故兼以親身為義。疑當從御覽引。惟就禮之等差言，則國君親身之棺，別名曰椑。禮記曾子問云：「君出疆以椑從。」鄭玄注云：「親身棺曰椑。」是其證。喪大記云：「君大棺八寸，屬六寸，椑四寸。」此即諸侯再重之制。大夫一重，則去椑。餘屬與大棺，當以屬為親身。士不重，又去屬，惟單用大棺六寸，即親身之櫬矣。由諸侯上推，諸公三重，天子四重，各有其親身者。天子水兕革棺最在內，是其物也。然說文椑訓圜榼，則禮之椑，蓋亦叚借字。本經哀二年傳云：「不設屬辟。」（喪大記鄭注、儀禮士喪賈疏引哀二年傳竝作屬椑。）辟，又椑之同聲通用字也。（椑棺一作杝棺，見檀弓上鄭注引爾雅曰椵杝。杝即椵木，一物二名也。）

楬（木部） 楬桀也。从木。曷聲。春秋傳曰：楬而書之。其謁切

楬而書之者。今春秋三傳無此文。唐寫本說文木部殘帙作「周禮

曰』一切經音義卷十四引作『周禮云』按地官泉府職云『物楬而書之』則唐寫本及玄應所引是也鄭司農泉府注云『物楬而書之物物為楄書書其賈楬著其物也』許訓楬為櫫也者大小徐本皆同然說文桀部桀下云『磔也』雖與杙通詩王風雞棲于桀毛傳雞棲于杙為桀究非本義唐寫本作『楬櫫也』韻會六月引說文同九屑櫃或作楬下引作『杙也櫫也』一切經音義引作『楬櫫杙也』竝與今本異嚴可均曰『周禮職金注「今時之書有所表識謂之楬櫫」廣雅「楬櫫杙也」廣韵「楬櫫有所表識也」許書無櫫有藸藸隸省藸為著漢書酷吏傳「楬著其姓名」楬著即楬櫫知許當言楬藸』按如嚴說則許與先鄭義正合而今本作楬桀者誤也又周禮秋官蜡氏『若有死于道路者則令埋而置楬焉』鄭司農云『楬欲令其識取之今時楬櫫是也』莫友芝謂『許書以楬次檀其楬櫫之訓正取司農蜡氏注』其說近之

麓 林部

守山林吏也从林鹿聲一曰林屬於山為麓春秋傳曰沙麓崩盧谷切○⿱林彔古文从彔

沙麓崩者，左氏僖公十四年經傳皆有之，嚴可均議刪傳字，非也。今三傳皆作鹿，穀梁傳曰：「林屬於山為鹿。沙，山名也。」許引經在一曰林屬於山為麓之下，葢本諸穀梁。公羊傳以沙鹿為河上之邑，杜預左傳注以沙鹿為山名，竝與穀梁異。左氏正義引服虔云：「沙，山名。鹿，山足。林屬於山曰鹿。」是服氏注左，亦取穀梁為說，與許君同。許所據作麓，當為正字，作鹿，段借字也。漢書五行志下之上及風俗通義山澤篇引春秋傳竝作「沙麓崩」，知許所據葢古文本。惟許訓麓為守山林吏，則不以林屬於山為本義，故加一曰以別之也。

郡 邑部

周制，天子地方千里，分為百縣，縣有四郡，故春秋傳曰：上大夫受郡是也。至秦初置三十六郡以監其縣。从邑，君聲。渠運切

上大夫受郡者，左氏哀公二年傳文。彼云：「克敵者上大夫受縣，下大夫受郡。」此所偁有奪文，當為轉寫之誤。酈道元水經注河水篇引說文作「上大夫縣，下大夫郡」，可證也。玉篇邑部引說文又作「下大夫受縣，上大夫受郡」，文雖不奪，而上下二字互譌，此由秦漢以後，郡大縣小，或校者妄改，故沿誤而不覺耳。陳瑑曰：漢時沿秦制，郡大縣小，許君

恐人惑其制，故此處偁經特加故字以別之。許云周制天子地方千里，分為百縣，縣有四郡者，考周礼地官小司徒職，縣之下為甸，縣之上為都，而無郡名。杜預注左氏引周書作雒篇「千里百縣，縣有四郡。」然則許說蓋本逸周書。呂氏春秋季夏紀淮南時則篇高誘注並與說文此條合，而文無譌奪，蓋又本之許說也。

鄏 邑部 河南縣直城門官陌地也。从邑辱聲。春秋傳曰：成王定鼎于郟鄏。而蜀切

成王定鼎于郟鄏者，左氏宣公三年傳文。攷漢書地理志河南郡河南下云：「故郟鄏地。周武王遷九鼎，周公致太平，營以為都，是為王城，至平王居之。」據此，則漢之河南縣即周之郟鄏。許專系之直城門官陌地者，尋水經注洛水篇云：「枝瀆東北歷制鄉，逕河南縣王城西，歷郟鄏陌。杜預釋地曰：「縣西有郟鄏陌。」謂此也。」愚疑漢時河南縣治雖在郟鄏故地，而所置縣城已非王城原址。王城原址蓋在縣城西門外，故漢人指城外官陌地以當之，相沿遂有郟鄏陌之名矣。段玉裁謂「官陌即今名官路。」許君先舉漢陌，後舉周地，使

文義相足』是也。今左傳杜注但云『郟鄏今河南也，武王遷之，成王定之』，而史記楚世家集解、後漢書逸民傳注引杜注，於郟鄏今河南也下並有『河南縣西有郟鄏陌』八字，正與酈道元引釋地合。

鄍 邑部 晉邑也。从邑，冥聲。春秋傳曰：伐鄍三門。莫經切

伐鄍三門者，左氏僖公二年傳文。杜預注云『鄍，虞邑』，許云晉邑，杜與許異。王引之謂『大約晉滅虞後，其地遂爲晉有，故說文直以鄍爲晉地，而不復原其爲虞邑也』。愚案正義曰『服虔以爲冀爲不道，伐鄍三門，謂冀伐晉也。冀之既病，亦唯君故，謂虞助晉也。將欲假道，稱前恩以誘之』。又續漢書郡國志沛國有鄍聚，劉昭注云『左傳曰冀爲不道，伐鄍三門。服虔曰鄍，晉別都』。案劉孔所引服說，即服氏左傳解誼中語，是服氏亦以鄍爲晉邑也。賈服之注多同，惠棟謂『說文當本賈逵』，其說近之。

鄇 邑部 晉之溫地。从邑，侯聲。春秋傳曰：爭鄇田。胡遘切

爭鄇田者，左氏成公十一年傳文。彼云『晉郤至與周爭鄇田』，此約詞也。鄇屬於溫，溫本周邑。本經僖二十五年傳，晉侯朝王，王與之

陽樊溫原欑茅之田。晉使狐溱爲溫大夫。於是遂爲晉地矣。故許云晉之溫地。杜預注云『郇溫別邑。今河內懷縣西南有郇人亭。』正義謂『襄王勞文公而賜之溫。於時郇已分出。賜晉以溫。不賜以郇也。』據此則郇雖溫地。初不屬晉。許以晉邑之者。擧溫以晐郇也。

邲邑部 晉邑也。从邑。必聲。春秋傳曰。晉楚戰于邲。毗必切

晉楚戰于邲者。左氏宣公十二年經文。彼云『晉荀林父帥師及楚子戰于邲。』公穀經文同。此約辭也。左氏杜預注。穀梁范甯注。竝云『邲。鄭地。』韵會四質邲下引說文亦作『鄭地名。』則今本說文作晉邑者。疑誤。水經注濟水篇云『濟水于此又兼邲目。春秋宣公十二年晉楚之戰。楚軍于邲。卽是水也。音卞。京相璠曰。在敖北。』此亦鄭地之證也。惟宋玉篇邲下云『晉邑也。春秋曰。晉楚戰于邲。』當亦本之說文。是誤鄭爲晉。自六朝已然。集韵五質類篇邑部皆云『邲地名。在鄭。』但不系說文。則韵會所引。或卽依集韵改。未必別見說文古本也。

嚴可均曰。『小徐無引春秋文。而通釋中有之。韵會亦以春秋爲徐

案也。議刪』愚案小徐本引春秋文雖爲鍇之案語，但韵會引說文無春秋以下九字，亦無徐案之文。嚴說失考。又以玉篇證之，則引春秋，當爲許君原文。大徐本不誤，嚴氏議刪，亦非也。

鄋（邑部） 北方長狄國也。在夏爲防風氏，在殷爲汪茫氏。从邑，叜聲。春秋傳曰：鄋瞞侵齊。（所鳩切）

鄋瞞侵齊者，左氏文公十一年傳文。今左傳作鄋，即鄋之隸變。杜預注云：「鄋瞞，狄國名，防風之後，漆姓。」正義引魯語云：「仲尼曰：昔禹致羣神于會稽之山，防風氏後至，禹殺而戮之，其骨專車。防風，汪芒氏之君，守封隅之山者也，爲漆姓。在虞夏商爲汪芒氏，於周爲長狄氏，今曰大人。」據此，是杜注以長狄爲防風之後漆姓者，即本之國語。許君所說，亦自國語出，而文有異同。段玉裁謂「案國語本作在虞夏爲防風氏，在商爲汪芒氏，爲說苑說文王肅家語所本。今國語及孔子世家皆譌奪數字耳。」段蓋又據說文以訂今國語也。愚案防與汪，風與芒，皆一聲之轉。風古音讀重脣，與芒近。芒瞞亦聲轉也。長狄，當爲種名。防風、汪芒，（左傳釋文引說文亦作汪芒，今本說文作茫，誤。）鄋瞞皆國名耳。

史記魯世家集解引服虔云「鄋瞞長翟國名」。此卽服氏左傳解誼中語。翟與狄同。亦杜注之所襲也。洪亮吉謂「許訓鄋爲北方長狄國，則鄋爲國名。瞞或其君之稱，如酋稱豪之類。服杜注並云鄋瞞狄國名，疑非也」。王筠說畧同，且謂「瞞者鄋國君之名。夷狄之君，故直名之也」。不悟本經下文云「初宋武公之世，鄋瞞伐宋；齊襄公之二年，鄋瞞伐齊」（案史記魯世家引此傳文作齊惠公之二年，齊世家及十二諸侯年表書此事同，襄惠二字篆文近似，當從史記作惠公。）伐宋在春秋前，伐齊在魯桓之十六年。（案伐齊若在齊惠公二年，則當爲魯宣公之二年，非魯桓十六年也。）豈彼時鄋國之君皆名瞞邪。王氏可謂執字說而昧經恉矣。

郹 邑部 蔡邑也。从邑狊聲。春秋傳曰：郹陽封人之女奔之。古闃切

郹陽封人之女奔之者，左氏昭公十九年傳文。杜預注云「郹陽，蔡邑」。洪亮吉謂杜取說文。然考本經定公十三年傳「齊侯衞侯次于垂葭，實郹氏」。彼則衞地也。是以郹名地者非一。郹陽屬蔡，郹氏屬衞。單擧郹字，不得謂之蔡邑。段玉裁謂「許當云郹陽蔡邑也。以別於衞之郹氏」。是也。

鄾 邑部

鄧國地也。从邑。憂聲。春秋傳曰。鄧南鄙鄾人攻之。於求切

鄧南鄙鄾人攻之者。左氏桓公九年傳文。彼云『鄧南鄙鄾人攻而奪之幣。』此約辭也。杜預注云『鄾在今鄧縣南沔水之北。』案續漢書郡國志南陽郡鄧有鄾聚。劉昭注云『左傳桓九年楚師圍鄾。』又水經注淯水篇云『淯水又南逕鄧塞東。又逕鄾城東。古鄾子國也。蓋鄧之南鄙也。昔巴子請楚與鄧為好。鄾人奪其幣。即是邑也。司馬彪以為鄧之鄾聚矣。』此並可與許說相參證。

郠 邑部

琅邪莒邑。从邑。更聲。春秋傳曰。取郠。古杏切

取郠者。左氏昭公十年傳文。彼云『平子伐莒。取郠。』此約辭也。杜預注云『郠。莒邑。』許云琅邪莒邑者。案漢書地理志成陽國莒下云『故國。盈姓。三十世為楚所滅。』續漢書郡國志琅邪國莒下云『本國。故屬城陽。』則知春秋之莒國。在西漢屬城陽。東漢屬琅邪。郠本春秋莒國之邑。漢無其名。而其地則在莒。故許君以琅邪表之也。段玉裁謂『當云莒邑也。在琅邪。如郇周邑也在河內之例。』是也。

鄅 邑部 妘姓之國。从邑，禹聲。春秋傳曰：鄅人藉稻。讀若規榘之榘。王榘切

鄅人藉稻者，左氏昭公十八年傳文。杜預注云『鄅，妘姓國也。』與許說合。正義云『鄅為妘姓，世本文也。』則知許說亦據世本。釋文云『鄅音禹，許慎音矩。』矩即榘之隸省。陸氏蓋引說文讀若之音也。

邿 邑部 附庸國，在東平亢父邿亭。从邑，寺聲。春秋傳曰：取邿。書之切

取邿者，左氏襄公十三年經文。嚴可均議刪傳字。穀梁同左氏作邿。公羊作詩。公羊疏云『正本皆作邿字，有作詩字者誤。』愚案公羊釋文云『取詩，二傳作邿。』則知公羊本作詩矣。案漢書地理志東平國亢父下云『詩亭，故詩國。』與公羊合。許從左氏作邿，故雖本地理志為說，而云邿亭矣。章帝元和元年，分東平為任城。故續漢書郡國志亢父屬任城國。許於郪下表以琅邪，從後漢之制。於邿下表以東平，又從前漢之制，初無定例也。杜預注云『邿，小國也。任城亢父縣有邿亭。』即本許說，而易東平為任城者，據晉書地理志晉初亢父亦屬任城國也。段玉裁謂『前志當作詩亭故

邦國。許書當作東平亢父詩亭。杜預左注亦當本作詩亭。皆寫者亂之耳。邦詩古今字也。」愚案段說非是。亭以國名。古有其國。後人立亭以存其蹟。因以名亭。漢志字從公羊。故國與亭皆作詩。公羊今文也。許偶左氏。杜注左氏。故字皆從左作邦。左氏古文也。（金文有邦伯鼎。與左氏經合。則左氏之為古文。信而有徵。）水經注濟水篇云。「亢父縣有詩亭。春秋之詩國也。」斯即本之漢志。

酅（邑部） 魯下邑。从邑巂聲。春秋傳曰。齊人來歸酅。（呼官切）

齊人來歸酅者。左氏定公十年經文。嚴可均議刪傳字。今三傳經文皆作讙。彼云。「齊人來歸鄆讙龜陰田。」（公羊鄆作運。）此約辭也。許所據作酅。蓋爲古文正字。漢書地理志泰山郡剛下。應劭曰。「春秋取酅及闡。」彼所引即哀公八年經文。字亦作酅。正與許同。然則今左氏作讙者。疑校者依二傳改之也。許云酅魯下邑。杜預本文注云。「三邑皆汶陽田也。」兼鄆與龜陰言之。桓公三年經。「齊侯送姜氏于讙。」杜彼注云。「讙。魯地。濟北蛇丘縣西有下讙亭。」案續漢書郡國志濟北國蛇丘有下讙亭。劉昭注亦引左傳桓三年送姜氏于讙證之。知杜注卽同於續志。可與許說相應也。

鄦 邑部 臨淮徐地。从邑。義聲。春秋傳曰。徐鄦楚。魚羈切

徐鄦楚者。左氏昭公六年傳文。今左傳作儀。彼云「徐儀楚聘于楚。」此約辭也。杜預注云「儀楚。徐大夫。」徐鍇繫傳通釋曰「杜預但言徐大夫名儀楚。不言鄦是地名。據許慎所言。則以楚是大夫之名。鄦是所食之邑。若晉郤克魯郈孫之比。然則當後漢之時。春秋儀楚當作此鄦字。但杜預在許慎後。故詳畧不同也。」段玉裁亦曰「許所據左作鄦。以邑爲氏。古本古說也。」愚案小徐段說是也。杜本作儀。蓋同音叚借字。廣韵五支鄦下云「地名。在徐。」儀下云「亦姓。左傳徐大夫儀楚。」是陸法言專從杜本。杜說不能於鄦下兼存許引本疏矣。

郳 邑部 齊地。从邑。兒聲。春秋傳曰。齊高厚定郳田。五雞切

齊高厚定郳田者。左氏襄公六年傳文。彼云「齊侯滅萊。遷萊于郳。高厚崔杼定其田。」此陳栝偁之也。杜預注以郳爲國名。正義曰「郳卽小邾也。小邾附屬於齊。故滅萊國而遷其君于小邾。」許云齊

地者，段玉裁謂『小邾者，邾所別封，則其地亦在邾魯，不當爲齊地。且郳之偁小邾久矣，不應又忽許爲郳也。許意郳是齊地，非小邾國。凡地名同實異者，不可枚數。如許書邾非鄒國，是其例也。』愚案段說是也。洪亮吉謂『春秋莊五年郳犂來來朝，今說文不舉始見經傳之郳，疑非也。』愚謂許以郳爲齊地，故引齊高厚定其田以證之。如段說，則此郳非莊五年之郳，彼郳乃小邾之郳。杜注孔疏混而爲一，故洪氏以此疑許矣。

旰 日部 晚也。从日，干聲。春秋傳曰：日旰君勞。古案切

日旰君勞者，左氏昭公十二年傳文。今左傳勞作勤。案唐石經君字下缺，則勤字疑後人補。當從許引作勞也。許訓旰爲晚也者，小徐本及韵會十五翰、文選謝玄暉詶王晉安詩李善注引說文竝作『日晚也』，多一日字。旰本從日，則訓日晚爲是。本文杜預無解。哀十三年傳『日旰矣』，杜彼注云『旰，晚也』，即用許義。又襄十四年傳『日旰不召』，史記衛世家引服虔注『旰，晏也』，亦杜解所本。旰與晏喉牙聲轉，晏與晚古音同在寒部，故互相訓矣。

曏 日部

不久也。从日，鄉聲。春秋傳曰：曏役之三月。許兩切

曏役之三月者，左氏僖公二十八年傳文。今左傳作鄉，釋文云：「鄉本又作曏。」是陸氏所見又作本正與許引同。曏從鄉聲，經典多通用。然說文䢼部云：「鄉，國離邑，民所封鄉也。」則作鄉為叚借字，正字當作曏。許訓曏曰不久，杜預注云：「鄉猶屬也。」洪亮吉謂「義並通」。段玉裁曰：「曏猶前也。城濮之役在四月，前乎此役之三月，正與不久之義合。杜云鄉猶屬也，殊誤。」愚案段說是。

暱 日部

日近也。从日，匿聲。春秋傳曰：私降暱燕。尼質切 ○昵，暱或从尼。

私降暱燕者，左氏昭公二十五年傳文。今左傳暱作昵，燕作宴。昵即暱之重文，燕宴古通用。杜預注云：「昵，近也。」案爾雅釋詁、詩小雅毛傳皆云「暱，近也」，即杜解所出。許訓日近也者，為其字之从日也。段玉裁曰：「日謂日日也。」如其說則日近猶言日日相近。愚謂日之聲轉同內，說文彳部復從日，或從內作衲，是其證。日近蓋內相親近之意耳。商書高宗肜日：典祀無豐于昵。彼釋文云：馬融云：昵，考也，謂禰廟也。案馬以昵為考，亦親近之旁證。

旝 㫃部

建大木置石其上發以機以追敵也。从㫃會聲。春秋傳曰。旝動而鼓。詩曰。其旝如林。古外切

旝動而鼓者。左氏桓公五年傳文。正義曰。「賈逵以旝爲發石。一曰飛石。引范蠡兵法作飛石之事以證之。說文亦云建大木置石其上發其機以追敵。與賈同也。案范蠡兵法雖有飛石之事。不言名爲旝也。發石非旌旗之比。說文載之㫃部。而以飛石解之。爲不類矣。」據此。則許君說解蓋本之賈侍中。故引左傳以爲證。至孔穎達譏許載之㫃部爲不類。考許引春秋傳之下又引詩曰。「其旝如林。」詩之旝其義當爲旌旗。韵會九泰旝下引說文有「旌旗也」三字。次即承之以詩曰云云。而以建大木置石其上發機以磓敵爲弟二義。是則今本說文容有奪亂。愚疑許君於此篆蓋以旌旗爲本義。以發石爲別義。引詩所以證本義。引春秋傳所以證別義。惟以旌旗爲本義。故入之㫃部也。孔氏所見已與今本同。則奪亂自唐初已然。故正義之言云爾。杜預注云。「旝。旃也。通帛爲之。蓋今大將之麾也。執以爲號令。」正義謂「旝之爲旃。事無所出。說者相傳爲然。」愚謂杜氏

即用說文本義。今說文旝篆下即次以旃。旝旃同類。亦其證也。嚴可均謂『古唐類範卷百二十六御覽卷三百三十七載魏武帝令引說文云。旝發石車也。則漢末舊本建大木上有此句。而六朝唐人諸引不之及。蓋脫落久矣。』然則此篆說解當云。『旌旗也。从㫃會聲。詩曰。其旝如林。一曰。發石車也。建大木置石其上發以機以追敵。春秋傳曰。旝動而鼓。』如此。則引經與訓義相貫矣。

段玉裁以為許意春秋傳之旝義亦為旌旗。與詩之旝同。謂『蓋左傳舊說多如此。惟賈侍中獨為異說。』劉履恂秋槎雜記謂『飛石法著於周禮。春秋時多用以攻守。賈氏近古說長於杜氏。』洪亮吉則引新唐書李密傳。造雲旝三百具。以機發石為攻城具。號將軍礮。益可證賈氏之說信而有徵。愚案洪劉申賈。似矣。而未撢其本。許承師說。段以為惟賈獨異。亦非也。章先生云。『旝實從㫃。何因訓為發石。及尋厂部。則云。厥發石也。厥旝古音同部。厥音如蹶。作居衛反。古旝作古外反。同音。乃悟侍中讀旝為厥也。』案得此說。始通賈許之誼。兼祛孔疏之惑。

左傳釋文單刻本旝下云『說文作檜。建大木置石其上發機以磓敵。』案說文木部檜爲木名，非其義。左傳注疏本釋文云『旝本亦作檜。』不言出說文。孫志祖讀書脞錄謂『孔氏正義明云說文載之㫃部，陸孔同時，非所據說文有異本也。考說文引詩曰其旝如林，今毛詩作會，蓋左傳古本亦是會字，釋文當云會說文作旝，傳寫誤爾。』愚案合單刻本釋文與注疏本所附釋文觀之，疑當云旝本亦作檜，說文建大木置石其上發機以磓敵。其引說文，仍是釋旝字耳。傳寫奪亂，故單刻本與注疏本互有所誤，沈濤乃據單刻本，謂『陸孔所據說文各不同，元朗所見㫃部無旝字，建大木云云，乃木部檜字之一解。』謬矣。劉師培謂詩之其旝如林，亦指發石之木而言，故其字亦作檜。愚案詩無作檜之本，劉說未塙。

有 部首　不宜有也。春秋傳曰，日月有食之。从月，又聲。云九切

日月有食之者，案春秋月食不書，日食凡三十六，皆書於經，而以隱公三年爲始見，嚴可均議刪傳字月字是也。洪亮吉謂『有字從月，故說文云日月有食之。』其說誤。集韵四十四有引說文作『日有蝕之。』亦無月字。食與蝕古通用。隱三年釋文云『食如字，本或作

蝕，音同』是其證。許訓有為不宜有也者，案本經桓公三年『有年』，正義引賈云：『桓惡而有年豐，異之也。言有非其所宜有。』知許說蓋本之賈侍中。正義又引杜預釋例曰：『劉賈許（謂劉歆賈逵許惠卿）因有年大有年之經（大有年見宣十六年），有鸜鵒來巢書所無之傳（見昭二十五年），以為經諸言有，皆不宜有之辭也。』據此則日有食之，蓋不宜有中之一事耳。阮元曰：『說文曰：日有食之，不宜有也。此自是唐虞以來相傳之故訓。不然，堯典內有字何以造從月哉。造字之後，直至周詩，始見日有食之之句。而春秋內凡日有食之，皆用古法書之也。』此說雖以申許，頗近於鑿。

錢大昕云：『日有食之，月食之也。不言月食而言有食之者，扶陽抑陰之義，亦見其不宜有也。說文有從月，以月食日為不宜有，正與春秋義合。許氏引經，往往以己意足成其義，竊意此文當云：春秋傳曰：日有食之，月食之。後人妄有竄改，遂失其旨耳。春秋不書月食，三尺童子知之，以五經無雙之大儒而漫不省憶，必不然矣。』案此可備一解。（段玉裁曰：『此引經釋不宜有之指，亦即釋从月之意也。日不當見食也，而有食之者，孰食之？月食之也。月食之，故字从月。』此可與錢說相參。）

穮（禾部）　耕禾閒也。从禾，麃聲。春秋傳曰：是穮是衮。（甫嬌切）

是穮是衮者，左氏昭公元年傳文。今左傳衮作蔉。說文艸部無蔉字。許所據作衮。衣部衮訓「天子卷龍衣」。則作衮蓋古文叚借字也。杜預注云：「穮，耘也。壅苗爲蔉。」（正義曰：「此言穮蔉，卽詩之耘耔也。故知穮是耨，以土壅苗根爲蔉也。耨定本作耘。」據此則孔氏正義本杜注當作穮耨也。今作耘。後人從定本改。釋文本亦作耘。）許訓穮爲耕禾閒也。義與耘異。案詩周頌載芟云：「緜緜其麃。」彼釋文引說文作穮云：「穮，鉏田也。」別引字林云：「穮，耕禾閒也。」又爾雅釋訓釋文云：「麃，字書作穮。」引字林云：「耕禾閒也。」別引說文云：「穮，耨鉏田也。」然則今本說文注蓋後人用字林亂之。當作耨鉏田也。（耨卽耨之俗）耨者薅器。鉏者立薅所用。薅者拔去田艸，以耨薅田，以鉏薅田，皆謂之穮。故與耘（耘者秐之省）同義矣。

稈（禾部）　禾莖也。从禾，旱聲。春秋傳曰：或投一秉稈。（古旱切）○秆，稈或从干。

或投一秉稈者，左氏昭公二十七年傳文。今左傳作秆。卽稈之重文。彼云：「或取一秉秆焉。國人投之。」段玉裁謂「許以二句合爲一句』愚疑許引投字當作取，今作投者，涉下句而誤耳。杜預注云『秆，稾也。』許訓稈爲禾莖，訓稾爲稈，是稾稈義同，杜與許合。故釋文正義竝引說文禾莖之解，以申杜。

秊 禾部

穀孰也。从禾千聲。春秋傳曰：大有秊。奴顛切

大有秊者，左氏宣公十六年經文，嚴可均議刪傳字。今左傳作年，隸變也。本文杜預無注。桓公三年『有年』，杜彼注云『五穀皆熟書有年。』正義引此文爲證。又引穀梁傳曰『五穀皆熟爲有年，五穀大熟爲大有年。』知杜注取穀梁爲說也。許訓年爲穀孰也者，孰卽熟之正字。年從禾，本以穀孰爲本義。禾歲一孰，故引申之義爲年歲之年。爾雅釋天云『夏曰歲，商曰祀，周曰年。』書堯典孔疏引孫炎爾雅注云『年，取禾穀一熟也。』孫注卽本之許說。

稔 禾部

穀孰也。从禾念聲。春秋傳曰：鮮不五稔。而甚切

鮮不五稔者，左氏昭公元年傳文。杜預注云『鮮，少也。少尚當歷五年。』案許訓稔爲穀孰，義與年同。故杜以年釋稔，其義則爲年歲之年，亦稔之引申義也。又案本經僖二年傳云『不可以五稔』，義與

此文同，杜彼注又云：「稔熟。」葢亦隨文爲釋。國語吳語韋昭注訓稔爲熟，鄭語注又訓稔爲年，亦其例也。

䵑（黍部） 黏也。从黍，日聲。春秋傳曰：不義不䵑。尼質切 ㊀ 䵒，䵑或从刃。

不義不䵑者，左氏隱公元年傳文，今左傳作暱。杜預注云：「不義於君，不親於兄。」是釋暱爲親也。案周禮考工記弓人云：「凡昵之類不能方。」鄭司農注云：「故書昵或作樴。」杜子春注云：「樴讀爲不義不昵之昵，或爲䵒。䵒，黏也。」據此則左傳此文又有作昵之本。文選朱叔元與彭寵書李善注引左傳亦作昵。說文日部，昵即暱之重文，則昵暱一字也。許引作䵑，當是所據左氏古文如此。䵑或作䵒，又與杜子春昵或爲䵒同。然則昵之爲䵒，猶暱之爲䵑矣。日聲刃聲尼聲匿聲皆雙聲也，故四字通用。許訓䵑爲黏，亦與子春說合。方言二云：「䵒，黏也。」葢許說之所出。唐玄度九經字樣云：「䵑音相，黏也，見春秋。」疑即本之說文，未必唐時猶有作䵑之本也。黏之義爲相箸。爾雅釋言云：「䵒，膠也。」釋詁云：「膠，固也。」相箸猶膠固矣。邵晉涵曰：「說文引春秋傳不義不䵑，言不義者不能堅固，故下文云厚將崩，今本作不暱，杜注訓暱爲親，則與厚將崩之文詞不相屬矣。』段玉裁亦謂許所據左傳作䵒爲長。

香 部首 芳也。从黍，从甘。春秋傳曰：黍稷馨香。許良切

黍稷馨香者，今左氏傳無此文。僖公五年傳：宮之奇引周書黍稷非馨明德惟馨而釋之曰：『明德以薦馨香。』諸家以爲許卽約擧此詞。段玉裁曰：『此非爲香證，說香必從黍之意也。』洪亮吉謂『杜注馨香之遠聞，亦用說文。』愚案段說是。杜解馨字用許義，與本條無涉。

氣 米部 饋客芻米也。从米，气聲。春秋傳曰：齊人來氣諸侯。許既切 ○䊠氣或从既。○餼氣或从食。

齊人來氣諸侯者，左氏桓公十年傳文，今左傳作餼，無來字。阮元校勘記引惠棟云：『古氣字作气，故气爲古氣字，氣爲古餼字。許氏引作氣，所謂述春秋傳以古文也。』愚案氣從米，爲饋氣本字。气象形，爲雲气本字。惠以气爲古氣字，其本義固各殊也。隸書气作乞，以爲求乞字，於是乃段氣爲气，而氣之本義荒，因再造餼字以代氣。氣已

从米。餼又從食。於形義爲贅。段玉裁謂「餼蓋晚出俗字。在叚氣爲气之後。」是也。本文杜預無注。桓公六年傳「齊人饋之餼。」杜彼注云「生曰餼。」聘禮「殺曰饔。生曰餼。」是杜解即本之禮。餼有牛羊豕黍粱稻稷禾薪芻等。許訓氣爲饋客芻米。不言牛羊豕者。又段氏所謂以其字从米也。言芻米不言禾者。舉芻米可以晐禾也。

兇 凶部 擾恐也。从人在凶下。春秋傳曰。曹人兇懼。許拱切

曹人兇懼者。左氏僖公二十八年傳文。杜預注云「兇兇。恐懼聲。」許訓擾恐也者。謂懼而自相驚擾也。王筠曰「擾其狀也。恐其意也。加聲字而兇之聲情始備。」愚案兇兇連文。自爲狀聲之詞。漢書翟方進傳「羣下兇兇。」是其例也。單舉兇字。不必謂聲。杜氏用許義而增一兇字以爲釋。故云聲矣。本經下文云「因其兇也而攻之。」即承上文兇懼來。則亦正謂乘其驚擾耳。不可作聲解也。徐鍇繫傳通釋曰「兇象亂而懼也。」以亂字申擾。亦通。

窀 穴部 葬之厚夕。从穴。屯聲。春秋傳曰。窀穸從先君於地下。陟輪切

窀穸從先君於地下者。今左氏傳無此文。襄公十三年傳云「唯是

春秋窀穸之事，所以從先君於禰廟者。』諸家謂許叄約舉此詞，而地下與禰廟文亦異，未知其審。杜預注云『窀，厚也；穸，夜也。厚夜猶長夜，長夜謂葬埋。』許訓窀為葬之厚夕，則杜注與許說畧同。正義申注曰：『晉語云：「屯，厚也。」說文云：「夕，暮也，從月半見。」夜字從夕，知是以夕為夜也，以其事施于葬，故今字皆從穴。』據此，是古字當作屯夕。惠棟曰：『孔宙碑作窀夕，說文無穸字，明不從穴也。』今案說文大小徐本竝有穸字，次於窀下，則惠氏偶失記。窀穸蓋後起之專字耳。漢平輿令薛君碑云：『赴此穸窀。』亦其耑證。

痁 疒部

有熱瘧，从疒，占聲。春秋傳曰：齊侯疥遂痁。失廉切

齊侯疥遂痁者，左氏昭公二十年傳文。杜預注云『痁，瘧疾。』案說文瘧訓寒熱休作，則瘧蓋兼寒熱言之，謂時寒時熱也。痁訓有熱瘧，謂有熱無寒之瘧也，是杜渾言之，許析言之也。又案素問其但熱而不寒者，名曰癉瘧。癉從單聲，等韻家以為舌頭音；痁從占聲，等韻家以為正齒音。正齒、舌頭古音大較不別，則癉猶痁矣。然說文癉訓勞病，知正字當作痁。

幑 巾部

幑。幟也。以絳幑帛箸於背。从巾。微省聲。春秋傳曰。揚幑者公徒。

許歸切

揚幑者公徒者。左氏昭公二十一年傳文。今左傳作徽。杜預注云。『徽。識也。』釋文云。『徽。說文作幑。云識也。』案說文糸部云。『徽。衺幅也。一曰三糾繩也。』則作徽為叚借字。許所據作幑正字也。幑與徽同從微省聲。故經典多叚徽為幑矣。許訓幑幟也者。說文無幟字。當以釋文所引作識為正。徐鍇篆韵譜八微云。『幑。識也。』又其旁證也。言部識本訓常。周禮春官司常『掌九旗之物名。各有屬以待國事。』旗常為識。故識引申之義又為幑。許云以絳幑帛箸於背者。幑字疑衍即所以釋幑識之制也。以之言用。蓋用絳帛為之。箸之言明。謂明箸之於背也。鄭玄司常注云。『屬謂徽識也。大傳謂之徽號。今城門僕射所被及亭長箸絳衣。皆其舊象。』案鄭君此注。可與許說相參。左傳正義又引鄭君周官大司馬注而申之曰。『如鄭此言。則徽識制如旌旗。書其所任之官與姓名於上。被之於背。以備其死。知是誰之尸也。』得孔氏此疏。而許鄭之誼。蓋顯。惟傳文言揚徽。則但手揚之，而非以之箸背耳。

儠 人部 長壯儠儠也。从人，巤聲。春秋傳曰：長儠者相之。良涉切

長儠者相之者，左氏昭公七年傳文。今左傳作「使長鬣者相」。杜預注云：「鬣，鬚也。欲光夸魯矦。」正義申之曰：「吳楚之人少鬚，故選長鬣者相禮也。」愚案杜注望文生義，孔疏曲徇之，殊不中情。相禮而選鬚顧，事近於戲，非傳恉也。許所據作儠，當爲古文正字，訓爲長壯皃，亦義之正者也。鬣則儠之叚借字。國語楚語述此事，亦作「使長鬣之士相焉」。韋昭注云：「長鬣美鬚顧也。」彼蓋探下文「不知其美爲訓」，疑杜注又承於韋矣。昭十七年傳「使長鬣者三人潛伏於身側」，鬣亦儠之借字，杜亦云「長鬣多髭鬚」，誤與此同。董增齡國語正義謂「宏嗣殊違許君之義」，惠棟譏杜爲臆說，則未悟韋已先之也。趙坦寶甓齋札記曰：杜意謂楚人多髭鬚，兩處注義同。昭七年傳正義則曰吳楚之人少鬚，故選長鬣者相禮也，此孔疏之誤。

儆 人部 戒也。从人，敬聲。春秋傳曰：儆宮。居影切

儆宮者，左氏襄公九年傳文。彼云：「令司宮巷伯儆宮。」此約詞也。段玉裁曰：「儆與警音義同。孟子引書洚水儆予，用儆字。左傳國語

亦用儆。毛詩徒御不警。周禮警戒羣吏皆用警。鄭注周禮曰。警。勅戒之言也。韋注國語曰。儆。戒也。』愚案警從言。當以戒之以言爲本義。儆從人。當以戒備爲本義。其爲戒同。而要徵有別。本經成十六年傳云『申宮儆備』與備連文。是其證也。又昭十八年傳云『使府人庫人各儆其事。商成公儆司宮』杜預彼注云『儆備火也』亦其例。

儕〔人部〕 等輩也。从人。齊聲。春秋傳曰。吾儕小人。仕皆切

吾儕小人者。左氏宣公十一年襄公十七年三十年傳文。許訓儕爲等輩也者。等從竹。義爲齊簡。輩從車。若軍發車百兩爲一輩。儕從人。而以齊爲聲。聲中兼義。故猶簡之有等。車之有輩矣。鄭玄禮記樂記注云『儕猶輩類』與許說畧同。左傳本文杜預無解。成公二年傳云『況吾儕乎』僖公二十三年傳云『晉鄭同儕』杜彼注並云『儕等也』亦用許義。

佃〔人部〕 中也。从人。田聲。春秋傳曰。乘中佃。一轅車。堂練切

乘中佃者。左氏哀公十七年傳文。今左傳作『乘衷甸』杜預注云。

『衷甸。一轅卿車。』正義云。『甸即乘也。四丘為甸。出車一乘。故以甸為名。是古者乘甸同也。』釋文云。『甸。時證反。』亦讀甸為乘。與正義合。愚案周禮地官小司徒職。『四丘為甸。』鄭玄彼注云。『甸之言乘也。讀如衷甸之甸。』據此。則鄭君所見左傳與今本同。且引傳證甸得為乘之義。孔疏陸音。蓋皆本之鄭說。是知乘衷甸猶乘衷乘。上乘字讀平聲。義則駕也。下乘字讀去聲。義則車也。許引作中佃。當是所據左氏古文如此。考新出魏正始三體石經尚書君奭篇殘字『屏侯甸。』古文甸亦作佃。正其例也。然說文田部甸訓『天子五百里內田。』則甸之本義為甸服。以甸為乘。蓋叚借字。許訓佃為中。（玉篇佃訓作田。廣韵佃訓營田。案作田營田皆畋字之義。非許意也。）若傳義亦如字義。則乘中佃為乘中中。於詞理亦不馴。故許引傳而又釋之曰一轅車。（左傳釋文引車下有也字。廣韵引車下有古輕車也四字。一切經音義卷十三引作謂一轅車也。）明傳義與字義殊。佃之為車。猶甸之為乘。亦叚借字也。杜注一轅卿車。亦與許同。嚴可均以為『此左氏舊說。』是已。一轅車而謂之中佃者。案左傳衷甸與兩牡連文。孔疏又云。『兵車一轅而二馬夾之。其外更有二驂。是為四馬。今止乘兩牡，而謂之衷乘者，衷，中也。葢以四馬爲上乘，兩馬爲中乘，大事駕四，小事駕二，爲等差故也。」穎達釋衷爲中，尺申中佃之義，段玉裁謂「客許意同孔」。段又引一說曰：「一轅兩牡，則一轅在兩牡之中，是亦中也。故彖言之曰中佃。」此則以中佃爲當中之車，與佃之訓中相應，亦得備一解。徐鍇繫傳通釋曰：「佃訓中也。古載物大車雙轅，乘車一轅當中也。」案此不依左傳爲說，恐許君之意未必如是。

俘 人部 軍所獲也。从人，孚聲。春秋傳曰：以爲俘聝。芳無切

以爲俘聝者，左氏成公三年傳文，杜預此文無解。許訓軍所獲也者，案國語晉語云：「今晉寡德而安俘女。」韋昭注云：「軍獲曰俘。」與許說同。又案一切經音義卷十三引國語賈逵注：「伐國取人曰俘。」爾雅釋詁云：「俘，取也。」即賈義所出。許不從賈者，葢許以俘之義不止於取人，凡軍所獲旄倪重器皆得謂之俘。莊公六年經：「齊人來歸衛俘。」左氏傳文及公羊穀梁經傳皆作「衛寶」，何休公羊注云：「寶者玉物之凡名。」又尚書典寶序云：「夏師敗績，湯

遂從之。遂伐三𩳊。俘厥寶玉。」是皆器物稱俘之證。杜預疑莊六年左氏經作俘誤。而又云「俘。囚也。」意謂俘必以人。而衛所歸者是寶物。俘義為囚。則不得為寶耳。正義曰「杜既以為俘誤。而又解俘為囚。是其不敢正決。」案此則似失杜意。不悟俘本可兼人物。且俘從孚聲。寶從缶聲。古音同在幽部。又俘古讀重脣。與寶雙聲。故寶亦得作俘矣。莊六年正義乃云「案說文保從人。呆省聲。古文保不省。然則古字通用寶。或保字與俘相似。故誤作俘耳。」此本欲申杜。而不知亦非也。宜為毛奇齡春秋簡書刊誤所譏。而趙坦春秋異文箋主孔說。疏矣。

說文解字引春秋傳考卷一終

說文解字引春秋傳考卷二

衡陽馬宗霍

襺衣部 袍衣也。从衣。繭聲。以絮曰襺。以縕曰袍。春秋傳曰。盛夏重襺。古典切

盛夏重襺者。今左氏傳無此文。襄公二十一年傳云。『薳子馮方暑闕地下冰而牀焉。重繭衣裘。』諸家謂許卽隱括此辭而稱之也。爾雅釋言云。『袍。襺也。』郭璞注引左傳曰。『重襺衣裘。』正與許同字。疑左傳本作襺。今作繭者。省借字也。許訓襺爲袍衣。卽本於爾雅。杜預注云。『繭。緜衣。』正義云。『玉藻「纊爲繭。縕爲袍。」鄭玄云。「衣有著之異名也。纊謂今之新緜。縕謂今纊及舊絮也。」然則繭是袍之別名。謂新緜著袍。故云緜衣也。』案孔疏引玉藻及鄭注以釋緜衣。許云以絮曰襺。以縕曰袍。當亦本玉藻。然許易纊言絮者。蓋說文糸部纊卽訓絮也。又鄭君緜與絮皆分新舊。縕兼緜絮。纊但爲新緜。許則纊訓絮。絮訓敝緜。訓縕爲紼。訓紼爲亂枲。訓枲爲麻。義與鄭異。杜解既用鄭義。不與許同。

帶所結也。从衣，會聲。春秋傳曰：衣有禬。古外切

衣有禬者，左氏昭公十一年傳文。彼云：『衣有禬，帶有結，視不過結禬之中。』杜預注云：『禬，領會。結，帶結也。』許訓禬為帶所結也，與杜異。段玉裁曰：『玉藻曲禮深衣皆謂交領曰袷，禬即袷。會合同義。且視不過結禬之中，即曲禮視天子不上於袷，不下於帶，玉藻侍君視帶以及袷也。然則杜注得之。許合禬結二者為一，似誤矣。杜注當仍賈服之舊。』愚案段申杜注是也。至其規許，則似未然。左傳明言禬與結為二，許君引傳證禬，不容誤合為一。考爾雅釋器云：『衣眥謂之襟。』詩鄭風子衿正義引李巡曰：『衣眥，衣領之襟。』又引孫炎曰：『襟，交領也。』郭璞注同。襟說文作裣，云：『交衽也。』玉篇云：『交裣，衣領也。』又通作衿。方言四云：『衿謂之交。』郭注：『衣交領也。』顏氏家訓書證篇云：『古者斜領下連於衿，故謂領為衿。』愚疑禬即交領所會，禬从會聲，會猶交也。斜領下連於衿，其交會之處，以帶約之，約餘則有結。玉藻鄭注云：結，約餘也。釋器又云：『衿謂之袸。』郭注云：『衣小帶。』內則『衿纓』，鄭玄注云：『衿猶結也。』是其證也。說

文有紟無衿。云『紟，衣系也。』系與結義同。衿卽紟之別體。故玉篇云『衿亦作紟。結帶也。』然則許君訓襘爲帶所結者。非合襘結爲一。帶以約衿結屬於帶。所結之處則謂之襘耳。杜注分釋。與許似異而實相成。洪亮吉是許非杜。亦未達也。

袪衣部　衣袂也。从衣。去聲。一曰袪褱也。褱者裦也。袪尺二寸。春秋傳曰。披斬其袪。去魚切

披斬其袪者。左氏僖公五年傳文。杜預注云『袪，袂也。』案史記晉世家述此文。裴駰集解引服虔曰『袪，袂也。』彼卽服氏左傳解誼中語。爲杜注所本。許訓衣袂也。與服解同。左傳正義曰『禮深衣記云「袂之長短反詘之及肘。」喪服云「袂屬幅，袪尺二寸。」幅謂衣之身也。袂屬於幅。長於手。反屈至肘。則從幅盡於袖口。摠名爲袂。其袂近口又別名爲袪。此斬其袪。斬其袖之末也。詩唐風羔裘傳云「袪，袂末。」鄭玄玉藻注云「袪，袂口也。」但袂是摠名。得以袂表袪。故云袪袂。』據此則知以袂釋袪。乃渾言之。若析言之。袪與袂固微有別。且知許云袪尺二寸者。蓋本之禮記。玉藻亦有此語。又鄭注儒行云。袂二尺二寸。袪

尺二寸其引左傳於此語下，正以證袂口之袪，而非證衣袂也。許書之精於此益見。

褰 衣部 絝也。从衣，寒省聲。春秋傳曰：徵褰與襦。去虔切

徵褰與襦者，左氏昭公二十五年傳文。杜預注云：「褰，袴也。」說文無袴字，許訓絝也。漢書司馬相如傳顏師古注云：「絝古袴字。」是正字當作絝。杜注即本許說。方言四云：「袴，齊魯之間謂之䙞。」郭璞注引左傳此文，亦作䙞。裷即褰之俗。廣雅釋器云：「裷謂之絝。」裷又䙞之變也。

袳 衣部 衣張也。从衣，多聲。春秋傳曰：公會齊侯于袳。尺氏切

公會齊侯于袳者，左氏桓公十五年經文。嚴可均議刪傳字，今左氏經文作「公會宋公衛侯陳侯于袲。」無齊侯二字。穀梁經同。公羊經文作「公會齊侯宋公衛侯陳侯于侈。」段玉裁曰：「許偁左也，左無齊侯，許言齊侯者，容今左傳有奪。」陳樹華洪亮吉並謂「據說文則宋公上當有齊侯二字。」毛奇齡春秋簡書刊誤云：「此一會伐，是魯宋主謀，合諸國以納鄭突伐鄭忽者。齊世德鄭，忽而雠突。

具在前忽突出入，無不齊助忽而魯助突，忽突不兩立，齊魯不並祖，豈有魯謀納突于以伐忽，而齊胥與于其閒者。』愚案毛氏此說甚辨，然許君此條略宋衛陳而單偁齊侯，當必有據，若謂此引公羊者，則品部嵒下見部覞下女部媦下皆明系公羊二字，而此則無，以許證左，則段陳洪之說似可信也。衺即移之隸變，玉篇衣部廣韵四紙均收移衺兩體，而以移為正，從說文也。公羊作侈者，趙坦春秋異文箋謂『衺侈義近音同，古通用。』愚謂移本宋地名，地名多以音叚借，無取於義，侈移形近，或亦移之譌耳。

⿰衤鳥 衣部 短衣也。从衣鳥聲。春秋傳曰：有空⿰衤鳥。都僚切

有空⿰衤鳥者，今左氏傳無此文。徐鍇繫傳通釋疑說文注誤，陳瑑說文引經考證引吳明經云『本部衹裯短衣，⿰衤鳥與裯音近義同，空⿰衤鳥當即公子裯，公子譌為空，曰字衍。』又述其父詩庭云『史記魯世家魯人立裯，徐廣曰一作袑，廣韵⿰衤鳥音貂，釋名⿰月周貂也，是從鳥從召從周之字可互通也。』案陳氏所偁吳明經即吳淩雲，陳壽祺說文經字考亦從吳說，以為⿰衤鳥即公子裯之裯，尋公子裯見襄公三十一年傳，即昭公之名也，然嚴可均又疑即昭公二十

五年傳、之季公鳥、謂此轉寫有衍誤、段玉裁與嚴說同、李富孫春秋左傳異文釋曰、『空與公禍與鳥皆音近字變』蓋亦從段說也、未知其審。

衷 衣部 裏褻衣、从衣、中聲、春秋傳曰、皆衷其衵服。陟弓切

皆衷其衵服者、左氏宣公九年傳文、杜預注云『衷、懷也、衵服、近身衣』、許衷訓裏褻衣、衵訓日日所常衣、則衷衵本義畧相近、左傳此文之衷、當爲動詞、故杜釋衷爲懷、懷猶藏也、王筠謂『與本經襄二十七年傳楚人衷甲之衷同』、是也、然則許君引此、蓋證衷字引申之義。

襚 衣部 衣死人也、从衣、遂聲、春秋傳曰、楚使公親襚。徐醉切

楚使公親襚者、左氏襄公二十九年傳文、今左傳楚下有人字、釋文云、『襚音遂、說文云、衣死人衣』、又文公九年經『秦人來歸僖公成風之襚』、彼釋文引說文同、則今本說文注衣死人也、人下奪衣字、蓋襚本贈喪衣服之名、衣死人衣者、上衣字讀去聲、猶言死人所衣之衣耳、與士喪禮之襚同義、引申之以衣服贈喪、亦得謂之襚、則與稅義同、昭公九年傳『且致閻田與襚』、杜預彼注云、『襚、送死

衣。」此襚之本義也。白虎通義崩薨篇云：「襚之為言遺也。」此襚之引申義也。今奪下衣字，是以襚為動詞，而襚之本義失矣。玉篇云：「襚，死人衣也，省上衣字，猶是本義。親襚之襚，左傳正義云：「襚衣所以衣尸。既殯而使公襚者，致襚所以結恩好，其衣不必充用。雜記記致襚之禮云：「委衣于殯東。」是既殯猶致襚也。」孔氏此疏，甚得傳恉。其以襚為衣尸之衣，亦同許說，故許引本傳以為義證。段玉裁仍據今本說文，謂「楚欲使襄公視衣死人」，不悟傳言祓殯而襚，殯乃在斂後也。王筠知從釋文補衣字，然謂「親襚者，躬為楚王箸襲衣也。」則又誤解許語，以衣死人衣即親為死者箸衣，斯則不惟違傳，更大乖於禮意矣。

說文襚篆下有裞篆，注云：「贈終者衣被曰裞。」段氏以為「蓋襚之或體字，淺人所增，非許本書所有也。」愚案襚之本義為贈喪衣服之名，裞之本義為贈喪之禮名，贈喪之禮，公羊隱元年傳云：「車馬曰賵，貨財曰賻，衣被曰襚。」何休注云：「襚猶遺也，遺是助死之禮。」然則公羊之襚，蓋即裞之叚借字，襚之引申之義與裞同，故經典多用襚。說文爲字書。故特分別之。左氏文九年釋文辨之甚明。知祱非襚之或體。更非淺人所增也。

覘 見部 窺也。从見。占聲。春秋傳曰。公使覘之信。敕豔切

公使覘之信者。左氏成公十七年傳文。杜預注云。『覘。伺也。』許訓窺也者。小徐本作『窺視。』廣韵五十五豔引作『闚視也。』段玉裁從廣韵。禮記檀弓『晉人之覘宋者返。』鄭玄彼注云。『覘。闚視也。』與許說同。杜云伺也者。案說文人部無伺字。大徐本新坿有之。見部云。『覹。司也。』司即今之伺字。覹從微聲。則伺猶微視矣。國語晉語云。『公使覘之。』即述本傳此事。韋昭彼注云。『覘。微視也。』是杜注蓋本韋義。然許訓窺視。說文穴部云。『窺。小視也。』小視與微視亦合。

歃 欠部 歠也。从欠。臿聲。春秋傳曰。歃而忘。山洽切

歃而忘者。左氏隱公七年傳文。今左傳而作如。正義引服虔云。『如。而也。臨歃而忘其盟載之辭。言不精也。』是服所據本與今同。許所據本與服異。然服氏轉如爲而。義固同於許也。古而如字本通用。杜

預注云「志不在於歃血」，正義申之曰「當歃血之時，如似遺忘物然」。孔氏釋如爲似，非許服之義矣。許訓歃爲歠也者，歠者歓也。凡歃盟者口含血，故許君引傳以爲義證。國語晉語云「宋之盟，楚人固請先歃」，卷子玉篇欠部歃下引賈逵國語注曰「歃，飮血也」。（今國語韋昭注同。歃卽歃之隸省。）野王案「以口微吸之也」。是許義蓋本之賈侍中，而顧氏案語又足申許說。

顉（頁部）　低頭也。从頁，金聲。春秋傳曰：迎于門，顉之而已。（五感切）

迎于門顉之而已者，左氏襄公二十六年傳文。今左傳作「逆於門者，頷之而已」，杜預注云「頷，搖其頭」。釋文云「頷，本又作顉」，是陸氏所據又作本正與許引合。說文頷訓面黃，則作頷非其義，作顉正字也。玉篇顉下引杜預注亦作顉，知杜本不異許，惟杜訓搖頭，許訓低頭，則就本經上文觀之，不若許義爲切。上文云「大夫逆於竟者，執其手而與之言；道逆者，自車揖之」。段玉裁謂「逆於門者，旣不執手而言，又不自車揖之，則在車首肎而已，不至搖頭也」。章先生曰「顉則視揖尚簡，視執手與言爲少恩，今人所謂鞠躬正然。

但以疑立端容。表其致敬。書稱欽哉欽哉。欽卽領也。』（玉篇領又音欽曲頤也。）此說可與段互足。

碬（石部）厲石也。从石。叚聲。春秋傳曰。鄭公孫碬字子石。（乎加切）

此篆疑有誤。案詩大雅公劉云。『取厲取鍛。』彼釋文云。『鍛本又作碫。丁亂反。鍛石也。說文云。「碫。厲石。」字林大喚反。』據此。則正篆當作碫。叚聲當作段聲。公孫碬亦當作公孫碫。文廣雅釋器云。『碫。礪也。』曹憲音都玩反。亦其旁證。玉篇石部雖碫碬兼收。然碫訓礪石。都亂切。碬與磍相連。云磍碬高下也。下加切。二字音義分別甚明。亦可知碫之不可與碬混也。惟廣韵二十九換旣收碫字。云『礪石。』九麻又收碬字。亦云『礪石也。』且下引春秋傳全與今本說文同。九經字樣亦云。『碬音霞。見春秋。』則是說文本篆轉寫之譌。自唐已然。且因之以亂春秋傳矣。今案鄭公孫段字子石。見左氏襄公二十七年傳及杜預注。鄭又有印段。亦字子石。傳所謂『鄭伯享趙孟于垂隴。二子石從。』者也。（襄二十九年經注又云。『公孫段伯石也。』桂馥因謂伯石爲段字。愚案伯乃長幼之序。古人字上多冠以伯仲。故子石亦偁伯石也。）許之所偁。蓋卽指此。但所偁非傳文。

則傳下曰字當删。又古人名與字相應。旣以子石爲字。則名當以從石作碫爲正。今左傳作段不作碫。疑爲古文省借字。段玉裁謂「許引亦當作段。葢此引經。說字之例。舉公孫段字子石以證碫之從段石會意也。」說雖可通。恐許意未必如此。

小徐本篆文作碬。而引春秋傳則作碫。下文又有鍇案語曰。「木華海賦。『碬石詭光』。是碬石文也。今春秋左傳書公孫碫作公孫段。誤也。」苗夔據此。謂「鍇書碬碫當有二篆。鉉誤合爲一。後人遂依鉉改鍇。碬石赤色。鍇引海賦釋之。碫字子石。鍇指左傳文之誤。今注中從叚從段字尚是劃然。而赤色并入磏篆。海賦并入碫注。宜分之以存其舊。」愚案苗氏校語甚确。當從之。

䂬石部　水邊石。从石。巩聲。春秋傳曰。闕䂬之甲。居竦切

闕䂬之甲者。左氏昭公十五年傳文。今左傳作鞏。杜預注云。「闕鞏國所出鎧。」以闕鞏爲國名。又本經定公四年傳。「分唐叔以闕鞏。」杜彼注云。「甲名。」葢闕鞏本國名。甲出其國。故甲亦被其名矣。許引作䂬。當是所據古文本如此。九經字樣云。「䂬音拱。水邊石。見

春秋』蓋卽本之說文。洪亮吉謂『或唐本左傳尚作此䂉字』恐未然。

磒 石部 落也。从石，員聲。春秋傳曰：磒石于宋五。于敏切

磒石于宋五者，左氏僖公十六年經傳皆有之。嚴可均議刪傳字，非也。今左傳作隕，穀梁同。公羊作霣。周禮春官大司樂賈公彥疏引左傳此文亦作霣。案左氏釋文隕下無別作，則賈疏所引，蓋涉公羊而混。說文𨸏部云『隕，從高下也。』雨部云『霣，雨也。齊人謂靁為霣。一曰雲轉起也。』此引作磒，訓曰落也，與隕義相近。爾雅釋詁隕磒竝訓落。郭璞注云『磒猶隕也。』然許於隕下引易『有隕自天』，於磒下引春秋傳，當是所據左氏古文本如此。段玉裁謂『許偁此者，說從石之意』是也。公羊作霣，當為叚借字。霣之訓雨，蓋為雨之引申義，與降相同。故公羊叚霣為磒矣。段氏說文注，霣下依韵會刪去雨也二字，未必是。侯康春秋古經說謂『公羊凡隕字皆作霣，實一字耳。』不辨正叚，微失之。

豷 豕部 豕息也。从豕，壹聲。春秋傳曰：生敖及豷。許利切

生豷及豷者，左氏襄公四年傳文。今左傳敖作澆，案論語作奡，說文夰部奡下引同，漢書古今人表亦作奡，此引作敖，澆敖音相近，蓋所據左氏古文也。敖與豷爲寒浞因羿室所生之子，豷之義爲豕息，息者喘也，疑惡其人，故以名之。

媽（馬部） 馬赤鬣縞身，目若黃金，名曰媽，吉皇之乘。周文王時，犬戎獻之。从馬，从文，文亦聲。春秋傳曰：媽馬百駟，畫馬也。西伯獻紂，以全其身。無分切

媽馬百駟者，左氏宣公二年傳文，今左傳作文馬，杜預注云「畫馬爲文四百匹」，正義曰「謂文飾雕畫之，若朱其尾鬣之類也」，許引作媽馬，而亦釋之曰畫馬者，案史記宋微子世家述左傳此事，裴駰集解引賈逵曰「文貍文也」，又引王肅曰「文馬，畫馬也」，裴所偁賈說，卽賈氏左傳解詁中語，賈云貍文，蓋亦謂畫馬爲貍文，是知畫馬當爲左傳舊說，故王杜皆與許同，疑許又本賈義也。媽字從文，本爲生而有文之馬，畫馬爲文，蓋與生而有文者其爲文同，故亦謂之媽耳。此篆說解，上文赤鬣縞身，目若黃金，名曰媽，吉皇之乘，周

文王時犬戎獻之者。見山海經海內北經與逸周書王會篇。而辭小異。彼二書文王皆作成王。漢書王莽傳中晉灼注引說文此語亦作成王。則今本說文作文王者誤。嚴可均曰。晉灼引說文作縞身金精。案。精即睛。西晉古本如是。今作目若黃金。疑校者依王會篇及海內北經改也。名曰下衍媽字。文王晉灼引作成王。王會乃成王事。海內北經注亦云成王。二徐作文王誤也。下文西伯獻紂以全其身者。見尚書大傳。西伯所獻與犬戎所獻皆當為生而有文之馬。而許引西伯所獻在畫馬之下。豈亦以為畫馬邪。所未詳矣。段玉裁謂「此八字蓋或取尚書大傳事箋記於此。遂致誤入正文。文理不貫。當刪」。嚴章福則謂「上文文王不誤。此八字當在從馬之上。與文王二語相連。即散宜生等為文王取文馬于犬戎以獻紂之事也」。愚案。段說近是。若如嚴說。則既言文王。又偁西伯。於詞為複。且散宜生等乃以千金求天下珍物。得文馬于犬戎。為文王贖罪。其時犬戎亦無獻馬之事也。今山海經逸周書並作文馬。不作媽馬。許意蓋以文馬本字當從文作媽。故但隱栝二書之說為義訓。而不舉其書名。且詞亦不全同。然恐人或以左傳之文馬與二書之文馬相溷。故引左傳而又釋之曰畫馬。以見其有別耳。其知左傳為畫馬者。蓋媽馬遠方珍物。以難致見貴。傳言宋人以百駟贖華元。數有四百。何足為珍。故知其必為畫馬也。洪亮吉因說文下言畫馬。與上文所言不貫。謂「許意亦言馬之文釆似畫耳。』殊失許恉。

馽馬部 絆馬也。从馬口其足。春秋傳曰：韓厥執馽前。讀若輒。陟立切

〇縶馽或从糸執聲。

韓厥執馽前者，左氏成公二年傳文。隸變作馽，或省作馬，或作馵，皆非。今左傳作「執縶馬前。」縶即馽之重文。馽為合體指事字，縶為形聲兼意字。許所據蓋左氏古文也。馽之本義為絆馬，因之絆馬之物亦謂之馽。絆馬必於足，言絆則足自見。段玉裁依韵會補足字，贅矣。又左傳此馽，但取絆系之義，亦不主於絆足。杜預注云：「縶馬絆也。執之示修臣僕之職。」正用縶之引申義。絆馬為動詞，馬絆則為名詞。左傳此馽既為名詞，則許引作執馽前者，蓋言執馽而前。前猶進也。亦猶禮所謂「授綏」，詩所謂「言授之縶」也。今左傳縶下馬字疑誤衍。正義引襄二十五年傳「子展執縶而見」以證此縶亦縶下無馬字之碻據也。

臧琳經義雜記云：「古文左氏本作韓厥執馽前。馽即縶正字。今本譌為馬，又別出縶字。縶當為衍文。」案臧氏從許引，以今本左傳馬

字爲馬之譌。故以縶爲衍文。其意一也。惟又云韓厥執齊絆馬而前。且以杜注爲非。則似未達傳文之義。承培元謂『左傳讀當以韓厥執縶句。前再拜稽首爲句。說文前字後人所沾。非許舊也。』更誤。

獒 犬部 犬如人心可使者。从犬。敖聲。春秋傳曰。公嗾夫獒。五牢切

公嗾夫獒者。左氏宣公二年傳文。已見口部嗾下。彼引證嗾字。此引證獒字也。杜預注云。『獒。猛犬也。』許訓犬如人心可使者。左傳釋文獒下引說文作『犬知人心可使者。』爾雅釋文引同 知如二字形近。未審孰是。然考公羊宣六年傳『靈公有周狗。謂之獒。』何休注云。『周狗。可以比周之狗。所指如意。』案何云如意。與許云如人心正同。則作如爲長。玉篇獒下注亦作如人心。當本之說文也。爾雅釋畜云。『狗四尺爲獒。』彼蓋就其形狀言之。許則言其性也。左傳正義申杜引服虔云。『獒。犬名。』又引釋畜而申之曰。『獒是犬之名。以其使之噬盾。故云猛犬也。』釋文引尚書傳亦云。『獒。大犬也。』然兼引說文。則獒之智力並見。其義爲備。

獘 犬部 頓仆也。从犬。敝聲。春秋傳曰。與犬犬獘。毗祭切 ○斃。獘或从

死。
與犬犬獘者。左氏僖公四年傳文。今左傳作斃。卽獘之重文。五經文字獘字注云『見春秋傳。又作斃同。』洪亮吉據此謂『足見唐本左傳又多作獘字。』愚謂張參當卽本之說文。非别見作獘之本也。許引此蓋證獘字從犬之意。杜預此文無解。許訓頓仆也者。案爾雅釋言云『斃踣也。』踣仆雙聲字。本經定八年傳『與一人俱斃。』彼杜注云『斃仆也。』彼正義引釋言亦作『斃仆也。』是仆踣古字通。許訓正與爾雅合。國語晉語『犬斃』亦說此事。韋昭注云『斃死也。』則又就斃從死爲訓耳。

狾 犬部　狂犬也。从犬。折聲。春秋傳曰。狾犬入華臣氏之門。征例切

狾犬入華臣氏之門者。左氏襄公十七年傳文。今左傳作『瘈狗入於華臣氏』。說文疒部無瘈字。漢書五行志中之上引左傳此文亦作『狾狗』。臧琳謂『蓋據西漢儒傳授之本』。然則許所偁蓋古文正字也。左傳釋文引字林作狾。當又本之說文。又許引多之門二字。論衡感類篇引與說文同。以此知許本之有自。可補今本左傳之

缺。王筠乃謂『二字俗人誤增』非也。杜預此文無解。許訓狂犬也者。案本經哀公十二年傳『國狗之瘈。無不噬也』杜彼注云『瘈。狂也』即用許義。或謂『瘈即疒部瘛之譌變。瘛訓小兒瘛瘲病。瘛之言掣也。瘲之言縱也。引申之與狂義近。故與猘通用』此亦可備一解。

燬 火部 火也。从火。毀聲。春秋傳曰。衛侯燬。許偉切

衛侯燬者。左氏僖公二十五年經傳皆有之。然此非述其文。嚴可均謂『傳曰二字疑當作有』是也。段玉裁曰『燬𤈦實一字。燬篆許所本無。當刪』鈕樹玉亦謂『此字疑後人增。即非增亦當爲重文』愚案許於𤈦下引詩曰『王室如𤈦』於燬下引春秋傳衛侯燬。兩篆分引兩經。則燬篆未必無。玉篇𤈦下收㷄燬二文。注云同上。是燬爲𤈦之重文。信而有徵矣。

爇 火部 燒也。从火。埶聲。春秋傳曰。爇僖負羈。如劣切

爇僖負羈者。左氏僖公二十八年傳文。彼云『爇僖負羈氏』案氏之爲言家也。則氏字不可無。今引無氏字。疑轉寫奪之。杜預注云『

爇，燒也。』與許說合。至羈羇二字之異，正字本作𦊅，或從革作𦌴，羈則𦌴之隸省，羇又羈之俗也。集韻十七薛爇下引說文作𦌴，知羇非許書原字。

燀 火部 炊也。从火單聲。春秋傳曰：燀之以薪。充善切

燀之以薪者，左氏昭公二十年傳文。杜預注云：『燀，炊也。』與許說合。許訓炊爲爨，爨字從林，從火，從𦥑，𦥑推林納火，即傳所謂以薪也。禮記月令鄭玄注云：『薪施炊爨』，可以互證。

𪚰 火部 灼龜不兆也。从火，从龜。春秋傳曰：龜𪚰不兆。讀若焦。即消切

龜𪚰不兆者，左氏定公九年傳、哀公二年傳皆有龜焦之文，無不兆二字。九經字樣𪚰焦並錄，注云：『上說文，下隸省。』愚案許云𪚰讀若焦，則作焦爲同音叚借字。訓𪚰爲灼龜不兆，訓焦爲火所傷也。灼龜而傷，則兆不成，義之相因者也。故焦借爲𪚰矣。杜預注云：『龜焦兆不成。』即用許義。然則許所據作𪚰，當爲古文本字。不兆二字，嚴可均謂『蓋左氏說』，段玉裁謂『此引哀二年傳文，許所據蓋有不兆，與下文「以故兆詢」相貫』，愚疑轉寫者涉上注文而衍。蓋龜

𤕒連文，即𤕒不兆，未必許所據左傳有此二字也。

焞 火部 明也。从火，𦎫聲。春秋傳曰：焞燿天地。他昆切

焞燿天地者，今左氏傳無此文。國語鄭語曰：「淳燿惇大，天明地德，光照四海」。諸家謂許即隱栝此語。然今國語作淳，從水不從火。惟崔瑗河間相張平子碑云：「亦能焞燿敦大，天明地德，光照有漢」。依正用鄭語入文。其字作焞，即燂之隸省，與許合。韋昭國語注云：「淳，大也。燿，明也」。段玉裁謂「下文云敦大，則焞燿自皆當訓明」。王念孫曰：「淳燿敦大光照，皆二字平列。淳字本作焞，焞，明也。燿，光也。言能光明天明，厚大地德也。下又云祝融能昭顯天地之光明，即其證」。愚案段王於焞字皆從許義，王說尤允。

嚴可均又謂「續漢律歷志下亦云淳燿天地，則傳記恐有成文，當考」。愚案今續漢律歷志作淳燿天光，不作天地，嚴氏偶誤記耳。

𤎅 炙部 宗廟火孰肉。从炙，番聲。春秋傳曰：天子有事𤎅焉，以饋同姓諸侯。附袁切

天子有事𤎅焉者，左氏僖公二十四年傳文。今左傳作膰。釋文云：「

膰。周禮又作鐇字。音義皆同。」案說文肉部無膰字。許所據作鐇。與周禮同。蓋左氏古文正字也。訓曰宗廟火孰肉者。以其字從炙。炙從肉在火上也。杜預注云『有事。祭宗廟也。膰。祭肉。』與許說合。鐇本祭肉之名。因之以祭肉賜人亦曰鐇。左傳此鐇。卽謂賜鐇。故許引傳而又釋之曰以饋同姓諸侯。言與饋同意。明經義與本義微別。所以說叚借也。周禮春官大宗伯。『以脤膰之禮親兄弟之國。』此許說所出。鄭玄周禮注云『脤膰。社稷宗廟之肉。以賜同姓之國。』亦與許同。惟左傳所言。乃饋先代之後於周爲客者。則待異姓之特禮。說文爲字書。故許但以常禮釋之。非謂左傳此鐇爲饋同姓也。段玉裁說文注本改以饋同姓諸侯爲『天子所以饋同姓』而移於从炙之上。謂『說文古本當如此。今本爲寫者所誤耳。』未必是。

憖 心部

問也。謹敬也。从心。猌聲。一曰說也。一曰甘也。春秋傳曰昊天不憖。又曰。兩君之士皆未憖。魚覲切

昊天不憖者。左氏哀公十六年傳文。彼云『旻天不弔。不憖遺一老。』此約辭也。許偁昊天。傳作旻天者。洪頤煊云爾雅釋天夏爲昊天孔子以哀十六年夏四月己丑卒。義當作昊天。後漢書

東平王憲傳李賢注、文選陳太丘碑文李善注引左傳皆作昊天。范甯穀梁傳序昊天不弔疏，哀十六年左傳文。據此，則左傳古本作昊字。兩君之士皆未憖。文公十二年傳文。此象說解凡四義，玉篇引其三。問也，玉篇引作閒也。甘也，玉篇引作且也。問與閒、甘與且，形近易溷，故今本說文並譌，皆當從玉篇引。且為語辭，哀十六年杜預注云：「憖，且也。」即用許說，則是許偁此傳所以證且之一義也。漢書五行志中之上：「不憖遺一老。」應劭注云：「憖，且辭也。」亦與許說同。詩小雅十月之交：「不憖遺一老。」鄭箋云：「憖者心不欲自彊之辭也。」又且義之引申也。小雅正義引說文：「憖，肎從心也。」肎疑是且字之誤，蓋孔氏引說文以釋鄭心不欲自彊之義也。段玉裁謂「當是引作憖肎也，從心猌聲，誤以也字側於從心之下，不成文理耳。」因改問也作肎也。愚案段說非。文十二年杜注云：「憖，缺也。」釋文引字林云：「憖，閒也。」案說文門部閒訓隙，缺隙義相近。字林訓閒，當即本之說文，與玉篇引正合。則是許偁此傳所以證閒之一義也。正義申杜云：「憖者缺之貌。今人猶謂缺為憖也。沈氏云，方言云憖傷，傷即缺也。」案孔疏所引沈氏，即沈文阿。釋文亦兼引方言。然則未憖猶未傷，未傷猶無閒矣。說苑至公篇載左傳此事，作「三軍之士皆未息。」亦由憖有閒義。閒之引申爲閒暇。又與息義相近。故慭亦爲息矣。然息者休息之意。與缺傷義別。

愙 心部 敬也。从心。客聲。春秋傳曰。以陳備三愙。苦各切

以陳備三愙者。左氏襄公二十五年傳文。今左傳作恪。彼云。「庸以元女大姬配胡公而封諸陳。以備三恪。」此約辭也。說文無恪字。魏孔羨碑作「三愘」。愘卽愙之隸變。恪又愘之俗省也。杜預注云。「示敬而已。故曰三恪。」許訓愙敬也。杜以恪爲敬。與許義同。爾雅釋詁云。「恪。敬也。」又許義所出也。案本經僖公二十四年傳。「皇武子曰。先代之後。于周爲客。」愙從客聲。則知許君引此。蓋兼證聲中之義。所謂禮之如賓客也。惟三愙之說。今古文家各異。禮記郊特牲正義引五經異義。雖偁古春秋左氏說。以黃帝堯舜之後爲三愙。而所主者則用公羊說禮戴說。存二王之後。以爲王者所封。三代而已。不與左氏說同。今此又引左傳爲證者。蓋異義先成。說文晚定。故復從古文說也。杜注又云。「周得天下。封夏殷二王後。又封舜後。謂之恪。幷二王後爲三國。」此則兼采今文說。正義謂「杜雖通二代爲三。

其二代不假稱恪，唯陳爲恪耳。』是也。

愯心部 懼也。从心，雙省聲。春秋傳曰：駟氏愯。息拱切

駟氏愯者，左氏昭公十九年傳文。今左傳作聳。杜預注云：『聳，懼也。』正義申杜曰：『爾雅釋詁：竦，懼也。竦與聳音義同。』愚案說文耳部有聳，無聳，云：『生而聾曰聳。从耳，從省聲。』則作聳即從之不省者。然非其義。心部有慫，云：『驚也。讀若悚。』說文亦無悚字，當作竦。疑今左傳作聳者，蓋慫字轉寫之譌。驚懼義本相近，故杜注訓爲懼。孔疏謂與竦音義同也。方言十三曰：聳，悚也。此同音段借耳，非義同也。許所據作愯，當爲古文正字。玉篇心部云：『㦗同愯。』廣韻二腫云：『愯亦作㦗。』皆以愯爲正，以從雙不省者爲重文，遵說文也。又案文選魏都賦：『吳蜀二客，矍焉相顧。』注云：『矍，懼也。左傳曰：駟氏矍懼。善曰：張以㦗先瓏反。今本並爲矍。』案晉書左思傳言三都賦成，張載爲注魏都，則李善所稱張者即張載。知張所據左傳此文正作㦗，其訓㦗爲懼，即用許義。今文選作矍者，俗譌耳。又本經昭六年傳云：『聳之以行。』漢書刑法志引作㦗。晉灼注云：『㦗，古竦字也。』字亦從雙，然則愯

愯蓋古今字。今則愯懼字率作聳，或作悚，作竦。愯亦少見，愯幾荒矣。

憜 心部 不敬也。从心，𡐦省。春秋傳曰：執玉憜。徒果切 ○惰，憜或省𠂤。

○媠，古文。

執玉憜者，左氏僖公十一年傳文。今左傳執作受，憜作惰。案惰即憜之重文。本經昭二十六年傳云：「後世若少惰。」彼釋文云：「惰本亦作憜。同。」以彼例此，則此文本亦作憜矣。今經典率作惰。漢書韋玄成傳：供事靡憜，尚不省𠂤。顏師古注：憜古惰字。至執與受之異，案本經下文云：「惰於受瑞。」又云：「不敬則禮不行。」則上文似當作受玉，許訓憜為不敬，亦本諸左傳也。許偁受作執者，段玉裁曰：「案國語作晉侯執玉卑，蓋或二書相涉之故。」是也。杜預此文無解，漢書五行志中之上引此文，顏師古注云：「不敬其事也。」即用許說。

悝 心部 啁也。从心，里聲。春秋傳有孔悝。一曰病也。苦回切

孔悝者，見左氏哀公十五年傳。衛大夫孔圉之子也。段玉裁曰：「許偁此者，蓋悝字漢人少用也。」愚案說文引人名，以春秋傳為最多，如𤟹齹睔眅䧹錐䛐冒禓禍䂵𤢺燬姞戭紇等，其字皆不常用，悝其

一耳，悝一稱孔叔。

忨 心部 貪也。从心，元聲。春秋傳曰：忨歲而濊日。五換切

忨歲而濊日者，左氏昭公元年傳文。又見習部翫下。彼引作「翫歲而愒日。」與今本左傳同，與此異。疑左氏有兩作本，故許君並存之。釋文翫下引「說文又作忨。」漢書五行志中之上引左傳此文作「玩歲」，玩忨形近，亦忨之筆誤，是其證也。洪亮吉李富孫並謂此所引或本外傳文。今案國語晉語曰：「今忨日而濊歲。」忨濊二字雖同，然歲日二字互易，恐未必是。且釋文明言說文又作忨，亦知此非引國語矣。汪遠孫謂「說文習部作翫愒，心部作忨濊，皆內傳文也。」其說得之。許訓忨貪也，欠部濊訓欲歓歠，引申之與貪義亦近。杜預注云：「翫愒皆貪也。」即本於許。然愒本訓息，無貪義，如杜說，則作愒乃濊之叚借字。惟韋昭國語注云：「忨，偷也。濊，遲也。」偷貪雙聲，義亦可通。以濊為遲，當取遲待之意，謂趙孟偷視朝夕，計時待盡耳。如韋說，則濊又當為愒之叚借字。蓋愒之為息，乃休息之息，引申之與遲待之義正合也。

惷心部　亂也从心春聲春秋傳曰王室日惷惷焉一曰厚也　尺允切

王室日惷惷焉者左氏昭公二十四年傳文隸變作惷今左傳日作實惷作蠢案說文日部云『日實也』日之為實由形生義日者太陽之精不虧因不虧故曰實古者字少蓋即以日為實自既造實字經典鮮見以日字代實者惟說文引左傳存此古義矣或謂今左傳作實乃日之叚借字說亦可通蚰部云『蠢蟲動也』引申為凡動之偁杜預注云『蠢蠢動擾貌』與許說亦合洪适隸續載左傳三體石經作𢧵即蠢之古文然說文𢧵下引周書不引左傳此引作惷當是所據本異且以惷為正字也訓惷為亂與擾義近

溠水部　水在漢南从水差聲荆州浸也春秋傳曰修涂梁溠　側駕切

修涂梁溠者左氏莊公四年傳文今左傳作『除道梁溠』案周禮夏官職方氏云『豫州其浸波溠』鄭玄彼注引春秋傳與今本同許作修涂當是所據古文本如此字異而義同也周禮以溠為豫州浸許云荆州浸者以溠水在漢南也蓋欲訂周禮之誤鄭君亦謂『溠宜屬荆州在豫非也』與許說合洪亮吉乃謂『說文溠荆州浸

本周禮職方』而於今職方之作豫州初無所辨疏矣又以許偁修涂今左傳作除道謂『考杜注則杜時本已與漢異』不悟鄭注所引與杜本合亦漢時本也

杜預注云『溠水在義陽厥縣西東南入鄖水』胡渭禹貢錐指謂『溠水流短既合溳自下可以通稱周禮所謂溠蓋即溳也豫州南界至漢殷時已然周人因之呂氏春秋云河漢之間曰豫州溠水在漢北其為豫浸又何疑焉』胡氏此說意在糾鄭君周禮注丁杰亦曰『溠實豫州浸疑後人改說文以合職方注』愚案溠水入溳溳水入漢皆在漢水之北此水地之顯然者許鄭大儒不容不知然許云溠在漢南者漢水自西北而東南流入江溳水入漢正在漢之下流凡漢水流域皆得蒙漢之稱許云漢南蓋謂漢水流域之南非謂漢水之南也至荊豫兩州之界禹貢所舉『荊河惟豫州』謂北拒河水西南至荊山『荊及衡陽惟荊州』謂北據荊山南及衡山之陽是荊山者乃兩州分界之大齊準其地望則溠水入溳之地與荊山山脈約成平行然則以溠為荊州浸者許鄭當有所本殆未可輕

相難矣。

濼 水部 齊魯間水也。从水，樂聲。春秋傳曰，公會齊侯于濼。盧谷切

公會齊侯于濼者，左氏桓公十八年經傳皆有之，公穀經傳同。杜預注云：「濼水在濟南歷城縣西北入濟。」是濼乃濟水支流，故許不言其原委，但云齊魯間水也。水經注濟水篇云：「濟水又東北，濼水入焉。水出歷城縣故城西南，泉源上奮，水涌若輪。春秋桓公十八年公會齊侯于濼是也。」酈注可與說文此條互參。

沿 水部 緣水而下也。从水，㕣聲。春秋傳曰，王沿夏。与專切

王沿夏者，左氏昭公十三年傳文。今左傳作沿，隸變也。杜預注云：「順流為沿。」許云緣水而下也者，緣沿雙聲字，以聲訓也。順流與緣水義亦同。玉篇云：「沿，從流而下也。」從猶緣矣。又案本經定公四年傳云：「子沿漢而與之上下。」杜彼注亦曰：「沿，緣也。」即用許訓。

湫 水部 隘下也。一曰，有湫水，在周地。春秋傳曰，晏子之宅湫隘。安定朝那有湫泉。从水，秋聲。子了切 又即由切

晏子之宅湫隘者。左氏昭公三年傳文。彼云『景公欲更晏子之宅。曰。子之宅近市。湫隘囂塵。』此隱栝而偁之也。杜預注云『湫。下。隘。小。』兩字分訓。許云隘下也者。段玉裁謂『當作湫隘。湫。下也。此舉左傳湫隘字而釋湫。』愚案許意謂隘而下者爲湫也。不必如段說。本經昭十二年傳。『湫乎攸乎。』杜彼注云『湫。愁隘。』杜以愁字釋湫。愁湫同從秋聲。義固相通。然兼以隘字釋之。即隘而愁之意。亦猶許之訓爲隘下矣。又昭元年傳云『勿使有所壅閉湫底。』彼釋文正義並引服虔云『湫。著也。』正義又申之曰『若此湫爲著。則與止同義。』案說文云『止。下基也。』是服之訓著與許之訓下正合。錢大昕謂說文此條解義。即承上篆文連讀。當作湫隘下也。說亦通。

瀋 水部 汁也。从水。審聲。春秋傳曰。猶拾瀋。 昌枕切

猶拾瀋者。左氏哀公三年傳文。彼云『無備而官辦者。猶拾瀋也。』此亦約辭。杜預注云『瀋。汁也。』與許說合。劉熙釋名釋飲食云『宋魯人皆謂汁爲瀋。』則許訓蓋本方言。今方言三云『斟。汁也。』郭璞注云『或曰瀋汁。』戴震方言考證依釋名改作瀋汁。愚案呂氏春秋驕恣篇高誘注引左傳

此文作『猶拾潘也』則潘瀋古蓋通用。說文潘訓淅米汁，與瀋義同。

𡿧 川部 害也。从一雝川。春秋傳曰：川雝為澤，凶。祖才切

川雝為澤凶者，左氏宣公十二年傳文。彼作『川壅為澤』，無凶字。下文云『所以凶也』，許蓋隱栝偁之。釋文云『壅本又作雍』，案雍即雝之隸省。說文土部無壅字，隹部雝訓雝渠，本義為鳥名，則作雝亦叚借字。本字當作邕，邕訓四方有水自邕成池者，引申之有障塞之義。川邕為澤，是𡿧象也。張參五經文字云『𡿧象川不通形』，知此引左傳蓋證從一邕川之意，所以說字形也。今則災行而𡿧廢矣。

震 雨部 劈歷振物者。从雨辰聲。春秋傳曰：震夷伯之廟。章刃切

震夷伯之廟者，左氏僖公十五年經傳皆有之。嚴可均議刪傳字，非也。許訓震為劈歷者，案文選張衡西京賦薛綜注引蒼頡篇曰『霆，霹靂也』，一切經音義卷十五引蒼頡篇作『礔礰』，霹靂礔礰皆劈歷之異文。穀梁楊士勛疏引說文亦作震霹靂也。是震即霆也。爾雅釋天云『疾雷為霆』，是霆即疾雷也。穀梁隱公九年傳云『震，雷也；電，霆也』，是

震又爲雷，霆又爲電也，則知震霆雷電名可兼施，義亦可互受矣，但在說文，則雷爲通名，自其振物言之謂之震，自其餘聲言之謂之霆，自其光耀言之謂之電，震本名詞，左傳此震，則爲動詞，杜預注云：『震者雷電擊之。』蓋言震自可晐雷電，正義申注云：『說文云：「震，劈歷振物者，電，陰陽激曜也，」然則震是劈歷，而言雷電擊之者，劈歷有聲有光，雷電之大者耳。』案孔疏引說文而通震與雷電之義爲一，深得許恉，段玉裁謂『許君必偁此者，以爲劈歷震物之證』是也。

䲔 魚部 海大魚也，从魚畺聲，春秋傳曰：取其䲔鯢，渠京切 ○鯨，䲔或从京。

取其䲔鯢者，左氏宣公十二年傳文，今左傳作鯨，即䲔之重文，漢書翟義傳云：『蓋聞古者伐不敬，取其䲔鯢，』即用左傳此文，字與許同，顏師古漢書注曰：『䲔古鯨字，』是許所據左氏古文也，訓曰海大魚也者，案一切經音義卷十九引許叔重注淮南子云：『鯨魚之王也，』王之義亦爲大，與此訓相應，猶鮪之大者稱王鮪也，杜預注云『鯨鯢大魚名』正義引周處風土記云『鯨鯢海中大魚也』皆鯨鯢同訓正義又引裴淵廣州記則謂『鯨鯢長百丈雄曰鯨雌曰鯢』文選吳都賦劉淵林注引異物志說畧同許鯢訓刺魚也恐別是一種與鰮鯢之鯢同名異實

閟門部

閉門也从門必聲春秋傳曰閟門而與之言（兵媚切）

閟門而與之言者今左氏傳無此文嚴可均謂『校者所加闟下引國語曰闟門而與之言乃魯語也今此涉闟之說解而誤耳』段玉裁以爲『當是左傳莊公三十二年閟而以夫人言之誤』鈕樹玉說同未知其審洪亮吉左傳詁逕引說文此條於莊公三十二年傳下一若爲左傳之古本者非也沈欽韓左傳補注但採說文閉門之義以解傳之閟字不錄春秋傳以下一語較有斟酌

耴耳部

耳垂也从耳下垂象形春秋傳曰秦公子輒者其耳下垂故以爲名（陟葉切）

秦公子輒者今左氏傳無此文小徐本作『秦公子耴耴者其耳垂也故以爲名』集韵二十九葉類篇耳部耴下並云『說文引春秋傳

秦公子耴者，其耳下垂，故以爲名。或作輒。』今左傳秦亦無公子耴，嚴可均曰：『鄭子耳始見襄八年傳，即襄十年經之鄭公孫輒也，疑當言春秋傳有鄭公孫耴者，其耳下垂，故以爲名。』愚案公孫輒亦見襄公九年傳，杜預注云：『子耳。』名與字相應，則嚴說是也。錢大昕段玉裁與嚴說略同，段且謂『以許訂之，古本左傳當作公孫耴，左傳云：「以類命爲象」，生而耳垂，因名之耴，猶生而夢神以黑規其臀，因名之黑臀也。』王引之春秋名字解詁則謂『輒耴古字通，耳垂謂之耴，故車耳亦謂之輒，說文：「輒，車兩輢也，輢，車旁也，較，車輢上曲鉤也，𨏥，乘輿金爲耳也，𨊻，車耳反出也」。然則輒輢較𨊻𨏥皆車耳也』，據此，則左傳作輒，亦非誤字，惟許之所偁，以證本篆，則當作耴耳。

鈕樹玉曰：『左僖十五年傳有公子縶，杜注云：秦大夫，許所引當即此，縶爲馽之重文，馽讀若輒，與耴音合也。』愚案左昭二十年經：盜殺衛侯之兄縶，公羊穀梁皆作輒，則縶輒古通用，鈕說亦可備一解。

聝 耳部 軍戰斷耳也。春秋傳曰：以爲俘聝。从耳，或聲。古獲切 ○馘 聝或从首。

以為俘聝者。左氏成公三年傳文。已見人部俘下。彼引證俘字。此引證聝字也。今左傳作馘。即聝之重文。許訓軍戰斷耳也者。蓋謂軍戰所斷之耳為聝。不專以斷為義也。說文又部取下引司馬法載獻聝聝者耳也。與此可以互照。杜預此文無解。本經僖公二十二年傳。『示之俘馘。』杜彼注云。『馘。所截耳。』宣公十二年傳。『右入壘折馘。』杜彼注云。『折馘斷耳。』（此亦以斷釋折。以耳釋馘）竝與許說合。爾雅釋詁云。『馘。獲也。』則為引申之義。然本義既為所斷之耳。當以從耳為正字。或體從首。疑起於後世獻首級而造此篆。許君所據作聝。蓋古文也。詩大雅皇矣釋文引字林。『截耳則作耳傍。獻首則作首傍。』其說近之。

捘（手部）推也。从手。夋聲。春秋傳曰。捘衛侯之手。（子寸切）

捘衛侯之手者。左氏定公八年傳文。杜預注云。『捘。擠也。』許訓推也者。正義曰。『說文云。推。排也。排。擠也。捘是推排之意。故為擠也。』案孔疏引說文申杜。明推擠義同。是杜注即用許義也。

摜 手部

習也。从手貫聲。春秋傳曰。摜瀆鬼神。古患切

摜瀆鬼神者。左氏昭公二十六年傳文。今左傳作貫。杜預注云。「貫。習也。」案貫習爾雅釋詁文。此杜注所本。許引作摜。亦訓曰習。義同而字異者。案說文毌部云。「貫。錢貝之貫也。」則作貫為叚借字。作摜正字也。然摜從貫聲。故通作貫。錢貝之貫。義受諸毌。毌者。穿物持之也。持則有守而勿失之意。所謂持久也。引申之與習義亦近。又本經宣六年傳。「以盈其貫。」杜彼注云。「貫猶習也。」言猶則知非本義。彼正義云。「詩稱射則貫兮。先儒亦以為習。故杜用焉。」案射貫由於用力之久。久則巧生而無不中矣。射之穿侯。亦猶錢貝之在貫。義之相因者也。洪亮吉乃謂「今本左傳作貫。蓋摜之隸省。」失之。

類篇手部摜下引說文此條。心部慣下又引之。案類篇多本集韻。集韻三十諫。摜或從心作慣。故類篇遂分載於心手兩部。不悟說文心部無慣字。左傳此文亦無作慣之本也。或者乃據類篇疑說文佚慣篆。誤矣。

抎 手部 有所失也。春秋傳曰。抎子辱矣。从手。云聲。于敏切

抎子辱矣者。左氏成公二年傳文。今左傳作隕。杜預注云『隕見禽獲。』許引作抎。訓曰有所失也者。案墨子天志篇下曰。『國家滅亡。抎失社稷。』戰國策齊策四曰。『宣王曰。寡人愚陋。守齊國唯恐抎之。』抎有失義。蓋出於此。杜云見禽獲者。謂見獲於敵也。敵有所獲。即我有所失。是杜與許說似相異而實相成。然說文𠂤部云。『隕。從高下也。』則作隕爲叚借字。許所據作抎。古文正字也。抎從云聲。隕從員聲。古音同在諄部。故通用。呂氏春秋季夏紀。『昭王抎于漢中。』高誘注云。『抎隊。音曰顛隕之隕。』此又抎隕相通之證也。惟高以抎隊爲義。則彼抎又隕之借字耳。

掉 手部 搖也。从手。卓聲。春秋傳曰。尾大不掉。徒弔切

尾大不掉者。左氏昭公十一年傳文。杜預此文無解。國語楚語說此事。以牛馬爲喻。其辭加詳。左傳正義引之以爲證。許訓掉爲搖也者。案文選楊子雲長楊賦云。『掉八列之舞。』李善引賈逵國語注曰。『掉。搖也。』彼蓋許訓所本。

掀 手部 舉出也、从手、欣聲、春秋傳曰、掀公出於淖。虛言切

掀公出於淖者、左氏成公十六年傳文、彼云『乃掀公以出於淖』、此約辭也、杜預注云『掀、舉也』正義曰『說文云「掀、舉出也」一公在於淖、知掀當訓爲舉也』案孔疏引說文以申杜、知杜注即本於許也。釋文掀下引『徐許言反、云捧轂舉之則公掀起也』是徐邈以掀爲軒、音同而義微別、又引字林云『舉出也』亦本許說。

擐 手部 貫也、从手、瞏聲、春秋傳曰、擐甲執兵。胡慣切

擐甲執兵者、左氏成公二年傳文、杜預注云『擐、貫也』與許說合。國語吳語『服兵擐甲』韋昭彼注亦同。段玉裁改許注之貫作毌云『毌穿物持之也、今人廢毌而專用貫矣』愚案貫從毌訓爲錢貝之貫、其義即自毌來、許君說解不必皆用本字、段改未必是。又案玄應一切經音義卷十七卷二十一卷二十二慧苑華嚴經音義卷四並引賈逵國語注『擐甲、衣甲也』釋擐爲衣、讀衣去聲、與穿貫義亦近、然非正訓、故許不取。

掫 手部 夜戒守有所擊、从手、取聲、春秋傳曰、賓將掫。子侯切

賓將掫者、左氏昭公二十年傳文、杜預注云『掫、行夜』正義申杜

引說文云『夜戒有所擊也。』戒下無守字。案周禮夏官掌固『夜三鼜以號戒。』杜子春注云『讀鼜為造次之造，謂擊鼓行夜戒守也。春秋傳所謂賓將趣者，與趣與造音相近。』子春引左傳之趣證周禮之鼜。雖以音近為證，其說則趣字之義也。許說正與子春合。子春言戒守，則今本說文戒下有守字為是。又本經襄二十五年傳『陪臣干掫。』杜注亦云『干掫，行夜。』彼正義引說文全與今本同。彼釋文引則無守字。又云『先儒相傳皆以干掫為行夜。』案孔疏所謂先儒，即指賈服而言。賈逵從子春學，是許之同於子春，蓋受之賈也。又子春云擊鼓，許但云有所擊者，彼就周禮鼜字言。許意行夜不必擊鼓，凡有聲可以警眾者皆是。易之重門擊柝其例也。至掫趣異字，周禮賈公彥疏謂『彼賈服讀字與子春意異。』惠棟則謂『子春受學於劉歆，歆傳左氏春秋，以趣為掫，必有據依。賈服後於劉，杜唐人咸所尊尚，故不從其說。』愚謂趣掫同從取聲，故古通用。然說文走部云『趣，疾也。』則子春所據作趣為段借字。許所據作掫，古文正字也。周禮春官鎛師注杜子春引左傳此文又作趨。彼釋文云『左傳作掫。』案趣與趨古亦相通。詩大雅毛傳『趣，趨也。』是其證。

捷 手部

獵也。軍獲得也。从手，疌聲。春秋傳曰：齊人來獻戎捷。疾葉切

齊人來獻戎捷者，左氏莊公三十一年經傳皆有之，今經傳皆作齊侯。公羊穀梁同。許所據作齊人，段玉裁謂『作人近是，不必親來也。』許訓捷獵也，又云軍獲得也者，前說爲字義，後說爲經義也。穀梁傳曰：『軍得曰獲。』卽許後說所本。左傳杜預注云：『捷，獲也。』公羊何休注云：『戰所獲物曰捷。』竝與許合。然考說文犬部獵下云：『放獵逐禽也。』獲下云：『獵所獲也。』則獵獲二義本相因。捷旣訓曰獵獲，是本義蓋謂田狩所得。古者戰勝視俘虜若禽獸，因之軍得亦謂之捷矣。左傳正義曰：『捷，勝也。戰勝而有獲，獻其獲，故以捷爲獲也。』是孔疏似不以獲爲捷之正訓。疏矣。釋捷爲勝者，詩小雅采薇毛傳鄭箋皆然，其實乃捷引申之義耳。

姓 女部

人所生也。古之神聖，母感天而生子，故稱天子。从女，从生，生亦聲。春秋傳曰：天子因生以賜姓。息正切

天子因生以賜姓者，左氏隱公八年傳文。杜預注云：『因其所由生以賜姓，謂若舜由嬀汭，故陳爲嬀姓。』愚案許云人所生也，當爲姓

之本義。白虎通義姓名篇云。「姓。生也。人稟天氣所以生者也。」似即許說所出。惟許又云感天而生子。以申上文生字。則感與稟天氣之稟義微有別。稟謂稟受。天者自然之謂。猶言天所賦予也。與性情之性正同。故白虎通義性情篇又曰。「性者生也。此人所稟六氣以生者也。」與說姓字無異。第氣雖稟於自然。而生之者則爲母。故姓字從女生會意。蓋自其稟氣而言則曰性。自其出生而言則曰姓。性姓二字。義蓋相因。漢碑中有以性爲姓者。洪适隸釋載戚伯著碑云。「胄周別封。氏衛傶邑。而爲性焉。」此即性通作姓之證。人含五常之性。五常通于五聲。故古有吹律定姓之法。王符潛夫論卜列篇云。「古有陰陽。然後有五行。五行各據行氣而生。世遠乃有姓名。是故凡姓之有音也。必隨其本生祖所王也。」王氏此論。即所以釋稟氣以生吹律定姓之義也。國語周語云。「司商協民姓。」韋昭注謂「司商掌賜族受姓之官。」惠士奇禮說則謂「司商。樂官也。人始生吹律合之。定其姓名。故繫世必鼓琴瑟以定焉。」惠氏以周語之司商。通周禮之瞽矇。亦得其本。然則。定姓賜姓蓋爲二事。定姓之法當在先。賜姓之典當在後。至感天生子。是爲有毋而無父。語頗近誣。其實上世男女雜居。未有昏姻之制。本爲母系時代。故人民知有母而不知有父。有桀黠者出。以勢力相雄長。陵於齊民之上。思假神道以誣民。而即以自神。故託之感天而生。自命之曰天子耳。詩大雅生民正義引五經異義云『詩齊魯韓春秋公羊說聖人皆無父。感天而生。左氏說聖人皆有父。謹案堯典以親九族。即堯母慶都感赤龍而生堯。堯安得九族而親之。禮讖云。唐五廟。知不感天而生。』據此。則許君作異義時。從左氏古文說。說文晚定。既以感生釋生。又引賜姓證姓。則古今文說兼用。而吹律定姓之說獨未之及。或以其法微眇不經。故不取與。杜注釋因生爲因其所由生。引舜由溈汭爲證。蓋感生之說亦所不取矣。然推許君之意。感生亦但言古之神聖之爲天子者耳。賜姓既天子主之。則諸侯之姓。當由賜得。非引左傳之因生以證感生也。

姺 女部 殷諸侯爲亂。疑姓也。从女。先聲。春秋傳曰。商有姺邳。所臻切

商有姺邳者。左氏昭公元年傳文。杜預注云。『二國商諸侯。』許云

殷諸侯爲亂疑姓也者。段玉裁曰：『嫌姺是國名。故曰疑。疑者不定之詞也。姺從女。蓋以姓爲國名。』嚴可均以路史國名紀卷六引說文作『商諸侯爲亂者。』謂『許無用疑字例。疑字當作者。』王筠以篇海引疑作凝。謂『姺爲國名。凝其姓也。』愚案當從段說。凝姓不見載籍。蓋疑之譌字。王氏信之誤矣。又案呂氏春秋本味篇云：『有侁氏以伊尹媵女。』高誘注：『侁讀曰莘。』說苑云：『伊尹故有莘氏媵臣也。』則姺字又作侁作莘。先聲辛聲古通用。

娠女部　女妊身動也。从女辰聲。春秋傳曰：后緡方娠。一曰官婢女隸謂之娠。失人切

后緡方娠者。左氏哀公元年傳文。杜預注云：『娠。懷身也。』懷身與許之妊身合。然許云女妊身動。則兼動爲義。謂妊而身動。不徒懷也。爾雅釋詁云：『娠。動也。』蓋許說所本。郭璞云：『娠猶震也。』今案詩大雅生民正義引左傳此文正作震。釋詁邢昺疏引同。是左傳蓋有兩作本。惟說文雨部震訓劈歷振物者。則作震爲叚借字。娠爲本字。又案本經昭元年傳『邑姜方震大叔。』杜彼注云：『懷胎爲震。』

』彼釋文云。『震本又作娠。』彼正義亦引說文。娠字之訓而釋之曰。『是懷胎爲震。震取動義。字書以是女事。故今字從女耳。』據此。又知娠雖本字。蓋爲後起。

姶 女部

女字也。从女。合聲。春秋傳曰。嬖人婤姶。一曰無聲。烏合切

嬖人婤姶者。左氏昭公七年傳文。彼云。『衛襄公夫人姜氏無子。嬖人婤姶生孟縶。』則婤姶連文爲女字也。許於婤與姶兩篆皆云女字。而於姶下引左傳證之。此又引經之一例也。

婉 女部

順也。从女。宛聲。春秋傳曰。太子痤婉。於阮切

太子痤婉者。左氏襄公二十六年傳文。彼云。『宋芮司徒生女子。棄諸堤下。共姬之妾取以入。名之曰棄。長而美。平公納諸御。嬖。生佐。惡而婉。太子痤美而佷。』許蓋約稱之。然傳言佐婉。許云痤婉。與傳異。集韵二十阮類篇女部婉下引說文此條並作『太子佐婉。』佐又非太子也。嚴可均謂『許此錯舉。或所見本異。』段玉裁則謂『許一時記憶不精耳。集韵類篇蓋依傳改正而又失之。』愚案段說近是。

嬛 女部 材緊也。从女。瞏聲。春秋傳曰：嬛嬛在疚。許緣切

嬛嬛在疚者，左氏哀公十六年傳文，卽哀公誄孔子之辭也。今左傳作『煢煢余在疚』。史記孔子世家引同。惟周禮春官太祝『掌作六辭以通上下親疏遠近，六曰誄』，鄭司農注引春秋傳作『嬛嬛予在疚』。彼釋文不出予字，阮元校勘記謂『陸本或無此字』，則正與說文合。許所據字同於先鄭，葢左氏古文也。嬛從瞏聲，古音在寒部；煢從營省聲，古音在青部。青寒二部合音通用。詩周頌『嬛嬛在疚』，說文宀部引作『煢煢在宊』，亦其證。許煢訓回疾，嬛訓材緊，疾緊皆有急義，猶言迫急如在憂病之中也。

婼 女部 不順也。从女。若聲。春秋傳曰：叔孫婼。丑畧切

叔孫婼者，始見左氏昭公七年經，魯大夫名也。小徐本作『春秋有叔孫婼』，無傳曰字，嚴可均議依小徐，是也。穀梁與左氏同字，公羊婼作舍。顧炎武唐韻正十八藥云：『婼，丑畧切，上聲則音舍。』下引昭二十三年公羊作舍為證，則知字異由於音轉也。婼從若聲，舍聲若聲古音同在魚部，故通用。侯康春秋古經說云：『婼從若聲，若字

有惹音，如後世稱蘭若般若，故婼字亦有兒遮反一音。見漢書趙充國傳，將婼月氏兵四千人，蘇林注如此讀，則與舍聲相近，又徐仙民婼音釋，而舍古亦多讀為釋，舍菜舍奠即釋菜釋奠，周禮占夢乃舍萌于四方，太史凡射事飾中舍算，鄭君皆讀舍為釋，故古經作婼音釋，公羊作舍也」案此足廣顧氏之證，毛奇齡春秋簡書刊誤謂「因叔孫武叔之子名舒，舒舍轉音而訛」非也。

戭 戈部 長槍也，从戈，寅聲，春秋傳有擣戭。弋刃以淺二切

擣戭者，見左氏文公十八年傳，高陽氏才子八愷之一也，今左傳作檮戭，阮元校勘記謂監本作擣，與說文引傳合，戭者，釋文云「漢書作𢾅」案說文攴部無𢾅字，則作戭正字也，王符潛夫論五德志又作擣演，戭演亦同聲通用字。

武 戈部 楚莊王曰，夫武定功戢兵，故止戈為武。文甫切

夫武定功戢兵，故止戈為武者，左氏宣公十二年傳文，彼云「夫文，止戈為武，夫武，禁暴戢兵保大定功安民和眾豐財者也」此蓋隱括傳之，武有七德，祇取定功戢兵者，以合於止戈之義也，止戈為武。

於六書屬會意。蓋倉頡造字之一法。故楚莊王述之。而許君則援之以爲說解。先釋字義。後證字形。義見於形。說形之語。傳文已具。故許不言從止戈。與正部乏下引春秋傳同例。亦非說形說義之詞有所闕也。王筠謂『門閭户護不須說之字。亦必說之。此猶無說。乃闕佚也』。殊誤。又其語出自楚莊王。楚莊五伯之一。故不偁春秋傳而人自知。或乃以此爲引通人說。非矣。

紇 糸部　絲下也。从糸。气聲。春秋傳有臧孫紇。下沒切

臧孫紇者。魯之大夫。隸省作紇。左氏襄公四年傳偁『臧紇』二十三年經偁『臧孫紇』。傳則或偁『臧紇』或偁『臧孫』或偁『臧武仲』。蓋名紇字武仲也。盧植謂『古者名字相配』。然則紇訓絲下而以武仲爲字者。疑紇讀爲仡。以聲近叚借。說文人部云『仡。勇壯也』。紇取勇壯之義。故字曰武仲矣。

縉 糸部　帛赤色也。春秋傳縉雲氏。禮有縉緣。从糸。晉聲。即刃切

縉雲氏者。見左氏文公十八年傳。杜預注云『縉雲。黄帝時官名。』正義申注曰『昭十七年傳偁黄帝以雲名官。故知縉雲黄帝時官

名字書。緇赤繒也。服虔云。夏官爲緇雲氏。』案孔疏所云字書。未知何指。說文繒訓帛。緇訓帛赤色。則以緇爲赤繒。正與說文合。孔氏引字書又引服虔說者。疑孔意緇雲猶言赤雲。說文云。『赤。南方之色也。』南方夏令。故夏官以緇雲爲號矣。許偁此當作春秋傳有緇雲氏。今奪有字。卷子玉篇糸部緇下引說文此條有有字。蓋舊本也。

縋 糸部 以繩有所縣也。春秋傳曰。夜縋納師。从糸。追聲。持僞切

夜縋納師者。左氏襄公十九年傳文。杜預此文無解。本經僖公三十年傳。『夜縋而出。』杜彼注云。『縋。縣城而下。』可與此文互服。許訓縋爲以繩有所縣也者。以其字從糸也。正義曰。『乃從城上縣繩納師。』案縣繩亦釋縋字。卽本許說。一切經音義卷十八引說文作『以繩有所縣鎭也。』卷十六又曰。『謂縣重曰縋也。通俗文縣鎭曰縋是也。』王筠說文句讀據補鎭字。謂『此爲本義。引左是借義。』愚案縋之言垂。許云有所縣。則繩下有物可知。鎭字不必補。疑玄應自用通俗文以申許。非說文本有鎭字也。卷子玉篇引說文此條。亦無鎭字可證。

緐 糸部 馬髦飾也。从糸。每聲。春秋傳曰。可以稱旌緐乎。附袁切 ○ 緐。

緐或从㚅。㚅籀文弁。

可以稱旌緐乎者。左氏哀公二十三年傳文。今左傳作繁。隸增也。杜預注云「繁。馬飾繁纓也。」許訓馬髦飾也者。段玉裁曰「馬髦謂馬鬣也。飾亦妝飾之飾。蓋集絲絛下垂為飾曰緐。」是杜注與許說亦合。今經典率作繁。卷子玉篇糸部有繁無緐。且引說文於繁下。今本玉篇繁緐兼收。各別為義。緐下注云「馬髦飾」與說文同。俗字行而本字幾廢矣。又案文選張衡西京賦「璿弁玉纓。」薛綜注云「弁。馬冠也。叉髦以璿玉作之。纓。馬鞅也。以玉飾之。」馬宗槤左傳補注據此。謂「繁為馬髦之飾。或以璿玉為之。非纓也。」此蓋意在糾杜注。愚考緐或作綼。從籀文弁。則緐本與弁通。薛氏以弁為馬冠。是緐亦馬冠也。然其字從糸。則本義當謂以絲為之。薛就賦文弁與璿連。故曰以璿玉作之耳。又賦文弁與纓對。則纓自為馬鞅。說文云「纓。冠系也。」其本義正是髦飾之屬。杜以纓釋繁。不得謂之失。

紲 糸部

系也。从糸。世聲。春秋傳曰。臣負羈紲。私列切 〇緤。紲或从枼。

臣負羈紲者。左氏僖公二十四年傳文。今左傳作絏。說文無絏字。張參五經文字云。「緤本文從廿。緣廟諱偏旁。今經典並准式例變」。案張云本文從廿。卽世字缺筆。葢爲太宗諱也。故唐石經左傳亦作緤。今本卽沿石經之舊。水經注四河水篇引左傳此文猶作紲。與說文同。葢本字之未改者。杜預注云。「緤。馬韁。」正義引服虔云。「一曰犬韁曰緤。古者行則有犬。」又引禮記少儀。「犬則執緤。牛則執紖。馬則執靮。」是服注葢本於禮。然服言一曰。則知犬韁非緤之本義。許但訓緤爲系。左傳釋文引作繫。正義引作係。不以犬馬爲别。疑服意或亦然。李貽德謂「杜所用者當爲服之本義。正義所引者爲服之或說。」非也。正義又引說文申杜曰。「緤是係之别名。係馬係狗。皆得稱緤。彼少儀對文耳。散則可以通。巡於天下。用馬爲多。故主於馬耳。」愚案許韁下云。「馬緤也。」是許本以緤爲相系之通稱。不專施於犬。孔疏此說得之。段玉裁說文注據少儀補犬字於系上。未必是。洪亮吉又謂「杜注必改曰馬韁。非是。」更誤矣。卷子玉篇糸部緤下云。「野王案凡所以繫制畜牲者皆曰緤。」顧說足申許義。

纊 糸部

絮也。从糸。廣聲。春秋傳曰。皆如挾纊。苦謗切 〇絖。纊或从光。

皆如挾纊者。左氏宣公十二年傳文。杜預注云：「纊，緜也。」正義引「玉藻云：纊為繭，縕為袍。鄭玄云：纊，新緜也。」許訓纊為絮，訓絮為敝緜，則其為緜同，而有新敝之異。段玉裁曰：「敝緜，孰緜也。凡絮必絲為之，古無今之木緜也。」案如段說，則鄭云新緜者，當為生緜。考說文：敝，从㡀从攴；㡀，敗衣也，从巾，象衣敗之形。蓋謂巾外四點象破碎之形也。然則絮為敝緜者，疑取新緜攴治之使細碎，則成絮。于以箸衣為便。一切經音義卷一引「說文：纊，緜也，絮之細者曰纊。」下句蓋玄應申釋之語，疑當云：纊，絮也，緜之細者曰纊，則與說文合。緜絮二字偶互易耳。

縊 糸部 經也。从糸，益聲。春秋傳曰：夷姜縊。於賜切

夷姜縊者，左氏桓公十六年傳文。杜預注云：「失寵而自經死。」與許訓縊為經也合。經者織之從絲，縊死必直縣，故由從絲之義引申之，謂縊為經矣。釋名釋喪制云：「縣繩曰縊。縊，阨也，阨其頸也。」縣繩與經字義相應。縊阨則喉牙一聲之轉。段玉裁說文注改經作絞，未必是。鈕樹玉據玉篇糸部「縊，自經也」，廣韻五寘「縊，自經死

也。』謂今本說文脫自字。愚案卷子玉篇縊下引左氏傳『莫敖縊于荒谷。』又引杜預曰『自經也。』較今本玉篇爲詳。其自經之訓明偁杜注。不系說文。亦未可據爲今本說文脫去自字之證。

蠱 蟲部 腹中蟲也。春秋傳曰。皿蟲爲蠱。晦淫之所生也。梟桀死之鬼亦爲蠱。从蟲从皿。皿物之用也。公戶切

皿蟲爲蠱晦淫之所生也者。左氏昭公元年傳文。彼云『晦淫惑疾。』又云『何謂蠱。淫溺惑亂之所生也。』又云『於文皿蟲爲蠱。』許蓋隱括而偁之。所以證字形也。杜預注云『文字也。皿器也。器受蠱書者爲蠱。』（據阮元校刻本）亦就字形爲說。非釋傳文之惑疾。惑疾乃本傳上文所謂如蠱。言如則非真蠱矣。許訓腹中蟲也者。則爲蠱之本義。玄應一切經音義卷一卷二引『說文蠱腹中蟲也。謂行蟲毒也。』下五字蓋玄應申釋說文之詞。又引『聲類蠱蟲物病害人也。』尋周禮秋官庶氏『掌除毒蠱。』鄭玄彼注云『毒蠱蟲物而病害人者。』聲類蓋本鄭說。然則許云腹中蟲者。中字當讀去聲。謂中蟲物之毒耳。凡行蟲毒者。必有其器。故字從皿。杜云器受蠱者。受猶容

也言皿所以容蠱也許云皿物之用也者物蓋鄭所謂蟲物亦即蠱也言畜蠱者假皿以爲用也故杜說與許說正相成顧野王輿地志云「江南數郡有畜蠱者主人行之以殺人行飲食中人不覺也」案皿即盛飲食之器顧說可證許義蠱本蟲毒能害人引申之則凡害人於不覺者皆得被以蠱名故許又云梟桀死之鬼亦爲蠱中蠱毒者必病因之晦淫惑疾亦謂之蠱此則傳所云如蠱也禮記王制正義曰「蠱者損害之名故左傳云皿蟲爲蠱是蟲食器皿巫行邪術損壞於人」案以蟲食器皿釋蠱於許鄭之義皆無徵左傳禮記兩書正義皆出孔穎達考左傳杜注諸本於器受蠱書者爲蠱二語多作「器受蟲害者爲蠱」蓋孔氏所據本已如是故以蟲食器皿爲釋愚謂杜注本解傳中於文二字則作書者爲蠱較長不得以此爲誤本且即如諸本作器受蟲害受亦當訓容蟲害猶蟲毒器容蟲毒爲蠱則與許鄭有合矣不必如孔氏釋爲蟲食器皿也

墊 土部

下也春秋傳曰墊隘从土執聲都念切

墊隘者左氏成公六年襄公九年二十五年傳凡三見成六年傳曰

「民愁則墊隘。」杜預注云。「墊隘羸困也。」襄九年傳曰。「夫婦辛苦墊隘。」杜注云。「墊隘猶委頓。」襄二十五年傳曰。「久將墊隘。」杜注云。「墊隘。慮水雨。」案三墊隘前兩者皆叚借之義。故杜亦隨文釋之。後者乃為本義。墊從土。土地下溼狹隘。則以水雨為慮也。故釋文正義並引方言「墊下也。」以申注。許亦訓下也。正與方言合。九經字樣雨部䨩下云。「音店。寒也。傳曰。䨩隘。今經典相承作墊。」愚案說文云。「䨩讀若春秋傳墊阨。」是許謂䨩音同墊。非謂春秋傳作䨩字也。唐玄度蓋本說文而失之疏。遂致為經作音而非其實耳。

堋 土部 喪葬下土也。从土。朋聲。春秋傳曰。朝而堋。禮謂之封。周官謂之窆。虞書曰。堋淫于家。方鄧切

朝而堋者。左氏昭公十二年傳文。今左傳作塴。杜預注云。「塴。下棺。」正義曰。「周禮作窆。禮記作封。此作塴。皆是葬時下棺於壙之事。而其字不同。是聲相近。經篆隸而字轉易耳。」愚案許訓喪葬下土也。杜注義與許合。孔疏所引周禮禮記。蓋亦本之許說。然謂經篆隸

而字轉易。則誤。左氏周禮皆古文。禮記則為今文。許君兼存今古文。非篆隸轉易之謂也。惟說文無塴字。塴蓋堋之俗。周禮鄭司農注引春秋傳『日中而塴。』即此文之下句。彼經宋附釋音本岳本及葉鈔釋文宋本賈疏引塴又作傰。說文人部亦無傰字。但有倗字。云輔也。則傰又倗之俗。倗則堋之段借也。

勍力部　彊也。春秋傳曰。勍敵之人。从力。京聲。渠京切

勍敵之人者。左氏僖公二十二年傳文。杜預注云『勍。強也。』許訓彊也者。彊即強之本字。是杜與許說合。說文強在虫部。云蚚也。籀文作𧈪。故經典多段強為彊。彊者弓有力也。引申為凡有力之偁。勍從力。故以彊為訓矣。段玉裁曰『勍與人部之倞字音義皆同。而勍獨見左氏。』愚案廣雅釋訓云『勍勍。武也。』彼當別有所據。則不獨見左氏也。

勦力部　勞也。春秋傳曰。安用勦民。从力。巢聲。子小切又楚交切

安用勦民者。左氏昭公九年傳文。彼云『焉用速成其以勦民也。』此亦隱栝其辭。杜預注云『勦。勞也。』即本許說。敦煌唐寫本切韻

勦字分收兩韵。在五肴者。注云輕捷。在二十八小者。注云勞。廣韵五肴三十小分注同。但玉篇力部勦下雖分楚交子小二切。祇有勞也一義。集韵肴小兩韵亦同訓勞。未知切韵輕捷之訓何所本。又經典勦與剿多通用。說文刀部有剿。即剿之正篆。訓曰絕也。下引周書『天用剿絕其命』為證。與勦義別。

鎎 金部

怒戰也。从金氣聲。春秋傳曰。諸侯敵王所鎎。許既切

諸侯敵王所鎎者。左氏文公四年傳文。今左傳作愾。杜預注云『愾恨怒也』。許引作鎎。訓怒戰也。是杜本與許所據異。愾從心。故杜云恨怒。鎎從金。故許云怒戰。段玉裁說文注改引傳之鎎作愾。改从金氣聲作从金愾省。謂『心部愾大息。从心氣。是則王所愾。王所怒也。敵王所怒。故用金革。此引以證會意之指』。又云『凡此校正。必符許意』。愚案詩小雅彤弓序鄭箋云『諸侯敵王所愾而獻其功』。即本左傳此文。字亦作愾。與杜本同。彼釋文既引杜預注。又云『說文作鎎』。則許杜所據各異。此亦其證。惠棟謂『許氏所據多古文。必得其實』。是也。段氏所改。謂之自成其說則可。云必符許意。恐未

然。洪亮吉又謂『今本左傳作愾，非。杜注當是從說文轉訓。』李富孫亦謂『傳當作鎎，今作愾，字形相雜。』是又不悟杜本之與鄭合也。

轈　車部　兵高車加巢以望敵也。从車，巢聲。春秋傳曰：楚子登轈車。鉏交切

楚子登轈車者，左氏成公十六年傳文。今左傳作巢，即轈之省借字。許訓轈為兵高車加巢以望敵也者，左傳釋文引說文作『兵車高如巢』，又云『字林同』。正義引說文則全與今本合。愚疑陸氏所據為後人依字林校改之本，非必今本有誤。玉篇車部及敦煌唐寫本切韵殘卷廣韵五肴轈下注竝云『兵車若巢』，無高字，若猶如也。蓋亦用字林之義，故不言出說文也。杜預注云『巢車，車上為櫓』。正義曰『櫓，澤中守草樓也。是巢與櫓俱是樓之別名。』然考說文木部云『櫓，大盾也。樔，澤中守草樓。』孔疏蓋誤以樔義為櫓義，臧琳從孔疏，且謂『樔即巢之俗，許書不當更有樔字，蓋即櫓字之譌，疑李陽冰等竄改。』今案廣韵樔在五肴，櫓在十姥，玉篇木部亦

樔櫓分訓，且竝引說文與今本同，兩書所據皆六朝舊本，在李陽冰前，臧說非是。洪亮吉左傳詁亦襲孔疏之誤，又遂以爲出說文，兼沒孔疏之名，與昭二十五年傳稱部薦幹引說文幹脅也同一疏謬。愚謂樓櫓雙聲字，櫓有樓義，當從聲借。釋名釋宮室云「櫓，露也。露上無屋覆也。」文選司馬相如上林賦「泰山爲櫓」郭璞注云「櫓，望樓」是櫓得爲樓之證。嚴可均謂「杜解車上爲櫓，則徐本說文加巢似長。」段玉裁則從釋文所引，謂「杜正言櫓似巢，不得言加巢」。愚案加當讀如駕，加巢猶言安巢，正杜所云爲櫓矣，櫓義爲樓，故轈車亦即樓車，轈樓二字古音異部同類。本經宣公十五年傳「登諸樓車」，杜彼注云「樓車，車上望櫓」，史記鄭世家述彼事，裴駰集解引服虔曰「樓車所以窺望敵軍，兵法所謂雲梯也。」服解樓車與許解轈車正相應。

轘 車部 車裂人也。从車，睘聲。春秋傳曰：轘諸栗門。胡慣切

轘諸栗門者，左氏宣公十一年傳文，杜預注云「轘，車裂也。」許訓車裂人也，是杜與許說合。案周禮秋官條狼氏「誓馭曰車轘」，鄭

玄彼注亦云「車轘謂車裂也」。知轘蓋古刑名。釋名釋喪制云「車裂曰轘。轘，散也，肢體分散也。」可申補許義。又說文同部斬下云「斬，截也。法車裂也。」疑古用車裂故曰轘。轘從車也。後世乃法車裂之意而用鈇鉞，故曰斬。故斬從車兼從斤，斤者鈇鉞之類也。

附 𨸏部　附婁，小土山也。从𨸏，付聲。春秋傳曰：附婁無松柏。符又切

附婁無松柏者，左氏襄公二十四年傳文。今左傳作部。杜預注云「部婁，小阜」。許引作附，云附婁小土山也。是杜與許字異義同。然說文部字從邑，本義為天水狄部，則作部為叚借字。附從𨸏，𨸏為山無石者，阜即𨸏之隸變，則正字當作附。許所據蓋左氏古文也。應劭風俗通義山澤篇云「春秋左氏傳部婁無松柏，言其卑小。部者阜之類也。今齊魯之間，田中少高卬名之為部矣」。應氏所引字亦作部，而其所釋則正附之義也。今以附為坿益字，而附之本義荒矣。徐鍇繫傳通釋曰「今左傳作培，叚借」。是小徐所見傳文又異於今本。案文選左思魏都賦李善注引此傳作「培塿」。培與小徐所見同。塿與應氏所偁同。塿則婁之本字。說文：婁，空也。塿，𡐤土也。培與部同從咅聲。附

從付聲。古音皆在矦部。古讀若丕，則在之部。古音之部與矦部旁轉。故三字相通耳。

隖（𨸏部）鄭地阪。从𨸏，烏聲。春秋傳曰：將會鄭伯于隖。許為切

將會鄭伯于隖者，見左氏襄公七年經。今左氏經傳皆作鄬。彼經云：「公會晉矦宋公陳矦衛矦曹伯莒子邾子于鄬。鄭伯髡頑如會，未見諸矦。」公穀二經同。惟頑字作原為異。左氏傳又云：「及將會于鄬。」許葢隱栝偁之。獨舉鄭伯者，以將會二字傳系之鄭，所敘為鄭事也。許訓隖為鄭地阪，則隖本阪名，非邑名。坡者曰阪，當以從𨸏為正字。穀梁釋文云：「鄬本又作隖。」與許引正合。左氏杜預注、穀梁范甯注並云：「鄬，鄭地。」不言阪，可以許說補之。朱駿聲曰：「阪在鄬地，故得隖名。」可備一解。

莤（酉部）禮：祭，束茅加于祼圭，而灌鬯酒，是為莤。象神歆之也。一曰：莤，榼上塞也。从酉，从艸。春秋傳曰：爾貢包茅不入，王祭不供，無以莤酒。所六切

爾貢包茅不入，王祭不供，無以莤酒者，左氏僖公四年傳文。今左傳供作共，莤作縮。釋文云：「共本亦作供。」是陸氏所據亦作本正與

說文合，縮者，杜預注云『束茅而灌之以酒為縮酒。』正義云『周禮甸師「祭祀共蕭茅。」鄭興云「蕭字或為莤，莤讀為縮，束茅立之祭前，沃酒其上，酒滲下去，若神飲之，故謂之縮。縮，滲也，故齊桓公責楚不貢包茅，王祭不共，無以縮酒。」杜用彼鄭興之說也。』許引作莤，訓曰禮祭束茅加于裸圭而灌鬯酒是為莤象神歆之也者，與鄭興說亦合，惟加于裸圭為異耳。臧琳曰『據說文，知左傳作「無以莤酒。」據甸師注，知周禮作「祭祀共莤茅。」又詩伐木「有酒湑我。」傳「湑，莤之也。」葢毛詩周禮左傳皆古文，故與六書之旨合。今左傳作縮酒，莤之聲近叚借字。』愚案臧說是也。莤字從酉從艸。酉者酒之省，艸者茅也。祭以茅為莤酒之用，故許君本禮說作訓義，而引左傳貢茅以證之。段玉裁謂『許偁傳以證縮酌用茅。』考縮酌用茅，見禮記郊特牲，鄭玄彼注云『泲之以茅，縮去滓也。』則與許云灌酒茅上象神歆之義微不同。

亥 部首

荄也。十月微陽起，接盛陰。从二，二，古文上字。一人男，一人女也。从乙，象裹子咳咳之形。春秋傳曰：亥有二首六身。胡改切 ○ 𠀅 古文亥為豕，與豕同。亥而生子，復從一起。亥有二首六身者，左氏襄公三十年傳文。傳又云『下二如身，是其日數也。』杜預注云『亥字二畫在上，併三六為身，如算之六。下亥上二畫豎置身旁。』正義曰『二畫為首，六畫為身，下首之二畫並之使如其身旁，則是生來日數也。因亥畫似算位，故假之以為言。其本作亥字不為此也。』愚案今亥篆下體祇有五畫，古文作丌，形與豕同，皆與二首六身不合，故正義又曰『案字書古之亥字，體殊不然，蓋春秋之時，亥字有二六之體，異於古制。其說文是小篆之書，又異於此。』然則如孔氏言，許君引此，蓋字形之別說也。惟孔疏亦但就傳文釋之，未足以釋注。注言三六為身，則非六畫也。徐鍇說文繫傳祛妄篇曰『案士卣云，二萬六千六百有六旬矣。今據李斯書亥字亦如此。然則二畫豎，則算家之二萬。乚曲次之，則似算家之六千。ㄅ象算家之六百。又ㄅ則算家之隔位六矣。此蓋史趙以亥字布畫偶有此形，因舉言之。』小徐此說，方合於杜氏三六之義。桂馥亦曰，『若別有二首六身之亥，則本書不應引此文。徐據本書為說，是也。』

」江永羣經補義云『亥二首者二萬也，六身者六千也，下首之二畫如其身之六，則又得二六，是爲六百六旬也』此亦舍注釋傳，於亥篆之形無當，孔廣森經學卮言曰『宣城梅氏以此證古籌算縱橫記數之法，案宋元人算草六七八九或爲丅𝍦𝍧𝍨，或爲丄𝍯𝍰𝍱，蓋權輿自古，射禮釋獲，橫縮相變，卽其遺象，篆文亥爲𠀅，其乚與丄相似，ㄣ與丅相似，是有三六形，若移首上二畫下置身旁，則成忄丅，正如布算橫列四位，起二萬，次六千，次六百，次六十也』斯又足與小徐之說相參。

以上偁春秋傳者凡一百七十八字

嘂 㗊部

高聲也，一曰大呼也，从㗊丩聲，春秋公羊傳曰魯昭公叫然而哭。古弔切

魯昭公叫然而哭者，公羊昭公二十五年傳文，今公羊傳作『昭公於是噭然而哭』何休注云『噭然，哭聲貌』許正篆作嘂，引經作叫，不與本篆同，疑叫爲嘂字轉寫之譌，訓嘂云高聲也者，乃其本義，一曰大呼，則別義也，今作噭者，說文口部云『噭，吼也，一曰，噭呼也，

』噭呼則與大呼之義合。故嘂通作噭。兩呼字皆嘑字之借。嘑者唬也。阮元校勘記云。『噭與叫聲相近。許以叫為高聲大呼。較之何注云噭然哭聲貌義益切也。』陳立公羊義疏云。『案方言。平原謂啼極無聲謂之唴哴。楚謂之噭咷。漢書韓延壽傳。噭咷楚歌。注。服虔曰。噭音叫呼之叫。是噭叫通。噭為嘑號。故何以為哭聲。經傳凡言然者皆狀詞。故何氏以為哭聲貌也。』愚案本經噭然之下承以而哭。則何云哭聲貌者。即就經文為釋。不必因噭有嘑號之義而釋為哭聲也。惟既主聲言。是作嘂為正字。

覢 見部 暫見也。从見。炎聲。春秋公羊傳曰。覢然公子陽生。失冉切

覢然公子陽生者。公羊哀公六年傳文。今公羊傳作闖。何休注云。『闖。出頭貌。』許所據作覢。與何異。訓曰暫見也者。暫見猶言乍見。則與出頭之義亦互足。公羊釋文云。『闖。見貌。』案說文門部云。『闖。馬出門皃。从馬在門中。讀若郴。』無見義。陳立謂『出門貌與出頭貌取象亦近。』愚案說文見部有覾云。『私出頭視也。讀若郴。』是闖與覾音同義近。蓋即覾之借字。故陸德明以見貌釋之。或亦方朝

經師舊義而陸氏取之也。然要當以作覞為正字，闖通作覞者，覞從炎聲，古音在談部，闖讀若郴，郴從林聲，古音在侵部，侵談同類旁轉，故覞與闖通矣。陳瑑說文引經考證引吳明經云：「闖即閃之譌，閃與覞同。禮記注：淊之言閃也。釋文云：閃，失冉反，與覞字異音同。」又述其父詩庭語云：「木華海賦蝄象暫曉而閃屍，注云：閃，暫見貌。此與覞同義，蓋字異而音義俱不異。」案此亦可備考。

媦女部　楚人謂女弟曰媦。从女胃聲。公羊傳曰：楚王之妻媦。云貴切

楚王之妻媦者，公羊桓公二年傳文。何休注云：「媦，妹也。」許云楚人謂女弟曰媦，又妹下云：女弟也。是媦妹同訓，何注與許正合。玉篇女部、廣韵八未媦下注並云「楚人呼妹」，亦引公羊傳為證，蓋兼採許何也。然許於媦則以方言別之者，明妹為通偁，且見公羊雖多齊言，其述楚事亦從楚語也。媦從胃聲，妹從未聲，古音同在脂部。

以上偁春秋公羊傳者凡三字

◎坿引春秋國語考〔

珠玉部　蚌之陰精。从玉朱聲。春秋國語曰：珠以禦火災是也。章俱切

珠以禦火災者，楚語下文。今國語珠下有足字，玉篇引說文偁國語與今同，案本文上下玉龜金等句皆有足字，句例相若，則大小徐本

無足字者。當為轉寫之佚。段玉裁依玉篇補。是也。韋昭注云。『珠。水精。故以禦火災。』尋周禮天官玉府職賈公彥疏引楚語此文。又引服氏云。『珠。水精。足以禁火。』知韋注即本於服虔。許云蚌之陰精者。案大戴禮勸學篇曰。『珠者陰之陽也。故勝火。』管子侈靡篇語同。陰中之陽則為精。此許陰精之訓所由出。蚌本水物。珠生於蚌。故服韋竝云水精矣。水精猶陰精也。

蕝 艸部 朝會束茅表位曰蕝。从艸。絕聲。春秋國語曰。致茅蕝表坐。子悅切

致茅蕝表坐者。晉語八文。彼云。『昔成王盟諸侯於岐陽。楚有荆蠻。置茅蕝設望表。與鮮牟守燎。故不與盟。』此蓋約舉之也。汪遠孫國語發正曰。『置致古通用。表坐二字。蓋許申國語之義。』愚案說解中已云表位矣。則此表坐二字非申也。王筠說文釋例曰。『古者朝會君臣皆立。故位字從人立。安得有坐可表。直緣許說曰東茅表位。牽增二字耳。』案如王說則表坐二字蓋出校者所沾。非許書原文。韋昭注云。『蕝謂束茅而立之。所以縮酒。』許云朝會束茅表位曰蕝者。案史記叔孫通傳『為綿蕞』司馬貞索隱引賈逵云。『束茅以表位曰蕝。』是許說蓋本之賈侍中。賈說即國語解詁中語

也。又案漢書叔孫通傳注『如淳曰「蕝謂以茅翦樹地爲纂位尊卑之次
也。春秋傳曰置茅蕝」顏師古曰「蕝與蕞同，並音子悅反。如說是。」』案
如氏說與賈許亦互相足。史記索隱又引『纂文云。蕝今之纂字。』蓋蕝蕞
纂三字古皆通用。故國語作蕝。史記漢書作蕞。而如氏又釋之曰纂位耳。至
縮酒之茅。周禮甸師作蕭。說文作莤。鄭大夫周禮注云『蕭字或爲莤。莤讀
爲縮。束茅立之祭前。沃酒其上。酒滲下去。若神飲之。故謂之縮。』則知縮酒
之茅不名爲蕝。韋昭注合而爲一。誤矣。

史記叔孫通傳索隱又引韋昭云。『引繩爲緜。立表爲蕞。』董增齡
國語正義曰。『宏嗣于史記則注爲立表。于此傳則注爲縮酒。不應
同文異解。盟時或當有祭。而以茅莤酒。且下文設望表。別爲一事。故
解蕝爲莤酒與。然亦未敢遽定也。』案董說亦可備考。惟韋氏未嘗
爲史記作注。索隱所引。蓋韋氏漢書注耳。

犓 牛部 以芻莝養牛也。从牛芻。芻亦聲。春秋國語曰。犓豢幾何。測愚切

犓豢幾何者。楚語下文。今國語作芻。韋昭注云。『草養曰芻。』許引

作犓，訓曰以芻莖養牛。義與韋不異而字異者，蓋所養者牛，故其字從牛也。作犓當爲正字，今經傳多叚芻爲之。然考說文艸部云：『芻，刈艸也。象包束艸之形。』刈艸蓋謂已刈之艸，已刈之艸，不得有莖。文選枚乘七發『犓牛之腴』，李善注引說文曰：『犓，以芻莝養國牛也。』（李注下又引國語曰：「犓豢幾何」，蓋即仍說文所引之舊，非李氏所見國語作犓也。董增齡移李注引國語於說文之前，一若李氏先引國語者，遂謂唐以前本皆作犓，非是。）集韵十虞類篇牛部犓下並引說文『以芻莝養牛』，皆作莝不作莖。莝與莖形近易亂，則今大小徐本莖蓋爲莝字轉寫之譌。莝者斬芻也，先刈之而後莝之以飼牛，於義自順。段玉裁據文選注引訂之，是也。（李注引作養國牛，段改國作圈。依集韵類篇，則此字可不必補。）犓之本義主飼牛，引申則爲飼牛羊之通偁。（犬豕曰豢，不在其列。）周禮地官充人職『芻之三月』，鄭玄注云『養牛羊曰芻』，彼芻亦即犓之借字。墨子天志上篇云『莫不犓牛羊』，則本字也。

誶（言部） 讓也。从言，卒聲。國語曰：誶申胥。（雖遂切）

誶申胥者，吳語文。今國語作訊，韋昭注云『訊，告讓也。』許訓訊爲問，訓誶爲讓，則韋注正誶字之義，疑韋本國語亦作誶。訊與誶形近，或轉寫之譌。太平御覽八百二十三資產部三引國語此文亦作誶。又注云「誶，告讓也。」正與韋注同，亦韋本作誶之證也。然考爾雅釋詁云「誶，告也。」彼釋文云「誶，沈音粹，郭音碎，本作訊，音信。」莊子山木篇「虞人逐而誶之。」釋文云「誶本又作訊。」詩大雅皇矣「執訊連連。」釋文云「訊又作誶，同。」禮記學記「多其訊。」釋文云「訊字本作誶。」則二字經典通用已舊。誶從卒聲，古音在脂部，訊從卂聲，古音在眞部，眞脂對轉，故誶通作訊矣。

鸑（鳥部） 鸑鷟，鳳屬，神鳥也。从鳥，獄聲。春秋國語曰：周之興也，鸑鷟鳴於岐山。江中有鸑鷟，似鳧而大，赤目。五角切

鸑鷟鳴於岐山者，周語上文，韋昭注云「三君云：鸑鷟，鳳之別名也。詩云『鳳凰鳴矣，于彼高岡。』其在岐山之脊乎。」段玉裁曰「三君者，侍中賈逵、侍御史虞翻、尚書僕射唐固也。許云鳳屬，於賈小異。劉逵曰：鸑鷟，鳳雛也。說又異。」愚案許訓鳳爲神鳥，鸑鷟雖云鳳屬，其爲神鳥則一。又案後漢書賈逵傳，逵對顯宗問曰「昔武王終父之業，鸑鷟在岐，宣帝威懷戎狄，神雀仍集。」是賈以鸑鷟爲神雀也。

然則許以神鳥訓鸑鷟。蓋亦本其師說。許又云。江中有鸑鷟似鳧而大赤目者。此別是一種。與神鳥同名異實。故其說在引國語之下。明與上文爲兩義也。

籚 竹部 積竹矛戟矜也。从竹。盧聲。春秋國語曰。朱儒扶籚。洛乎切

朱儒扶籚者。晉語四文。今國語作『侏儒扶盧』。韋昭注云。『盧。矛戟之柲。』許引作籚。訓曰積竹矛戟矜也者。桂說文矛部云。『矜。矛柄也。』木部云。『柲。欑也。欑。積竹杖也。』方言九云。『戟三刃枝。其柄自關而西謂之柲。』又云。『矜謂之杖。』是知柲矜欑杖。施之於矛戟。義皆爲柄。韋解與許說亦合。周禮考工記云。『秦無廬。』鄭司農注云。『廬讀爲纑。謂矛戟柄竹欑柲。』賈公彥疏申之曰。『漢世以竹爲之欑。欑謂柄之入銎處。柲即柄也。』然則許云積竹者。蓋就漢制爲釋。惟積竹當以積聚爲義。段玉裁謂『合細竹梃爲之。』理或然。賈疏以柄之入銎處爲欑。似誤。既以竹爲之。則正字當作籚。周禮作廬。爲叚借字。今本國語作盧。又籚之省也。周禮釋文云。『廬本或作蘆。』以許作籚證之。則釋文或作之蘆。蓋即籚之譌。考工記又

云『攻木之工輪輿弓廬匠車梓』鄭玄注引國語曰『侏儒扶廬』禮記王制云『侏儒百工』孔穎達正義引晉語此文同又引注云『廬戟柄也』據此則國語舊本亦作廬孔疏所引注蓋亦國語舊注或出自三君矣此又可與許說韋解互證者也

罶 网部 曲梁寡婦之笱魚所留也从网留留亦聲力九切〇䍡罶或从婁春秋國語曰溝罛䍡

溝罛䍡者魯語上文從网之字隸皆省作四今國語溝作講䍡作罶韋昭注云『講習也罛魚網也罶笱也』是許所據本與韋異䍡即罶之重文本爲一字然許訓曲梁寡婦之笱則與凡笱殊案爾雅釋訓云『凡曲者爲罶』釋器云『嫠婦之笱謂之罶』詩小雅『魚麗于罶』毛傳云『罶曲梁也寡婦之笱也』此竝許訓所出小雅孔疏引孫炎爾雅注云『罶曲梁其功易故謂之寡婦之笱』得孫說而義益明許又云魚所留也者罶從留聲以聲爲義也淮南兵略篇『發笱門』高誘注云『笱竹笱所以捕魚其門可入而不得出』高說可爲許證溝者水道之稱作講義不可通或謂溝講形近疑

爲轉寫之譌。愚案溝蓋冓之叚借字。溝從冓聲，冓者交積材也。引申爲凡交加之偁。結繩爲網，曲竹爲笱，皆取交織之義也。王念孫曰：『韋注：講，習也。取魚之事，無待於講習。講讀爲構。小雅四月箋曰：構猶合集也。謂合集罛罶以取魚也。講字古讀若構，故與構通。』案此說可備一義。

郝懿行爾雅義疏云：『寡婦二字，合聲爲笱。嫠婦二字，合聲爲罶。正如不來爲貍，終葵爲椎。古人作反語，往往如此。孫炎以義求之，鑿矣。』王念孫郝疏刊誤云：『爾雅謂嫠婦之笱爲罶，非謂嫠婦爲罶也。今以寡婦之合聲爲笱，嫠婦之合聲爲罶，則是寡婦謂之笱，嫠婦謂之罶矣。豈其然乎。』愚案王說是也。蓋笱爲捕魚竹器之通名，其曲梁者別名曰罶。寡婦之笱，疑又罶之俗偁耳。孫叔然以功易釋之者，或謂爲罶之功易，或謂婦人不任力事，而此罶易發易收，其以捕魚，於功易就，故寡婦得以爲業也。俞樾曰：『詩云：「彼有遺秉，此有不斂穧，伊寡婦之利。」所謂嫠婦之笱者，疑亦同此。蓋於水中設簿取魚，使寡婦得以取之而食其利，故有是名。』斯又自爲新解，不用孫說。

侙人部　惕也。从人，式聲。春秋國語曰：於其心侙然。恥力切

於其心侙然者，吳語文。今國語作戚。彼云：「夫越王之不忘敗吳，於其心也戚然。」此約辭也。韋昭注云：「戚猶惕也。」許引作侙，亦訓惕也。是韋與許字異義同。考說文戉部云：「戚，戉也。」段借之義為戚迫為憂戚。心部云：「惕，敬也。」引申之義為戒慎為憂懼，故戚亦得訓惕。然非其本義。劉台拱國語補校云：「隸釋戚伯著碑『氏衛侐邑』，侐乃戚之俗體。侙誤作侐，侐改作戚，字屢譌而失其義矣。」據此則當以作侙為是。玉篇人部云：「侙，恥力切。國語曰：於其心侙然。侙猶惕也。」顧氏引國語字與許同。猶惕之訓與韋同。然則韋本蓋亦是侙字，汪遠孫國語發正以戚為侙字之誤是也。集韻二十四職云：「侙或從心作恜。」類篇同。此則因侙義為惕，故變從人為從心。管子弟子職云：「中心必式。」彼式與侙音義同，或謂從心之恜，蓋本管子中心之說，殊近傅會。玉篇廣韻竝有恜字，訓慱也。但不以為侙之重文。

侊　小兒。从人，光聲。春秋國語曰：侊飯不及一食。古橫切

侊飯不及一食者，越語下文。今國語作『觥飯不及壺飧』。韋昭注云：『觥，大也。大飯謂盛饌。盛饌未具，不能以虛待之，不及壺飧之救飢疾。』許所據作侊飯。案玉篇人部侊下曰：『公黃、公橫二切。國語云：侊飯不及壺飧。注云：侊，大也。大飯謂盛饌。』此所引注即韋注，是顧氏所見韋本亦作侊，與許合。廣韵十二庚侊下引國語同。今作觥者，疑非韋本之舊。篇韵觥下皆不引國語，又其證也。韋訓侊為大，許云小兒者，段玉裁曰：『小當作大，字之誤也。凡光聲之字多訓光大，無訓小者。廣韵十一唐曰：侊，盛皃。用韋注。十二庚曰：侊，小皃。用說文。蓋說文之譌久矣。』愚案段說是也。董增齡國語正義仍據小兒之訓，以為即曲禮之小飯，謂『小飯言進粒少，粒少則飽遲，一食猶言大嚼，言小飯不如大嚼之速得飽。』因疑韋與許異義，其說近鑿，未可信也。壺飧二字，蓋相傳成語，故國語云『諺有之』。左氏僖公二十五年傳『昔趙衰以壺飧從徑，餒而弗食』，即古有是語之證。壺之為言，薄少之意。壺飧亦猶壺漿矣。飧與餐經典多相亂。說文餐或

從水，篇韵引國語皆作湌，則本是餐字。左傳釋文云：『飱音孫』，閩本監本毛本亦作餐。其實飱餐音義皆別。說文：飧，餔也。思魂切。飧即飱之正篆。餐，吞也。七安切。壺飱字以義求之，自以作飱為長。陸氏音孫，得之。以左傳證國語，則國語亦當是飱字。今國語及岳本左傳作飱者，乃飱之俗譌，字書所無。然則篇韵引國語作湌，疑亦因飱餐相亂而然。但兩書於飱餐本字本訓固不亂。集韵二十三魂類篇食部並云：飱或作餐，通作湌。斯則合三字為一，謬之甚者已。許偁一食者，大小徐本同。集韵類篇引說文作一餐。一則段氏謂『由壺壹遞譌』，食蓋飱奪偏旁。集韵類篇既混飱於餐，又見玉篇廣韵作湌，遂校改作餐，當非別見說文古本。一食於左國無徵，故知其為壺飱轉寫之誤也。王筠謂『壹飱見史記梁孝王世家，一飱見三國志賈詡傳注。壺飱當作壹飱』，不悟彼二處案其文理自當作一，未可與此之壺飱相提並論。

太平御覽七百六十一器物部六引國語此文，又作『觥飲』。注云：『言志在觥飲，慮不至壺飱，喻己用德小，不能遠圖。』汪遠孫謂『此注與韋解相反。說文佻小兒。引國語佻飯不及一食。飯與飲。壹食與壺飧形近而誤。叔重多用師說。當是賈侍中注。從先之字皆訓大。而云小。此以徂為存以亂為治之例。」愚案宋明道本國語正作『觥飲』。與御覽所引合。觥從角。義為角爵。與飲共文。於義亦順。然宋庠校定補音本仍作『觥飯』。則飲字是否舊本。殊未能定。說文引觥作佻。下一字更未必是飲字。今集韻類篇引說文作佻飲疑校者因國語有作飲之本所改又說文為字書。所訓必以本義為主。若以徂為存以亂為治。乃爾雅詁訓之例。非說文例也。御覽之注。既就飲字為說。恐非出賈侍中。使出賈注則公序校本不容舍飲從飯。汪說雖持之有故。亦非塙論。

㢋 广部 廣也。从广。侈聲。春秋國語曰。俠溝而㢋我。尺氏切

俠溝而㢋我者。吳語文。今國語俠作夾。二字古通用。㢋者。韋昭注云。『旁擊曰㢋』。許訓廣也。乃其本義。然㢋從侈聲。說文人部云。『侈。掩脅也。』肉部云。『脅。兩膀也。』膀通作旁。掩猶襲也。襲其兩旁謂之侈。乃㢋引申之義。韋以旁擊解之。與引申之義正合。徐鍇繫傳通釋曰。『㢋我。牽曳之使勢分廣也。』段玉裁曰。『旁擊者開拓自廣

之意也』皆就廣字爲說似轉失之迂

砮石部　石可以爲矢鏃从石奴聲夏書曰梁州貢砮丹春秋國語曰

肅愼氏貢楛矢石砮　乃都切

肅愼氏貢楛矢石砮者魯語下文許訓砮爲石可以爲矢鏃者案尚書禹貢孔疏引賈逵國語注云『砮矢鏃之石也』此許說所本韋昭注云『砮鏃也以石爲之』漢書五行志下之上『石砮』應劭彼注云『砮鏃也』皆與賈許似同而微誤蓋砮從石本爲石名其材中矢鏃不可謂砮卽鏃也左傳襄十年服虔注云『古者以石爲箭鏑』又引國語楛矢貫之石砮爲證則服意正與賈許合漢書地理志上『厲砥砮丹』顏師古注云『砮石名可爲矢鏃』亦用許義也

竱立部　等也从立專聲春秋國語曰竱本肇末　旨兗切

竱本肇末者齊語文韋昭注云『竱等也肇正也』謂先等其本以正其末』許亦訓竱爲等是韋解與許合汪遠孫國語發正曰『許多用賈說則竱訓等者國語賈注也孟子告子下篇不揣其本而齊其

末。揣與竱古同聲通用。』愚案汪說是也。孟子揣蓋端之段借字。竱古音讀舌頭。廣韵二十六桓。竱與端同音。說文云『端直也。』直有正義。孟子揣與齊對文。則揣當訓正。國語竱與摯對文。摯既訓正。故竱訓等。說文竹部等訓齊簡。則等亦齊也。廣雅釋詁云『竱齊也。』是其證。正本齊末。等本正末。語互而義則一。

趙岐孟子注云『揣量。』段玉裁謂『依趙注。則孟子正當從木作椯。木部。椯下曰。一曰度也。韵書謂稱量曰敁敠。丁兼丁括切。即竱語之轉也。』愚案廣韵十三末。敠丁括切。注云『敁敠知輕重也。』段說本此。然說文手部云『揣量也。』則趙注正與許同。不煩改字作椯。惟趙不悟揣通作端。微失之耳。

竣 立部 偓竣也。从立夋聲。國語曰。有司已事而竣。七倫切

有司已事而竣者。齊語文。今國語作『已於事而竣。』韋昭注云『竣。退伏也。』許訓竣為偓竣。義不可曉。案廣雅釋詁云『竣。伏也。』又云。『竣。止也。』王念孫廣雅疏證謂『竣者退之止也。』是韋注與廣雅正合。竣從立。以伏止為義。形義亦相應。疑今本說文有奪佚。

鈕樹玉曰。『玉篇逡止也。退伏也。止也。疑本說文。退伏。本韋注國語也。』此說近是。又案爾雅釋言云。『逡。退也。』郭璞注引外傳曰。『已復於事而逡。』外傳即國語。邢昺爾雅疏又引韋昭曰。『逡。伏退也。』據此則郭氏所見國語本作逡。竣逡同從夋聲。故通用。說文辵部云。『逡。復也。』或謂復當為復。以形近相亂。復即退之正篆也。文選張平子東京賦『千品萬官。已事而竣。』蓋亦用齊語此文。故李善注云。『管仲曰。有司已事而竣。』是張氏所據國語又作竣。說文無踆字。踆又竣之別體矣。且李善引國語全與許同。則今本國語已下於字疑衍。郭引又衍復字。（齊語有司已於事而竣語凡六見皆無復字。）並當依說文訂之。

桂馥曰。『說文。佺。偓佺。仙人也。偓佺即偓竣。後人加仙人字。』段玉裁曰。『各本作偓竣也。說者謂即偓佺。今改正作居也。尸部曰。居蹲也。足部曰。蹲。居也。郭注山海經。徐廣史記音義皆曰踆古蹲字。許書之竣。蓋與蹲音義皆同也。居譌倨。倨譌偓。竣乃複舉字。倒於下遂為偓竣矣。廣韻曰。倨也。此居譌倨之證。』愚案桂段各執一說。未能定之。如桂說。則偓佺之佺。蓋與跧通。說文足部跧下云。『一曰卑也。豢也。』豢當為拳曲之拳。曰卑曰豢。與退伏之義近。廣雅釋詁云。『竣跧也。』釋言云。『跧。匐也。』匐與伏通。王逸機賦云。『兔耳跧伏。』王延壽魯靈光殿賦云。『狡兔跧伏於柎側。』佺通作跧。跧有伏義。竣又訓跧。故偓佺即偓竣矣。

闖 門部　闚門也。从門為聲。國語曰。闖門而與之言。韋委切

闖門而與之言者。魯語下文。今國語無而字。列女傳卷一母儀傳述此文亦有而字。與說文合。知許所據為古本。韋昭注云。『闖。闚也。』許訓闚門者。以其字从門也。韋解即用許說。

聆 耳部　國語曰。回祿信於聆遂。闕。巨今切

回祿信於聆遂者。周語上文。今國語遂作隧。韋昭注云。『聆隧。地名也。』許引國語之下而云闕者。段玉裁曰。『謂其義其音其形皆闕也。宋庠音禽。後漢書楊賜傳注引作黔遂。黔亦今聲也。而說苑引國語作亭遂。竹書帝癸三十年作聆隧。是其字从令从今不可定。而許書此篆或後人所偶記注於此者。』愚案竹書不必可信。左傳莊

公三十二年昭公十八年正義引國語此文並作黔隧。黔既通作黔。則其字當從今聲。是音可說也。許入之耳部。則其字從耳。是形可說也。惟國語聆遂為地名。則未知聆之本義若何。廣韵二十一侵云『聆，音也。』亦未知何據。至段氏又疑此篆或後人所偶記。注。案玉篇耳部云『聆，其林其廉二切。國語曰。回祿信於聆遂。闕。又地名。』此雖不系說文。但自國語以下至闕字。全與說文同。其轉載說文無疑。以卷子玉篇證之。今本玉篇凡有系說文二字者。多被刪去。此蓋其一也。是說文舊本已有此篆矣。

挑 手部

撓也。从手。兆聲。一曰摷也。國語曰。卻至挑天。土凋切

卻至挑天者。周語中文。今國語作佻。彼云『卻至佻天之功以為己力。』韋昭注云『佻，偷也。偷天功以為己力。』汪遠孫國語考異曰。『公序本無之功二字。此疑依內傳有貪天之功以為己力之文。韋注據內傳作解。因誤增耳。說文引國語卻至挑天。許所據與韋本異。亦無之功二字。』愚案汪說是也。韋訓佻為偷者。考說文人部云『佻，偷也。』偷即愉之俗字。爾雅釋詁亦作『佻，偷也。』偷行而愉遂

晦。愉本訓薄。孫炎郭璞爾雅注訓偷為苟且。皆於韋解無當。韋意蓋謂偷竊耳。許佻下不引國語而引作挑。當是所見本如此。又引在一曰撓也之下。蓋為弟二義作證。撓訓拘擊。拘者止也。引申之有執持之義。然則挑天猶言貪持天功以為己有也。小徐本撓下有爭字。爭持義亦近。董增齡謂『集韵撓與鈔抄同。取也。則以抄襲之義訓挑。義更直捷。』愚謂鈔者叉取。抄則俗字。尋禮記曲禮上云『毋勦說。』鄭玄彼注云。『勦猶擥也。謂取人之說以為己說。』說文勦本訓勞。鄭以擥取釋之。蓋曲禮即借勦為撓。撓與勦同從巢聲。故音義並通。以擥取之義詁挑天。視抄襲為有本。

捲 手部 气勢也。从手。卷聲。國語曰。有捲勇。一曰捲收也。巨員切

有捲勇者。齊語文。今國語作拳。彼云。『有拳勇股肱之力。』此約辭也。韋昭注云。『大勇為拳。』許引作捲。訓曰气勢也者。案有大勇者必有气勢。是韋解與許義亦相因。然說文云。『拳手也。』則作拳為叚借字。作捲正字也。捲有兩義。气勢為本義。別義為捲收。今經典捲勇字率作拳。惟捲收義行。而本義荒矣。文選司馬子長報任少卿書

『張空拳』李善注引李登聲類云『拳或作捲』又引桓寬鹽鐵論曰『陳勝無將帥之兵師旅之眾奮空捲而破百萬之軍』又引何晏白起故事『白起雖坑趙卒而使預知必死則前驅空捲猶可畏也況三十萬被堅執銳乎』史記白起傳裴駰集解引何晏說與此小異此桓何二書又叚捲為拳空捲猶言徒手也蓋二字本義雖別然拳從𢍏聲捲從卷聲古音同在寒部又舒之則為手卷之則為拳即聲形以求義其脈絡固相貫耳劉獻廷廣陽雜記五云『漢書司馬遷報任安書李陵張空弮冒白刃弮音圈又音患亦作絭皆訓為弩末史記長平四十萬眾張空弮猶可畏也已先用此字漢書師古注曰弮丘權反讀以為權勢之權大謬乃至竟有刻作拳字者』愚案漢書小顏注云『弮音丘權反又音眷或讀乃以拳擊之拳大謬矣拳則屈指不當言張陵時矢盡故張弩之空弓非是手拳也』劉說實本於此而所引顏注非原文詞意又詳明漢書作弮文選作拳故顏李二注各據一字為釋然說文弓部無弮字小顏引李奇曰『弮弩弓也』奇為漢魏間人所見漢書蓋亦古本說文有彊字云弓曲也然則弮或彊之別體與

医 匸部

盛弓弩矢器也从匸从矢國語曰兵不解医於計切

兵不解医者齊語文今國語作翳管子小匡篇同韋昭注云『翳所以蔽兵也』案說文羽部云『翳華蓋也』韋云蔽兵當取蔽臧之義華蓋非臧兵之物則作翳為叚借字許所據作医訓為盛弓弩矢

器也者。盛猶藏也。引申之凡藏一切兵械者皆得謂之匸。則作医正字也。玉篇云『医所以蔽矢也。盛弓弩矢器也。或作翳。』上句蓋本韋注，下句即本說文。易蔽兵爲蔽矢者，爲其字之從矢耳。然則韋本疑亦是医字。今作翳者，或校者依管子改。董增齡國語正義引淮南氾論高誘注『幨幰所以禦矢』謂翳即幰也。又謂說文亦得爲一義。是以禦字釋韋注之蔽，以蔽爲蔽障。故疑韋許義別，不悟幰以禦矢者，拒矢於外也。医以蔽兵者，藏兵於內也。國語此文，本言桓公九合諸侯，隱武行文，寢兵不用，無以禦矢爲也。董氏援高以申韋，於經義爲乖矣。

蛧 虫部

蛧蜽，山川之精物也。淮南王說：蛧蜽狀如三歲小兒，赤黑色。赤目，長耳，美髮。从虫网聲。國語曰：木石之怪夔蛧蜽。（文兩切）

木石之怪夔蛧蜽者，魯語下文。今國語作蝄字，從罔。罔即网之重文。韋昭注云『蝄蜽，山精，好斅人聲而迷惑人也。』淮南道應篇高誘注云『罔兩，水之精物也。』（道應篇敘目無罔以題篇字，諸家謂此篇乃許慎注本，然此注與說文不同，則是否出許，亦難定之。故今仍舊以爲高注。）韋主山言，高主水言，許云山川之精物，義則兼之，蓋韋以國語言木石之怪，木石在山，故曰山精，文選東京賦李善注引漢舊儀（後漢衛宏撰）『昔顓頊氏之有三子，已而為疫鬼，一居若水，為罔兩蜮鬼，』疑此高說水精所從出也，又左傳宣公三年云『螭魅罔兩，』杜預彼注亦云，『罔兩，水神，』此則又因對螭訓山神而言，其實精气為物，形名初無固定，必欲分別山水，反近膠執，不若許渾言山川為長矣，左傳孔疏引魯語此文作罔兩，（周禮方相氏注文選思玄賦注續漢書禮儀志注所引並同）罔兩即蝄蜽之古文省借字，又引賈逵魯語注云『罔兩罔象，言有夔龍之形而無實體，』是賈意蓋以罔兩有夔之形而實非夔，罔象有龍之形而實非龍，既合四者為二，且以罔兩罔象皆恍惚之名，虛而非真，許云精物，又援淮南王說以實其狀，蓋與賈說異，韋注以夔與蝄蜽龍與罔象分訓四物，亦不從賈說也，

垓（土部） 兼垓八極地也，國語曰，天子居九垓之田，从土，亥聲，（古哀切）

天子居九垓之田者，見鄭語與楚語下，今國語作畡，鄭語曰，『王者居九畡之田，』楚語下曰，『天子之田九畡，』許蓋合而偁之也，韋昭鄭語注云，『九畡，九州之極數也，』楚語注云，『九畡，九州之內

有晐數也。』案說文田部無晐字。許所據作垓。當爲正字。淮南道應篇云『吾與汗漫期于九垓之外。』字亦作垓。許訓曰兼垓八極地也者。以其字從土也。韋云極數。與許云八極之極義亦同。爾雅釋詁云。『極至也。』凡四方所至。謂之四極。八到所至。謂之八極。天子奄宅九州。皆在八極之內。故擧地則曰八極。擧田則曰九垓。垓之言晐。說文日部云『晐兼晐也。』兼九州之田而有之。以食兆民。故曰極數矣。數極於垓。因以垓爲數名。則又曰垓數。義之相引申者也。應劭風俗通義云『千生万。万生億。億生兆。兆生京。京生秭。秭生垓。垓生壤。壤生溝。溝生澗。澗生正。正生載。載地不能載也。』見廣韻五旨引。是垓爲數名。蓋古算經相傳之舊說。韋注可與應說相參。垓與極亦雙聲相轉字。

說文解字引春秋傳考卷二終

說文解字引論語孝經爾雅孟子考

說文解字引論語考敘例

論語漢世有三本。皇侃論語義疏敘引劉向別錄云。魯人所學。謂之魯論。齊人所學。謂之齊論。孔壁所得。謂之古論。是也。許君偁論語。自云主於古文。案漢書藝文志論語家於齊魯二論傳授述之頗詳。於古論則但在篇目中錄論語古二十一篇。班氏自注云。出孔子壁中。蓋於時無傳之者。孔壁書悉歸之孔安國。王充論衡正說篇言安國以教魯人扶卿。然據漢志。扶卿乃傳魯論者。非古論也。何晏論語集解序謂古論唯博士孔安國為之訓說。而世不傳。此亦史無明文。陸德明經典釋文序錄言孔安國為古論語傳。蓋又本之何序。今集解所載孔注。清儒多疑其偽託。惟陸氏引桓譚新論。謂古論與齊魯文異者四百餘字。則知安國之解雖不足可信。而古論之本固自流傳。君山雅達。必親見之。何序又謂至順帝時。南郡太守馬融亦為之訓說。漢末大司農鄭玄就魯論篇章考之齊古。為之注。何去馬鄭不遠。尋後漢書馬鄭本傳。所著書竝有論語注。則平叔此言。當自有據。惜馬鄭之書今皆不存。僅集解采其遺說。集解之體雖曰擇善而從。實則古今莫辨。近年敦煌石室所得唐寫本論語鄭氏注殘卷，與何氏所引鄭注又間有異同，然則欲考古論之正，以淛君山所謂異文，而上窺孔壁之舊，許君所偁，最爲近之矣。別有偁逸論語者二字，今附於末。

說文解字引論語考字目

荍 臾 訒 諞 諦 讇 弆 鞹

啟 魯 旣 餲 櫌 孛 賽 伉

份 袍 袉 [illegible] 貈 冥 愉 洫

佩 閾 㜮 𢏚 純 繪 絬

坿引逸論語考字目

瑮 瑩

說文解字引論語考

衡陽馬宗霍

莜艸部　艸田器。从艸，條省聲。論語曰：以杖荷莜。徒弔切

以杖荷莜者，微子篇文。今論語作蓧。釋文云：「蓧，本又作條，又作莜。」是陸氏所見又一本正與許引合。莜從條省，今作蓧，蓋不省者。然說文艸部無蓧字，木部有條，義爲小枝，則作條亦叚借字，當以莜爲正字也。玉篇艸部引論語此文亦作莜，蓋即本之說文。許訓莜爲艸田器。史記孔子世家裴駰集解引包氏曰：「蓧，草器名。」裴所偁包說，即包咸論語注。玉篇莜下注同包。廣韻三十四嘯莜下注同許。今邢昺論語疏本何晏集解引包注作「蓧，竹器。」劉恭冕謂「其字從草，注云竹器者，草竹一類也。」阮元論語校勘記則謂「竹乃艸字之譌。」然考皇侃論語義疏本經注蓧字皆從竹作篠，且釋篠爲籮籠之屬，是皇氏所據本已作竹器矣。然則包注草器竹器，孰爲原文，殊無以定之。或謂以許證包，則當依裴引作草器爲是，皇疏就竹器釋以籮籠之屬，爲誤之甚。但邢疏引說文又作「芸田器也」，韻會

十八嘯引同，皆與今本說文異。芸蓋耘之省借，耘又耨之或體。說文耒部云：『耨，除苗閒穢也。』若如邢疏、韵會所引，則莜乃除艸之器，而非艸器。與本經下文『植其杖而芸』洪适隸釋所載漢熹平石經論語殘碑植作置，芸作耘。義正相貫。嚴可均、段玉裁並從之。嚴謂大徐作艸，則芸之爛文。蓋以韵會所引為小徐古本也。段氏說文注逕改艸田器爲耘田器。據此，則許說蓋不與包注同。陳士元論語類考曰：『周禮條狼氏注云：「條，除也。」與滌同。蓧從條，蓋除草之器。然則丈人植其杖而芸者，是立其荷蓧之杖，而即以其所荷之蓧芸田耳。』此解足以申許。丁杰曰：『說文斐，以足蹋夷艸，從北從殳。春秋傳曰：斐夷蘊崇之。今南昌人耘田用一具，形如提梁，旁加索，納於足下，手持一杖，以足蹋艸入泥中，名曰脚蹬。是可為論語以杖荷蓧、植杖而芸及說文莜字、斐字之證。』案如丁說，是脚蹬即莜之遺制也。吾鄉耘田者手扶杖，赤足蹋艸入泥，足下無所著，謂之耒田。

蕢 艸部 艸器也。从艸，貴聲。求位切 ○臾，古文蕢，象形。論語曰：有荷臾而過孔氏之門。

有荷臾而過孔氏之門者。憲問篇文。今論語作蕢。即臾之篆文。知許君所據古文論語也。集解何晏注云。「蕢草器也。」邢昺疏曰。「蕢草器見說文。」是何注蓋本許說。太平御覽五百七十六樂部十四引論語注云。「蕢草器也。荷此器。賢人避世也。」不言注為何人。諸家皆以為即鄭玄注。則鄭訓亦與許同矣。皇侃疏云。「蕢織草為器。可貯物也。」又足申許。

訒（言部） 頓也。从言。刃聲。論語曰。其言也訒。（而振切）

其言也訒者。顏淵篇文。集解引孔安國注云。「訒。難也。」許訓頓也者。案說文頁部云。「頓。下首也。」與孔異。段玉裁曰。「頓之言鈍也。」劉寶楠論語正義亦謂「頓與鈍同。孔訓難者。引申之義。」錢坫論語後錄謂「刃頓為鈍。言頓為訒。其言也，訒。言之頓矣。故夫子曰君子欲訥于言。」此皆主許義者。愚案卷子玉篇言部訒下引說文云「鈍也。」與段劉之說正合。顧氏所據。當為說文古本。今作頓者。頓與鈍並從屯聲。亦自相通。說文屮部云「屯。難也。象艸木之初生屯然而難。」是頓鈍又兼有難義。訒與頓鈍為疊韻。（屯聲刃聲古音同在諄部。）訒與難為雙聲。訒屬日母，難屬泥母，古音日併于泥，同為舌頭音。故孔許訓雖異，義亦同趣。又案此經下文云：「為之難，言之得無訒乎。」孔注曰：「行仁難，言仁亦不得不難。」亦者，承為之難一語而亦之也。則知孔訓訒為難，實即取諸本經矣。釋文引鄭玄注云：「訒，不忍言也。」劉寶楠謂「此其文不備，莫曉其義。」陳鱣論語古訓謂「蓋人有所不忍言者，其詞必頓，忍亦從刃聲，義相反而成也。」如陳說，許鄭二義亦可互參。

諞 言部 便巧言也。从言，扁聲。周書曰：戔戔善諞言。論語曰：友諞佞。部田切

友諞佞者，季氏篇文。今論語作便，許引作諞，訓為便巧言，則今作便者，正用諞之詁訓字。然說文人部云：「便，安也。」是以便詁諞，亦叚借字。當以諞為正字也。集解引鄭玄云：「便，辯也。」諞便辯三字雙聲。說文辡本訓治，從言在辡之間，謂治獄也。辠人相與訟而治之，非巧於言者不任。知鄭注與許說不二。皇侃疏云：「便佞謂辯而巧也。」蓋兼許鄭之誼也。又案此經上文云：「友便辟，友善柔。」集解引馬融釋便辟為「巧避人之所忌以求容媚」，釋善柔為「面柔」。

桼巧避求容，則所謂體柔也。上二者一為體柔，一為面柔，是許訓諞佞為巧言者，當為口柔矣。

訴 言部 告也。从言，㡿聲。論語曰：訴子路於季孫。桑故切 ○ 謝，訴或从言朔。○ 愬，訴或从朔心。

訴子路於季孫者，憲問篇文。隸變作訴，今論語作愬，卽訴之重文。許所據蓋古論也。集解引馬融云：『愬，譖也。』許訓譖為愬，明愬譖義同，而又以告釋訴者，蓋告為通義，於告之中有譖有訴。顏淵篇云：『浸潤之譖，膚受之愬。』集解引鄭玄曰：『譖人之言，如水之浸潤，漸以成之。』馬融曰：『膚受之愬，皮膚外語，非其內實。』是論語譖愬對文，固微有別。愚疑譖之言潛，告人而人之受之者如不覺，告之深者也。訴之言㡿，指㡿而告之，告之淺者也。卷子玉篇言部訴下引說文此條，顧野王曰：『桼訴者所以告寃枉也。』意在申許，似未得許恉。

讄 言部 禱也，累功德以求福。論語云：讄曰：禱尒于上下神祇。从言，纍省聲。力軌切 ○ 讄，或不省。

讄曰禱尒于上下神祇者，述而篇文。今論語作誄，集解引孔安國云：「誄，禱篇名也。」邢昺疏曰：「誄，累也，累功德以求福。」案許訓讄爲禱，訓誄爲讄，（段氏謂當作讄）兩字義別，邢疏雖釋誄，而所本者則正說文讄字之說，是作讄爲正字，作誄叚借字也。釋文亦引說文讄誄異訓以別之。此陸氏辨別經文正叚之例，與泛引異文不同，讀釋文者所當省也。段玉裁曰：「讄施於生者以求福，誄施於死者以作謚，論語之讄曰，字當從畾。毛傳曰：「喪紀能誄。」字當從耒。」翟灝論語考異曰：「此論語所引，自有一書名讄，與誄異訓。」錢坫亦曰：「作讄者是。讄，禱也。誄，謚也。禱者求福之詞，誄者死後之稱，不得以誄爲讄。」此皆主從說文者。然考周禮春官小宗伯職「天烖及執事禱祠于上下神示。」鄭玄注引論語此文作讄，與許同。大祝「作六辭，六曰誄。」注偁或曰引論語此文作誄。又與今本同。是讄誄通用已舊。俞樾謂「據說文，則古論語作讄，而周禮兩注有讄誄之殊，蓋鄭君不專主古文耳。」愚案鄭司農解誄，謂「積累生時德行以錫之命，主爲其辭。」下即引春秋傳魯哀公誄孔子以爲證，則先鄭之意，從誄之本義，以爲施於死者之偁。後鄭又續引或曰一說者。孫詒讓周禮正義以或曰一說亦先鄭所引，未塙。蓋論語亦有作誄之本，而其事則施於生人，與先鄭說別。賈公彥周禮疏謂「生人有疾，亦累列生時德行而爲辭，與哀公誄孔子意同，故引以相續」，似非鄭恉。又案敦煌唐寫本論語鄭氏注云：「誄，六祈之辭。子路見誄辭云尒，謂孔子今疾，亦當謝過於鬼神」。見羅振玉鳴沙石室佚書此與其小宗伯注正相應。六祈中本無誄，而皆告神求福之辭。後鄭以誄爲六祈之辭者，明論語之誄與讄通，非六辭中之誄主爲死者立謚也。然則後鄭於論語字雖古今兼採，義則較然有別。而所依以爲注之本，據何晏集解敘說，則固魯論也。皇侃疏申孔注曰：「誄者，謂如今行狀也。誄之言累也。人生有德行，死而累列其行之跡爲謚也」。斯則本先鄭之義以釋論語之誄，失之矣。

卷子玉篇言部讄下引說文作「相祝累功德以求祿」，與今本說文異，但祿之義亦爲福。韓非解老云：「全壽富貴之謂福。祿也者，人之所以持生也」。夫全壽富貴，即說文訓福爲備之義也。福致百順，祿可持生，讄以求福祿，其爲施於生者又明矣。王夫之四書稗疏「周禮太祝作六辭以通上下。六曰誄。誄者告神祇之辭也。鄭注亦以為賜死者以命之辭。審謚。則宜為喪祝所典。周禮所謂掌喪祭祝號是也。固非太祝之所掌矣。案說文。此誄字當作讄。或作讄。其從言從耒。許氏曰謚也。則鄭氏所謂賜死者以命之辭也。是太祝所掌之誄。與此誄曰。皆當作讄。而為致禱之辭。乎子路之稱之。亦無嫌矣。」愚案。船山所云鄭注。乃先鄭之注也。賈疏謂「後鄭不從先鄭者。六辭皆為生人作辭。無為死者之事。故不從」。審如賈說。則船山正與後鄭意同。

弈 廾部

圍棊也。从廾亦聲。論語曰。不有博弈者乎。羊益切

不有博弈者乎者。陽貨篇文。集解弈字無注。許訓圍棊也者。案文選韋弘嗣博弈論李善注引楊雄方言曰。「圍棊自關而東齊魯之間謂之弈。」知許說蓋本方言。皇侃疏云。「奕。圍棊也。」又本許說也。邢昺疏云。「圍棊謂之奕。說文弈從廾。即廾之隸變言。竦兩手而執之。棊者。所執之子。以子圍而相殺。故謂之圍棊。圍棊稱弈者。又取其落弈之義也。」此說可以申許。今皇疏本作奕。從大不從廾。乃隸書亂之。邢疏引說文從廾。則其所據之本亦必作弈。並當依說文訂正。

鞹 革部

去毛皮也。論語曰。虎豹之鞹。从革郭聲。苦郭切

虎豹之鞹者。顏淵篇文。今論語作鞟。隸省耳。皇侃本高麗本作鞹。與許引同。集解引孔安國曰。「皮去毛曰鞹。」許云去毛皮也者。即謂

去毛之皮也。正與孔合。惟詩齊風載驅篇『簟茀朱鞹』，大雅韓奕篇『鞹鞃淺幭』，彼兩詩正義引說文並云『鞹，革也』，與今本說文異。案許革下云『獸皮治去其毛』，是鞹革二字義本不殊。段玉裁嚴可均因謂許君革下已注明，何庸辭費，當從詩疏所引，今尋論語釋文引鄭玄注云『鞟，革也』，若如段嚴說，則許鄭訓同。

啟（攴部）　敎也。从攴，启聲。論語曰：不憤不啟。（康禮切）

不憤不啟者，述而篇文。皇侃邢昺二疏並云『啟，開也』，許訓敎也者，爲其字之從攴也。虞書『扑作敎刑』，扑即攴之隸變（攴從又，扑從手，從手猶從又也），故啟之義爲敎矣。然啟以启爲聲，說文口部云『启，開也』，則啟本兼有開義。開導與敎義亦相成。玉篇啟下兼收二義。

魯（白部）　鈍詞也。从白，鮺省聲。論語曰：參也魯。（郎古切）

參也魯者，先進篇文。集解引孔安國曰『魯，鈍也。曾子性遲鈍也』。許訓鈍詞也者，爲其字之從白也。白亦自字，者自者，詞言之气從鼻出，與口相助也。隸變作魯，下體與從日無別，非是。皇侃疏引王弼云『魯，質勝文也』，此又鈍詞引申之義，謂樸魯之人椎少文，不能口給也。禮記檀弓下『其妻魯人也』鄭玄彼注云『言雖魯鈍其於禮勝學』王云質勝文猶鄭云禮勝學矣。

既　皀部　小食也。从皀旡聲。論語曰不使勝食既。（居未切）

不使勝食既者，鄉黨篇文。今論語作氣。案說文米部云『氣饋客芻米也。或從既作槩，或從食作餼』義與既訓小食也別，然或體從既，則氣既自可通。儀禮聘禮記『日如其饔餼之數』鄭注云『古文既爲餼』禮記中庸『既廩稱事』鄭注云『既讀爲餼』餼亦氣之或體。又氣既相通之一證也。邢昺疏云『肉雖多不使勝食氣者，氣小食也。言有肉雖多，食之不可使過食氣也』此雖釋氣字實用說文既字之義，故如鄭說是禮記叚既爲氣（戴震以禮記之既爲槩者。）如邢說是論語叚氣爲既。且當讀不使勝爲句，食既又爲一句矣。程瑤田通藝錄曰『論語不使勝食氣，說文氣作既，釋之曰小食也。引論語以證之。蓋古文氣息字作气，加米則爲氣稟字，與既字相通，然後世於氣字無不讀爲氣息者，不有說文，則論語食氣二字難通其義矣』程氏此說，蓋亦以論語本字當作既，義當爲小食，正與邢疏相發明。

段玉裁則反之謂「說文此引經說叚借也論語以旣爲气今論語作氣气氣古今字作氣蓋魯論也許偁蓋古文論語也或云謂不使肉勝於食但小小食之說固可通然古人之文云不使勝則已足不必贅此字」劉寶楠亦從段氏謂「氣猶性也周官瘍醫以五氣養之五氣卽五穀之氣人食肉多則食氣爲肉所勝而或以傷人呂氏春秋孝行覽節飲食肉雖多不使勝食氣正用魯論此文」愚案段劉之說皆是也惟劉引呂覽乃高誘注文非本文又呂覽孟春紀重己篇云「味衆珍則胃充胃充則中大鞔」高注「鞔讀曰懣不勝食氣爲懣病也」此與孝行覽注可互證且許君雖引論語證旣字但五字連引當作一句讀既作一句則以小食爲義與不使勝三字不貫依段說旣爲氣之叚借義亦較長又案皇侃疏云「肉雖多不使勝食氣者勝猶多也食謂他饌也食氣多肉少則肉美若肉多他食少則肉不美故不使肉勝食氣也亦因殺止多殺也」此又別爲一解

餲 食部 餀餲也从食曷聲論語曰食饐而餲 乙例切 又烏介切

食饐而餲者，鄉黨篇文。集解引孔安國云：「饐餲，臭味變。」皇侃釋之曰：「饐，臰變也；餲，味變也。」阮元論語校勘記曰：「皇本臭作臰，俗字。」段玉裁謂「據皇疏，則孔注本作饐臭餲味變也，今本誤倒耳。」愚案孔注之意，或主於分別臭味，但詞則未分，使詞原有分，則皇氏不分釋矣。又曰：「饐謂飲食經久而腐臰也；餲謂經久而味惡也。」如皇說，是饐與餲有別。案爾雅釋器云：「食饐謂之餲。」明饐餲義同。敦煌唐寫本論語鄭氏注云：「饐謂之餲。」亦本於爾雅。說文餲篆次於饐篆之下，訓饐為「飯傷溼也」，而訓餲但云「飯餲也」，以本字詁本篆，不別作義，疑許意或與爾雅同，以為餲即是饐，故其說解饐詳而餲略也。又案卷子玉篇食部饐下引論語及孔注，不引說文；餲下引爾雅，又引說文云：「飯傷溼也。」與今本說文互易。然則舊本飯傷溼也四字，或是餲注，亦未可知。饐餲同義，要無可疑。邢昺疏亦引釋器之文，又引「郭璞云：飯饖臭。說文云：饖，傷熱也。蒼頡篇云：食臭敗也。」邢疏蓋又就郭氏爾雅注饖臭之說，而引說文饖字之訓以申之。傷溼傷熱，皆飲食臭敗之由。釋文又引字林云：「饐，飯傷熱溼也。」呂氏合熱溼以解饐，是謂饐得兼饖。斯則散文可通之理耳。饐從壹聲，古音在至部。鐬從歲聲。古音在泰部。至泰雖異部而可旁轉。且饐餲既同義。餲從曷聲。與鐬又為同部。說文鐬饐餲三篆連文。不徒義近。就音理言。亦自相貫也。惟論語著一而字於饐餲之閒。則皇疏以臭變味變析言之。其解似勝。蓋飲食之變。先臭而後味。通於鼻者謂之臭。臭猶气也。廣韻四十九宥云。臭凡氣之揔名。气變則味隨之變。王夫之四書稗疏曰。『臭變者餲腐。味變者酸惡也。饐從壹。義與曀通。黯貌。餲從曷。義與遏通。遏過鬱敗之貌。卽字思義可知已。』船山此說。可申許義。而與皇疏相足。皇氏義疏全書遺在日本。清初尚未至中國。船山蓋闇與之合。劉寶楠謂『饐與餲為淺深之異。』得之。

櫌 木部 摩田器。从木憂聲。論語曰。櫌而不輟。於求切

櫌而不輟者。唐寫本說文木部殘帙輟作掇。案掇為木名。非作輟之義。莫友芝曰。文選魏都賦剞劂罔掇。注引鄭君論語注曰。輟止也。掇古字通。掇拾毋掇。其通假一也。微子篇文。今論語作耰。洪适隸釋所載漢熹平石經論語殘碑作櫌不輟。與許引字同。張參五經文字木部云。『櫌音憂。見論語。經典及釋文皆作耰。』案張云櫌見論語。卽本說文與石經也。說文耒部無耰字。玉篇有之云『耰覆種也。』不以為櫌

之重文。廣韵十八尤云『耰。覆種。出玉篇。』集韵十八尤乃云『櫌或從耒。』是作耰蓋後起之或體字。集解引鄭玄云『耰。覆種也。』知玉篇耰下之訓。卽本鄭注。然鄭所據論語初必不作耰也。改櫌為耰或在六朝以前。許云摩田器者。與鄭注似異而實合。蓋櫌本器名。用其器以摩田。因亦謂之櫌。皇侃疏云『植穀之法。先散後覆也。』是摩之卽所以覆之。徐鍇說文繫傳通釋曰『櫌謂布種後以此器摩之。使土開發處復合以覆種也。』此說可貫許鄭之義。國語齊語云『深耕而疾耰之。以待時雨。』韋昭注云『耰。摩平也。時雨至當種也。』韋解耰字卽用許義。但以為種在耰後。則與鄭殊。李惇羣經識小從韋說。謂論語此文之耰。亦當在布種之前。然江永羣經補義云『問諸北方農人。曰播種之後以土覆。是摩而平之。使種入土。烏不能啄也。』則鄭說不可破。

孛　𣎵部

㶾也。从𣎵。人色也。从子。論語曰。色孛如也。蒲妹切

色孛如也者。鄉黨篇文。今論語作勃。集解引孔安國云『必變色也。』案說文力部云『勃。排也。』無變色義。則作勃為叚借字。正字當

作孛。勃從孛聲。故通用。許訓孛為𣎵也者。𣎵孛皆從𣎵。𣎵者。艸木盛𣎵𣎵然。引申為凡盛之偁。故許又以人色申之。段玉裁謂『艸木之盛如人色盛。故從子作孛。而艸木與人色皆用此字。』是也。人色盛猶言盛气見於面。與孔注變色之義亦合。許引之即所以證人色之義也。又案敦煌唐寫本論語鄭氏注云。『色勃如。矜莊貌。』北堂書鈔禮儀部七引鄭注同。劉寶楠謂『許意與鄭似異實同。葢許言其形。鄭言其義也。』愚謂矜莊者色必嚴。嚴猶盛矣。

竂 穴部　穿也。从穴。尞聲。論語有公伯竂。洛蕭切

公伯竂者。見憲問篇。今論語作寮。唐玄度九經字樣竂寮二字並錄。注云。『論語云公伯寮。本上從穴。下從火。上說文。下隸省。』據此知作竂正字也。史記仲尼弟子列傳作『公伯僚』。單行本史記索隱作繚。又作遼。張守節史記正義引家語有申繚。或謂即是一人。僚繚遼皆同聲通用字。

伉 人部　人名。从人。亢聲。論語有陳伉。苦浪切

陳伉者。見季氏篇。今論語作亢。皇侃疏云『陳亢即子禽也。』段玉

裁謂「亢字子禽，與爾雅亢鳥嚨故訓相合。作陳伉似非也。」然漢書古今人表陳亢陳子禽爲二人。」愚案說文亢部云：「亢，人頸也。」則鳥嚨蓋以人頸之義引申爲鳥頸之偁，以子禽爲字，亦未協於亢之本義也。王夫之曰：「陳亢字子禽者，亢兔迹也，逐兔者躡其迹，則得禽矣。禽如田無禽，迹禽左之禽，獸也，非鳥也。亢迹之亢，音胡航切，讀如杭，其音古郎切者，喉也，音苦浪切者，高極也，皆於子禽命字之義無取。」案此亦可備一解。且許君亢下不引此文，則所據作伉，當出古論，不得疑其非。尋穀梁傳桓公九年云：「伉諸侯之禮。」釋文云：「伉本又作亢。」桓公十八年云：「以夫人之伉。」釋文云：「伉一本作亢。」是伉與亢古蓋通用矣。

份（人部） 文質備也。从人，分聲。論語曰：「文質份份。」府巾切 ○彬，古文份从彡林。林者从焚省聲。

文質份份者，雍也篇文今論語作彬，即份之重文。集解引包咸注云：「彬彬，文質相半之貌。」後漢書馮衍傳章懷太子注引鄭玄論語注云：「彬彬，襍半貌也。」許訓文質備也者，與包鄭義並合。漢書敘傳顏師古注云：「彬彬，文質備也。」即用許說。或謂許君所偁本古論。此不於彬下引之，疑古文論語不分。盡從古文字。愚案份彬二字皆古文也。說文之例，本字爲篆文古籀爲重文者其常也。然亦有雖出古籀而本字亦爲古文者，則或引經以明之。份即其例之一。是在善讀說文者之自爲別耳。陳鱣錢坫並專主說文，欲舍彬從份。阮元論語校勘記謂彬份古今字，又以份爲今文，似皆非塙論。

袍（衣部） 襺也。从衣包聲。論語曰：衣弊縕袍。（薄褒切）

衣弊縕袍者子罕篇文。今論語弊作敝。釋文云：「弊本今作敝。」是陸氏所據本亦作弊也。皇侃本高麗本並作弊，與此同。然說文無弊字。弊者敝之俗。疑今說文或後人妄改，非許書之舊。小徐本及類篇引皆作敝，可證也。爾雅釋言云：「袍，襺也。」此許訓所本。然許於襺下云：「以絮曰襺，以縕曰袍。」則襺袍對文又微有別。禮記玉藻云：「纊爲繭，縕爲袍。」鄭玄彼注云：「衣有著之異名也。」（著同褚）繭即襺之省借字。許言袍與玉藻合，言襺易纊爲絮者，說文糸部纊即訓絮也，絮爲敝緜。縕爲紼，紼者亂枲（今說文作亂系，此從段注本）。枲即麻也。蓋許以著之絲麻爲襺與袍之別。襺下所訓，析言之也。訓袍爲襺者，著雖有異，其制度是一，渾言之也。兩訓互照，其義自明。論語集解引孔安國云。「縕。枲著。」與許合。敦煌唐寫本論語鄭氏注云。「𧝓以故絮曰縕袍。今時𧝄也。」（釋文引鄭云。「縕。絮也。」蓋陸氏約擧之。）與許異。皇侃疏云。「枲。麻也。以碎麻著裘也。碎麻曰縕。故絮亦曰縕。玉藻曰。「縕為袍」是也。」邢昺疏亦引玉藻及鄭注而申之曰。「然則今云枲著者。雜用枲麻以著袍也。」兩疏蓋並欲通孔鄭之義為一。第不審於古之衣制有當否耳。

袉（衣部）

裾也。从衣。它聲。論語曰。朝服袉紳。（唐左切）

朝服袉紳者。鄉黨篇文。今論語作拖。皇邢二本並同。釋文出扡字。云「本或作拖。」則陸氏所據本作扡。唐石經亦作扡。扡即說文手部拕之隸變。（它之篆文作□。也之篆文作□。二形相涉。故從它之字。俗俱作從也。）拖又扡之俗增也。漢書龔勝傳顏師古注引論語此文作拕紳。可證。皇侃疏云。「拖猶牽也。」小顏曰。「拕。引也。」許訓拕為曳。牽引與曳義略同。然許手部不引而引作袉。當是所據古論如此。訓袉曰裾。於經指無當。段玉裁謂「假袉為拕。此在引經說假借之例。」是也。（嚴可均曰。小徐論語上有一曰。案許欲廣一義。故引論語以明此袉亦為拕曳也。大徐視一曰為羨文。輒刪之。）紳者。集解引包咸云。「紳。大帶。」邢爲疏云『拖,加也』阮元謂『拕紳卽禮記所云申加大帶於上』是邢疏本禮爲義也。惟論語朝服之上已有加字,拕又訓加,於詞爲複。皇疏釋曰猶牽者,謂加朝服覆於體上,而牽引大帶於心下,於義亦通。敦煌唐寫本論語鄭氏注本作『絁紳』云『紳則帶也』絁字無釋。說文無絁字。或又拖字轉寫之異耳。錢坫據士昏禮『纚裳緇袘』袘爲裳緣,謂與袘同。袘卽是裾,此則欲從說文本義,而實近於穿鑿。宜劉寶楠譏其非理矣。

艴 色部　色艴如也。从色,弗聲。論語曰色艴如也。蒲沒切

色艴如也者,鄉黨篇文,已見米部字下。彼引作孛,此引作艴。蓋許君所見有兩本,故竝存之,以廣異文。翟灝謂『此兩文並傳,或召擯過位兩科有殊,或齊魯古文三家各異』段玉裁亦謂『蓋必有古魯齊之別在其間』是也。嚴可均曰『論語七字疑校語。韵會五勿六月引皆無』案嚴氏於孛下所引亦疑之,然此條大小徐本及集韵十一沒引竝同,則未必校語也。汗簡云『艴見古論語』疑卽據說文而言。未必郭氏別見論語古文本。弗聲孛聲古音同在脂部,故從弗之字古與孛多通用。穀梁昭公十七年經『有星茀于大辰』彼釋

文云『芾本亦作孛』芾之為孛猶孛之為艴矣惟此篆說解之文與引經全同頗可疑玉篇色部艴字引說文色艴如也下不引論語然而引孟子曰『曾西艴然不悅』沈濤謂『蓋說文古本如是』然考小徐本引論語為許原文引孟子則為鍇語沈說亦未塙趙岐孟子注曰『艴愠怒色也』段氏謂『說文此當作艴怒色也』案如段說則引經與說解之文有別矣似可備參

貈　豸部　似狐善睡獸从豸舟聲論語曰狐貈之厚以居　下各切

狐貈之厚以居者鄉黨篇文今論語作貉皇邢二本並同案說文貉訓『北方豸種』則作貉為叚借字許所偁作貈正字也子罕篇『與衣狐貉者立』彼釋文云『貉依字當作貈』是其證敦煌唐寫本論語鄭氏注本子罕鄉黨兩貉字皆作狢隸書從犬從豸之字多相亂則又轉寫之誤汗簡引古論語貉作貈蓋即本之說文非別見論語古文也五經文字豸部出貉貃二字注云『並莫白反上經典借為貈字下經典借為蠻貃字』今案貃字說文所無玉篇廣韵有貊字云『蠻貊』知貃即貊之省貊則後起之俗字也尋貈貉所以

通假之故。說文水部云「涸从水固聲讀若狐貈之貈」重文作𣸈。貈本舟聲，而與固聲同讀，貈從各聲，固各雙聲字，是貈之古音正與貈之古音同，今貈音莫白切，經典又以貉代貈，貈晦貉行，而已非其本義，故又造從百聲之貊以代貉矣。

奡（夰部）　嫚也。从百，从夰，夰亦聲。虞書曰：若丹朱奡，讀若傲。論語奡湯舟。（五到切）

奡湯舟者，憲問篇文，今論語湯作盪，案說文皿部盪訓滌器，引申之有搖動之義，故盪舟字用之。水部湯訓熱水，則作湯爲叚借字。漢書天文志「是謂大湯」晉灼注曰「湯猶盪滌也」，蓋古皆叚湯爲盪。知許所據亦古論也。潘維城謂「左傳僖三年齊侯乘舟于囿，蕩公。則盪舟當作蕩舟，蕩湯古通，許以盪舟不作盪滌解，故作湯不作盪。」案此雖言之有據，不悟說文蕩爲水名，作蕩亦叚借字也。奡者，許訓嫚也，論語之奡，則爲人名，說文豕部豷下引春秋傳曰「生敖及豷」，彼敖即論語之奡，敖爲左氏古文，（今左傳作澆。）此引作奡，與虞書之奡同字，蓋即假奡爲敖，又論語之古文也，虞書之奡，正用奡嫚本義。故許云讀若傲。明界傲義同也。下引論語。兼明叚借。與書義無涉。王應麟困學紀聞以書有罔水行舟之語。疑論語之界盪舟即指丹朱。另仁傑兩漢刊誤補遺又以虞書之丹朱界爲兩人。說皆未允。宋翔鳳論語說義謂許君以罔水行舟之界爲論語界盪舟之界。亦誤解許意也。

愉 心部 薄也。从心。俞聲。論語曰。私覿愉愉如也。羊朱切

私覿愉愉如也者。鄉黨篇文。集解引鄭玄云。「愉愉顏色和。」敦煌唐寫本論語鄭氏注無此語。但云「既享。以私禮見。用束帛乘馬。」束帛乘馬四字。又集解所無。劉寶楠曰。「聘記「私覿愉愉焉」。彼注云。「容貌和敬。」與此注互證。」愚案祭義曰。「有和氣者必有愉色。有愉色者必有婉容。」此鄭義所自出。爾雅釋詁云。「愉樂也。」詩唐風山有樞云。「他人是愉。」毛傳亦云。「愉樂也。」和與樂義亦相近。許訓愉爲薄。則與毛鄭異。蓋古愉與媮通。說文女部云。「媮巧黠也。」引申之亦有薄意。許以媮薄爲本義。是亦引經說叚借也。嚴可均曰。論語上當有一曰。韵會七虞引作一曰顏色和貌。或小徐眞本如此。祭義注有此語。翟灝亦謂引論語爲廣明他義。非相承也。段玉裁謂「薄也當作薄樂也。轉寫奪樂字。謂淺

薄之樂也』說雖可通。然薄樂似不成詞。未可從。

洫 水部　十里為成。成閒廣八尺深八尺謂之洫。从水。血聲。論語曰。盡力于溝洫。況逼切

盡力于溝洫者。泰伯篇文。今論語于作乎。于乎二字形近。未審孰為本字。考文選張衡東京賦李善注引論語此文作於。於則于之變。非乎之變。疑許所據為古本也。許云十里為成。成閒廣八尺深八尺謂之洫者。本考工記匠人文。集解引包咸曰『十里為成。成閒有洫。洫廣深八尺。』敦煌唐寫本論語鄭氏注同。亦約考工記義也。又案史記夏本紀云『卑宮室。致費於溝淢。』亦用論語此文。而洫字作淢。說文水部淢訓疾流。則作淢為叚借字。詩大雅文王有聲篇『築城伊淢』毛傳云『淢。成溝也。』成溝即謂成閒之溝。彼釋文引韓詩作洫。是淢洫古蓋通用。說文門部『閾。古文從洫作𨵦。』淢之為洫。亦猶閾之為𨵦矣。

侃 川部　剛直也。从㐰。㐰。古文信。从川。取其不舍晝夜。論語曰。子路侃侃如也。空旱切

子路侃侃如也者，先進篇文，今論語作「子路行行如也，冉有子貢侃侃如也」，與許引異。徐鍇繫傳通釋曰：「子路有聞，未之能行，唯恐有聞，是其不舍晝夜也。」諸家皆謂許引子路為子貢之誤，而小徐不之察。愚案論語為學者常諷誦之書，許君不容誤記，小徐亦不應就誤為釋。集韵二十三旱類篇川部侃下引說文並與今本同，則又不似轉寫之譌。惟韵會十四旱引此條無子路二字，韵會多依小徐本，疑其亦因與今論語不合，以意刪之，非別見說文古本也。尋論語集解引鄭玄注云：「行行，剛強之貌。」與許君解侃侃為剛直義正同，亦與子路氣象相似。然則侃行之異，或許鄭所據本殊，作行為借字，作侃為正字，故字異而訓同也。但上文既以侃為正字，則下文許之所見，必不作侃。宋翔鳳論語說義於本句亦從許引，謂下句「古文論語冉有子貢侃侃如也，本作衎衎，與鄉黨篇之侃侃並當為嘉賓式燕以衎之衎，假藉作侃侃。」愚案爾雅釋詁云：「衎，樂也。」說文行部云：「衎，行喜皃。」若作衎衎，則義為喜樂，鄉黨篇之侃侃，集解引孔注云：「侃侃，和樂之貌。」彼正以侃為衎之證。衡以冉有子貢平居言行，亦於和樂爲近，是則許於上文旣作侃侃，則下文或如宋說作衎衎，亦未可知。惟宋氏又疑今本論語上文鄭注之行行亦涉下文衎衎而誤，則似未允。蓋鄭注以魯論爲主，未可強與許引古論同字也。

閾門部 門榍也。从門，或聲。論語曰：行不履閾。于逼切 ○閾古文閾从洫。

行不履閾者，鄉黨篇文。集解引孔安國云『閾，門限。』敦煌唐寫本論語鄭氏注同。許云門榍也者，案說文木部云『榍，限也。』𨸏部云『限，一曰門榍也。』則閾、榍、限蓋一物而三名。爾雅釋宮云『柣謂之閾。』詩鄭風丰正義引孫炎曰『柣，門限也。』說文無柣字，郝懿行曰『榍從屑聲，古音同切。爾雅釋文柣千結反，即切字之音。』據此是柣即榍字矣。顏師古匡謬正俗卷八云『俗謂門限爲門倩，何也？案爾雅柣謂之閾。郭景純注曰：門限也。音切。今言門倩，是柣聲之轉耳。字宜爲柣而作切音。』愚謂顏氏知據爾雅正倩宜爲柣，而不知據說文本字當作榍，亦其疏也。

㜮 女部

過差也。从女監聲。論語曰：小人窮斯㜮矣。盧瞰切

小人窮斯㜮矣者，衛靈公篇文，今論語作濫。唐玄度九經字樣云：『㜮音濫，今經典相承作濫。』愚案集解何晏注云：『濫，溢也。』說文水部濫訓『氾也』，溢氾義近，是何氏所據本自從水不從女。漢書刑法志云：『窮斯濫溢。』正用論語此文，又以溢字足句，益卽何注所出。然許君水部不引而引作㜮，訓爲過差，字義竝異，疑出古論。此自傳本不同，不得謂濫爲㜮之借也。惟㜮濫同從監聲，故經典多通用耳。釋文引鄭玄注云：『濫，竊也。』余疑鄭所據本亦作㜮，益盜竊卽過差之義之引申也。

𢏚 弓部

帝嚳䠶官，夏少康滅之。从弓，幵聲。論語曰：𢏚善䠶。五計切

𢏚善䠶者，憲問篇文，今論語作羿。說文無羿字，羽部𦐓下云：『羽之𦐓風，古諸矦也。一曰䠶師。从羽，幵聲。』是羿卽𦐓之隸省也。敦煌寫本隸古定夏書殘卷五子之哥云：『又窮后𦐓。』見羅振玉鳴沙石室古佚書 𦐓下從幵不省，可證。左傳襄公四年孔穎達疏引說文云：『羿，帝嚳射官也。』孔所引正𢏚下之訓，則知𦐓與𢏚本通用。然𦐓以羽之𦐓風

爲本義而䠶師爲別說弜則以䠶官爲本義故許君羽部不引論語而引於弓部葢以弜爲古論正字也阮元論語校勘記曰汗簡載羿之古文爲㺧云出古尚書㺧卽弜之變體葢古論則作弜也邑部竆下云「夏后時諸侯夷羿國也」此羿字亦當作羿論語集解引孔安國云「羿有窮國之君篡夏后相之位其臣寒浞殺之因其室而生奡奡多力能陸地行舟爲夏少康所殺」許於羿下但言古諸侯不言何時於弜下則言夏少康滅之不言何國於竆下始兼言其時與其國名三文互備與孔注正合左傳孔疏又引賈逵云「羿之先祖世爲先王䠶官故帝嚳賜羿弓矢使司䠶」據此知許言弜爲帝嚳䠶官者又本其師說矣邢昺論語疏亦轉引賈逵之說以申注然則羿者本古䠶官之名故正字從弓別體從羽弓主於䠶所以竆遠羽則喻其䠶之迅疾如鳥之飛耳其後世襲其職皆以羿爲號故堯時之羿夏后時之羿異代同名葢皆舉其官偁也

純糸部　絲也从糸屯聲論語曰今也純儉常倫切

今也純儉者子罕篇文集解引孔安國云「純絲也」許說與同釋

文云『純順倫反鄭作側基反黑繒也』案詩小雅都人士篇『臺笠緇撮』孔穎達疏引鄭玄論語今也純儉注云『純當爲緇』則陸氏側基之音蓋爲緇字發今敦煌唐寫本論語鄭氏注云『純當爲緇古之緇字以才爲聲此緇謂黑繒也』與陸孔所引正合禮記玉藻『純組綬』鄭彼注云『純當爲緇古文緇字或作絲旁才』又與其論語注可互證鄭意蓋以純爲紂之譌紂篆與純篆正相似也玉藻孔疏云『鄭讀純爲緇其例有異若經文絲帛義分明而色不見者即讀純爲緇論語云「麻冕禮也今也純儉」稱古用麻今用純則絲可知也以色不見故讀純爲緇若色見而絲不見則不破純字以義爲絲昏禮「女次純衣」注云「純衣絲衣」如此之類是也』案如孔疏之說則鄭君於論語之純雖破讀爲緇但以表色之黑其義則與許同許訓緇爲帛黑色訓帛爲繒訓繒爲帛是繒帛實一物鄭訓緇爲黑繒猶許云帛黑色其質則皆絲也宋翔鳳論語說義乃謂『鄭君讀純爲緇是爲緇布冠』既乖經指亦失鄭君之意矣

繪糸部 會五采繡也虞書曰山龍華蟲作繪論語曰繪事後素从糸會聲黃外切

繪事後素者八佾篇文集解引鄭玄云『繪畫文也凡繪畫先布眾色然後以素分布其間以成其文』釋文云『繪本又作繢』案周禮考工記云『凡畫繢之事後素功』鄭司農注引論語此文作繢正與陸氏所見又作本合文選潘安仁夏侯常侍誄李善注引同然說文繢下云『織餘也』段氏說文注据韻會補一曰畫也四字未必允詳見拙著說文引書考則與繪異義是作繢爲叚借字當以繪爲正字也考工記又云『五采備謂之繡』鄭玄彼注云『此言刺繡』下文注又云『繡以絲也』故皇侃論語疏云『刺縫成文則謂之繡畫之成文謂之爲繪也』蓋即本後鄭周禮注爲說皆以繪繡爲二事許以會五采繡釋繪則以繪繡爲一諸家因謂許解論語與鄭異愚謂考工記繡本系之畫繢同爲設色之工初未嘗分爲二事許繡下云『五采備也』亦但本考工記爲義不言刺則其以繡釋繪亦止謂畫耳余疑古制簡樸未必既畫而又刺且即以刺論亦必畫在先而刺在後故許君釋繪

爲繡矣。

玄應一切經音義卷二十一引說文「五釆曰繪，繪畫也」王筠據此謂「許君本以繪爲畫，今說文作會五釆繡，繡字葢後人加」其說文的讀且逕改之，愚案玄應引說文往往有節刪，有申釋，此所引五釆曰繪，卽約文也，繪畫也三字，乃申釋之語，葢玄應知許君不以繡爲刺，與畫同意，故直以畫釋之耳，洪亮吉一切經音義校語亦謂玄應「此引非本文」是也。

絬 糸部　論語曰，絬衣長短右袂，从糸，舌聲。私列切

絬衣長短右袂者，鄉黨篇文，今論語絬衣作褻裘，集解引孔安國云「私家裘長主溫，短右袂便作事也」皇侃釋之曰「褻裘謂家中常著之裘也」今案敦煌唐寫本論語鄭氏注云「褻裘私處之服也，長之至者主溫，短右袂便於事」與孔注同，說文衣部云「褻私服也」亦與孔鄭義合，然許褻下不引經而引作絬，當是所據古論如此，惟引經之上無釋義，不知許主何解，嚴可均謂有脫文，段玉裁據玉篇廣韵補衣堅也三字於从糸舌聲上，而移引經於下，謂「論

語自訓私服，而作絬者，同音叚借也。許偁之者，說六書之叚借也。」
愚案卷子玉篇糸部絬下引論語「絬裘長短右袂」，作絬與許同。
但不言本說文作褻，又與今論語同。又云「蒼頡篇絬堅也，字書亦
褻字也。」是訓絬爲堅，出於蒼頡篇，未必即是許義。絬之爲堅，亦猶
銛之爲利，且亦恐非本義。今玉篇刪去蒼頡篇三字，失顧書之舊。段
氏平添衣字，又失今本玉篇之舊。廣韵十七薛云「絬堅絬」，亦無
衣字也。是則段之所補，殊不可從。承培元說文引經證例又從段說，
而謂「堅緻之衣，可以常服」，益爲傅會矣。尋詩秦風無衣篇「與
子同澤」，鄭箋讀澤爲襗，云「澤，褻衣，近污垢」。孔穎達詩疏申箋
引鄭論語注云「褻衣，袍襗也」。據敦煌寫本論語，知孔疏所引，即
鄉黨篇上文「紅紫不以爲褻服」之注。鄭以褻衣當詩之澤，而曰
近污垢者，劉熙釋名釋衣服云「汗衣，近身受汗垢之衣也。詩謂之
澤，受汗澤也。或曰鄙袒，或曰羞袒，作之用六尺，裁足覆胸背，言羞鄙
於袒而衣此耳。」是則褻裘與褻衣，蓋有別。褻裘之褻，指燕居私服
言，對公服言之也。褻衣之褻，指近身內衣言，對外服言之也。許訓褻

曰私服。而於衷下云「裏褻衣」。裏者衣內。裏褻卽親身之褻衣矣。經典渾言。擧褻可以晐衷。故字林云「褻衷衣也」。見漢書敘傳蕭該音義引說文析言。故許於衷雖亦訓褻衣。而必以裏字別之也。論語此文。許所據旣作紹衣。玉篇又云紹亦褻字。疑許解紹衣或亦爲親身之裏褻。而非燕居之褻裘。紹從舌聲。舌在口內。聲中兼意。則紹亦有內義。故古與褻通耳。通常裏褻皆短。釋名所說足覆胸背者。似擧漢時衣制而言。推之於古。它不相遠。孔子欲其稍長。是以鄉黨篇特爲耆之。潘維城論語古注集箋亦謂「褻裘當從古文作紹衣。與下寢衣爲一類」。然則鄉黨記紹衣之長。亦猶記寢衣之長。皆記其有異於時人之爲也。

◎坿引逸論語考

瑮 玉部 玉英華羅列秩秩。从玉。桌聲。逸論語曰。玉粲之璱兮。其瑮猛也。力質切

瑩 玉部 玉色。从玉。熒省聲。一曰石之次玉者。逸論語曰。如玉之瑩。烏定切

逸論語者，段玉裁謂『漢書藝文志言論語漢興有齊魯之說，傳齊論者，惟王陽名家，傳魯論者，安昌侯張禹最後而行于世，然則張禹魯論所無，則謂之逸，逸論語，如十七篇之外，爲逸禮，二十九篇之外，爲逸尚書也。』愚案段說是也，今本說文惟璪、瑩二篆下偁逸論語，又璠篆下引孔子曰，『美哉璠璵，遠而望之奐若也，近而視之瑟若也，一則理勝，二則孚勝。』太平御覽卷八百四珍寶部三及事類賦玉賦注初學記卷二十七引此文亦竝作逸論語，三字皆在玉部，所言皆玉事，漢志魯論二十篇，齊論二十二篇，班固注云多問王知道二篇，王應麟漢書藝文志考證因謂『問王疑即問玉，篆文相似。』如王氏說，則說文所偁蓋即問玉篇文，當在齊論中矣，嚴可均謂『東漢時齊論傳授不絕，則逸字校者輒加。』愚謂問玉篇古論亦無之，則許所謂逸者，或據古論而言之耳。

說文解字引論語考終。

說文解字引孝經考敍例

孝經許君所偁、主於古文、案漢書藝文志、古文孝經與古文論語同出孔壁、然志於篇目錄論語古二十一篇、不箸誰氏、似但舉本經言、錄孝經古孔氏一篇、孔氏葢即安國、疑安國於孝經有訓說、故志舉經而兼系之孔氏、許沖上書言愼又學孝經孔氏古文說、亦其證、隋書經籍志、古文孝經一卷、孔安國傳、正與漢志合、然則論語孔注雖無徵、而孝經孔傳固可信也、沖又云、古文孝經者、孝昭帝時、魯國三老所獻、（王應麟曰、葢始出於武帝時、至昭帝時乃獻之、）建武時、給事中議郎衞宏所校、皆口傳、官無其說、案此則專指經言、與上文孔氏古文說爲兩事、三老所獻者經、衞宏所校者亦經、官無其說者、謂衞氏校經之說、僅口相傳、未箸竹帛、官中但有古經也、漢志言漢興傳孝經者各自名家、經文皆同、唯孔氏壁中古文爲異、顏師古注引桓譚新論云、古孝經千八百七十二字、今異者四百餘字、衞氏所校、葢即文字異同、非訓說之說也、許君既習孔氏古文之說、又得衞氏古文校本、故其子沖撰具而與說文解字并上之、孔傳據隋志梁末亾逸、至隋祕書監王劭於京師訪得孔傳、送至河間劉炫、炫因序其得喪。述其義疏。講於人間。儒者諠諠。皆云炫自作之。則非真孔傳也。陸德明經典釋文序錄言後漢馬融亦作古文孝經傳。而世不傳。世所行鄭注。相承以為鄭玄。夫相承以為。則亦疑其非真玄注也。疑玄注者。自晉逮唐。異論甚多。清儒考證。又以為真。今則作偽之孔傳。傳疑之鄭注。並佚不存。行世者乃唐玄宗注本。鄭注。則有自羣書散見中捋輯者。清乾隆中。歙人汪翼滄自日本得彼國太宰純校刊古文孝經孔氏傳歸。付鮑廷博知不足齋刻之以行。斯又偽中之偽。彼國山井鼎等七經孟子考文已自言之。然則說文所引。雖止三字。蓋等於碎金之可寶矣。別有引孝經說者一字。以附於末。

說文解字引孝經考字目

啇 㥞 凥

玷引孝經說考字目

兆

說文解字引孝經考

衡陽馬宗霍

亯部首 獻也。从高省，曰象孰物形。孝經曰：「祭則鬼亯之。」許兩切，又普庚切，又許庚切。○亯，篆文亯。

祭則鬼亯之者，孝治章文。今孝經作享，石臺本孝經作亨，羣書治要引孝經此文作饗。享亨皆亯之隸變，亯為亯之篆文，則許所據作亯者古文孝經也。爾雅釋詁云：享，獻也。此許訓所本。獻者，下進上之詞，獻食物曰亯，乃亯之本義。引申之，凡受獻者亦曰亯。孝經此亯，明皇注云：「沒享其祭。」羣書治要引舊注云：「祭則致其嚴，故鬼饗之。」皆謂鬼神來食，正亯引申之義也。王符潛夫論巫列篇引此文而釋之曰：「由此觀之，德義無違，鬼神乃享；鬼神受享，福祚乃隆。」王氏以受字足享，得經指矣。段玉裁曰：「周禮用字之例，凡祭亯用亯字，凡饗燕用饗字。禮經十七篇用字之例，聘禮內臣亯君字作亯，士虞禮少牢饋食禮尚饗字作饗。小戴記用字之例，凡祭亯饗燕字皆作饗，無作亯者。左傳則皆作亯，無作饗者。毛詩之例，則獻於神曰亯，神食其所亯曰饗，各經用字，自各有例。』案段氏此說，分析甚明，然說文食部云：『饗，鄉人飲酒也。』從鄉食會意，是饗與亯義本有別，然則祭亯亯燕正字皆當作亯，詩禮作饗，叚借字也。羣書治要引孝經作饗，疑亦校者所改，非原文。

㥩 心部 痛聲也。从心，依聲。孝經曰：哭不㥩。於豈切

哭不㥩者，喪親章文。今孝經作偯，許所據當出古文。阮元孝經校勘曰：『釋文云：「偯，俗作哀，非。說文作㥩，云痛聲也。音同。」案臧鏞堂云：「說文無偯字，哀從口衣聲，依從人衣聲，依偯聲形皆相近，故誤陸氏本作依，故云說文作㥩，音同。又云俗作偯，非。以偯爲依之俗寫也。今依既誤偯，因改偯爲哀，然不當有作哭不哀者，是可證哀爲偯之改，偯爲依之譌矣。」』愚案阮引臧說是也。臧琳經義雜記先有是說，鏞堂承而述之耳。禮記閒傳云：『斬衰之哭，若往而不反；齊衰之哭，若往而反；大功之哭，三曲而偯。』鄭玄彼注云：『三曲，一舉聲而三折也。偯，聲餘從容也。』彼釋文云：『偯，於起反，說文作㥩，云痛聲。』愚謂彼偯字亦依之譌，故陸音於起反。孝經此文明皇注云：『氣竭而息，聲不委曲。

」邢昺疏謂『此依鄭注也。』案委曲亦有從容之意。孝經本章據孝子喪親言。正為斬衰之哭往而不反。往而不反者。遂聲直哭氣竭而後止息。故鄭云聲不委曲矣。邢疏亦引閒傳鄭注以申此注。明兩經之義相通也。許訓㤞為痛聲也者。段玉裁謂『委曲自見其痛於聲。非痛之至者也。』然則不㤞卽禮記雜記所謂哭無常聲。啼號而已。痛不成聲。其痛乃至。知許鄭義亦不殊。阮福孝經義疏曰『偯㤞二字雖是加口於依字中。加心於依字下。其義一也。皆從依生義也。偯字禮記兩見。非獨見於孝經。不得以不見於說文中而不背於六書義理者卽為俗字。如此等字皆是秦前古字。作㤞作偯無不可也。』愚案顏之推家訓引孝經亦作偯。則作偯亦六朝舊本。阮福之言。可備一說。惟陸氏釋文云。偯俗作哀。哭不哀於義似未合。則陸氏本恐仍當如臧校耳。

尻 几部 處也。从尸得几而止。孝經曰。仲尼尻。尻謂閒居如此。九魚切

仲尼尻者。閒宗明義章文。今孝經作居。明皇注云『居謂閒居。』釋文云『居如字。說文作尻。音同。鄭玄云。「尻尻講堂也。」王肅云。「閒居也。」孔安國云。「靜而思道也。」』據此則明皇之注。蓋依王肅。而鄭所據本字與許同。說文尻在几部。訓曰『處也。』居在尸部。訓曰『蹲也。』兩字形義皆別。許偁作尻。當為古文本字。然又釋之

曰尻謂閒居如此者。段玉裁云『此釋孝經之尻。即小戴之孔子閒居也。閒居而與曾子論孝。猶閒居而與子夏說愷弟君子。故孝經之尻謂閒處。閒處即尻義之引申。但閒處之時。實凭几而坐。故直曰仲尼尻也。如此。謂尸得几。』愚案段說是也。後人以居為尻處字。乃別造從足之踞以為蹲居字。於是尻字廢而居之本義亦荒矣。顏之推家訓云。『仲尼居三字之中。兩字非體。三蒼尼旁益丘。說文尸下施几。如此之類。何由可從。』今案尼旁益丘。謂尼字作屔也。尸下施几。謂居字作尻也。黃門通許鄭之學。故以尼居兩字為非體。但又曰何由可從者。意謂尼居俗行已久。欲改從屔尻。事所難行耳。邢昺疏云『古文孝經云。「仲尼閒居。」蓋謂乘閒居而坐。與論語云「居吾語汝」義同。』臧琳經義雜記謂『據鄭王注。知今文無閒字。孔云靜而思道。則古文有閒。故孔以靜解經閒字也。然說文自序謂論語孝經皆古文。則所引當有閒字。乃以閒居為義。而經無文。與王肅解同。則古文可疑矣。若以古文為據。則說文當是後人刪改。』愚案邢疏據唐元行沖書為藍本。唐世古文孝經偽孔安國注者。其書出自劉炫。隋書經籍志已言其僞。不若許引之可信。臧氏為兩岐之說。蓋於隋志偶未之檢耳。元吳澄撰孝經定本。亦據說文此條。而知古文之仲尼閒居。閒字為劉炫所妄增。頗謂有見。洪頤煊引三國志張昭傳。孫權問衛尉嚴畯。寧念小時所闇書不。畯因誦孝經仲尼居。南齊書文惠太子傳。引孝經仲尼居。皆無閒字。亦其旁證也。

◎坿引孝經說考

𠔁八部　分也。从重八。八。別也。亦聲。孝經說曰。故上下有別。兵列切

孝經說者。漢書藝文志孝經家有長孫氏說二篇。江氏說一篇。翼氏說一篇。后氏說一篇。安昌侯說一篇。許君所引。或在其中。有謂許沖上書言愼又學孝經孔氏古文說。疑此為孔說者。案愼雖學孔氏古文說。其有訓釋。當具於本經之中。不得別偁曰說。今偁說與經別。則非孔氏說矣。段玉裁以為此引孝經緯。案禮記檀弓正義引鄭志『張逸問禮注曰書說。書說何書也。荅曰。尚書緯也。當為注時。時在文網中。嫌引祕書。故諸所牽圖讖皆謂之說。』據此。則偁諸經緯為說。乃康成注經之例。非許君說字之例。許亦閒引緯書。或直偁某經。不謂

之說。如目部相下引易緯偁易曰。示部禘下祫下引禮緯偁周禮曰。是也。或直偁祕書說。不冠某經。如易下引祕書說日月為易。象陰陽也。是也。或謂祕書乃中祕書非緯書。其說未塙。詳見說文引羣書考。則此亦未必為孝經緯矣。𠔁從重八。八者別也。故許引上下有別一語。以說重八之意。所以證字形也。說文𠂉部𦬞下云。從𠂉而𠔁。𠔁古文別。蓋即此字。玉篇八部有公。云「補徹切。分也。古文別。」公又𠔁之隸變也。

又案三國志虞翻傳注引翻奏鄭玄解尚書違失事有曰「分北三苗。北古別字。又訓北。言北猶別也。如此之類。誠可怪也。」愚疑仲翔所據尚書本作𠔁。故云古別字。北篆作𠦝。與𠔁相近。然𠔁從重八。𠦝從二人相背。固自不同。故虞氏以鄭注訓北為可怪耳。

說文解字引孝經考終

說文解字引爾雅考敘例

爾雅初不知誰作。張揖進廣雅表。偁周公著爾雅一篇。陸德明經典釋文序錄以釋詁一篇當之。亦未審何據。然大戴禮三朝記載孔子對哀公曰。爾雅以觀於古。足以辨言矣。則在孔子前當有其書。特後人遞相增益。今之所行。要非其舊耳。漢書藝文志曰。古文讀應爾雅。故解古今語而可知也。此即就孔子觀古辨言一語之意而廣之。其附爾雅於六藝略孝經家中。義亦當有所取。班志本於劉略。惜劉氏指要今不盡傳。莫由窺其同條牽屬之故矣。邢昺孝經疏序引鄭玄六藝論云。孔子以六藝題目不同。指意殊別。恐道離散。莫知根源。故作孝經以總會之。又詩王風黍離孔穎達疏引鄭玄駁五經異義云。玄之聞也。爾雅者。孔子門人所作。以釋六藝之言。蓋不誤也。（大雅鳧鷖孔疏又引鄭志荅張逸問曰。爾雅之文雜。非一家之注。）知鄭氏說。則孝經爲總會六藝之道。而爾雅爲解釋六藝之文。二書相爲表裏。故漢志連類而同入之六藝略。與許君說文解字之作。其子沖上書。謂六藝羣書之詁皆訓其意。則又羽翼夫爾雅者也。惟說文以文字爲主。釋字必求本義。爾雅以詁訓爲主。用字多取通段。故爾雅雖爲許之所本、而亦不能盡符、獨其明偁爾雅處、則可考見爾雅古本、漢人注爾雅者、據經典釋文序錄、有犍爲文學樊光李巡、魏初有孫炎、其書皆佚、世所行者爲晉郭璞注、自謂錯綜樊孫、博關羣言、然標舉姓名者曾不數處、是則許君引證之義、又爾雅古義之遺也、故今凡爾雅舊注之散見羣書者、并采以會許說、釋文序錄所載尚有劉歆注、但陸氏又云與李巡注正同、疑非歆注、周禮大宗伯賈公彥疏引有鄭注、戴震爾雅文字考自序偁之、然初未聞康成有爾雅注、疑賈疏亦爲誤引也、

說文解字引爾雅考字目

瑗 提 齝 跋 歈 䵷 柹 棔

枲 褘 覭 就 猲 狻 玃 獿

黝 懽 汃 渚 涓 瀸 汎 瀵

涒 斛 凷 鬻

說文解字引爾雅考

衡陽馬宗霍

瑗 玉部 大孔璧、人君上除陛以相引、从玉爰聲、爾雅曰、好倍肉謂之瑗、肉倍好謂之璧、王眷切

好倍肉謂之瑗、肉倍好謂之璧、者、釋器文、今爾雅此二句前後互易、案說文璧瑗環三篆相連、許璧下不引爾雅、環下云、「璧肉好若一謂之環、」實本爾雅而不系其名、瑗廁璧環之閒、則明偁爾雅而兼及於璧、使讀者觀瑗下之文、自可與璧環互照、又引經之一例也、所引在瑗下、故移釋瑗之語於璧前、非所據爾雅與今本異、左傳昭公十六年孔疏引李巡爾雅注云、「好、孔也、肉倍好、邊肉大其孔小也、好倍肉、其孔大邊肉小也、肉好若一、其孔及邊肉大小適等曰環、」郭璞注云、「肉邊、好孔、瑗孔大而邊小、環邊孔適等、」郭即本李為說也、許訓瑗為大孔璧、亦與李說合、璧環之制、以瑗推之自明、故說解瑗詳而璧環略、其訓璧曰瑞玉圜、瑗環皆璧也、則二者之為瑞玉、亦可推而知、此又與爾雅之義互相備也、許又云人君上除陛以相

引者。段玉裁曰『未聞』愚案爾雅釋文引蒼頡篇云『瑗玉佩名。』是瑗本可佩之物。說文𨸏部云『除殿陛也。陛升高陛也。』疑古者人君佩瑗。瑗之爲言援也。瑗有大孔或上殿陛時左右援之以升耳。許君此注。自當有所受之。似可資說禮之助。

徥 彳部 徥徥。行皃。从彳。是聲。爾雅曰。徥則也。是支切

徥則也者。釋言文。今爾雅作是。郭璞注云『是事可法則』邢昺疏云『是不非。則法效也。郭云是事可法則。言不非之事乃可爲人法則』愚案訓則爲法見於釋詁。說文『是從日正直也。則從刀從貝。等畫物也』天下之物莫正於日。是既從日正會意。故爾雅訓是爲則。法者灋之隸省。灋從水。天下之物莫平於水也。故爾雅又訓則爲法。則之訓法。猶是之訓則矣。郭注邢疏。葢皆未得其本。許引作徥者。徥以是爲聲。故與是通。然其字從彳。彳小步也。故本義爲行。方言六云『徥。行也』卽許說所出。疊字形容則爲行皃。郭璞方言注。亦與許同。以徥爲則。乃段借字。段玉裁謂『葢古爾雅段徥爲是。此偁爾雅說段借』是也。郝懿行爾雅義疏曰『方言。自關而西秦晉之間。

凡細而有容謂之嫛或曰徥說文嫛婗也是婗徥古字通然則儀容行動俱謂之徥容止可法故謂之則徥從是聲因省作是」案如郝說乃以徥爲正字矣恐未然

齝齒部 吐而噍也从齒台聲爾雅曰牛曰齝 丑之切

牛曰齝者釋獸𪗉屬文一切經音義卷一卷九引爾雅此文並作「牛曰齝」卷十五引又作「牛曰呞」嚴元照爾雅匡名曰「古台司偏旁多通借書舜讓于德弗嗣徐廣曰今文作不怡詩子甯不嗣音韓詩作詒音春秋經甲午治兵公羊作祠兵故齝又作䶜偏旁改易故又作呞」愚案詩小雅無羊「爾牛來思其耳濕濕」毛傳云「呞而動其耳濕濕然」彼釋文云「呞本又作䶜亦作齝」亦三字相通之證然䶜呞二字皆不見說文爾雅釋文謂「字書以䶜爲古齝字」亦未知字書何指玉篇齒部云「䶜同齝」廣韻七之云「䶜呞並同齝」集韻七之云「齝或作䶜」篇韻俱以齝爲正字蓋從說文也郭璞注云「食之已久復出嚼之」許訓吐而噍也者案說文口部噍即嚼之重文是郭注與許說合爾雅下文又云「羊曰

齥』郭注云『今江東呼齝爲齥。音漏洩』齥即說文之齛。洩即說文之泄。唐人諱世字。凡從世之字多。改從曳。郭擧方語爲釋。則對文牛羊有別。散文牛亦得曰齛。讀如漏泄者。不徒取其音。亦兼取其義。泄通作渫。說文水部云『渫。除去也』泄去猶許云吐出矣。

䟶 足部 進足有所擷取也。从足。及聲。爾雅曰。䟶謂之擷。穌合切

䟶謂之擷者。釋器文。今爾雅作扱衽謂之襭。郭璞注云。『扱衣上衽於帶』。許引扱作䟶。襭作擷。䟶下又無衽字。與今本異。郝懿行疑『引爾雅上脫讀若二字。䟶當作扱。形之誤也』愚案說文衣部襭下云『以衣衽扱物謂之襭。襭或從手作擷』彼雖不偁爾雅。而扱衽襭三字皆與今爾雅合。則此之所偁。蓋爲爾雅別本。擷既爲襭之或體。知䟶亦扱之異作也。䟶扱同從及聲。故二字通用。然䟶從足。許訓進足有所擷取。則與爾雅扱衽義殊。當爲扱之借字。許偁之者。亦所以說叚借也。又案詩周南芣苢云『薄言襭之』毛傳云『扱衽曰襭』爾雅此文正釋彼詩。故孔疏亦引爾雅以申傳。又引李巡曰。『扱衣上衽於帶』是郭注又本之於李也。段玉裁謂『許蓋衣部用

毛傳、足部據爾雅。」愚謂毛傳亦與爾雅同，則許足部所據，不過爾雅之異文。衣部所說，不得以其不系爾雅而遂謂專用毛傳也。惟許云以衣衽扱物謂之襭，較爾雅毛傳多一物字，則所扱者物，就詩言，物即所采之芣苢。扱，收也。許意蓋謂用衣衽收芣苢。毛語簡，但曰扱衽。扱衽猶言收之於衽。許之增字，正以申成毛義。此則與李郭爾雅注所謂扱衣上衽於帶不同耳。尋繹詩指，許說為長。

餀 食部

食臭也。从食，艾聲。爾雅曰：餀謂之喙。呼艾切

餀謂之喙者，釋器文。今爾雅喙作餯。說文無餯字。王筠謂「喙者古文叚借字。餯者後作之專字也。」愚案卷子玉篇食部有餯字，注云：「呼癈反。埤蒼餀字也。」今本玉篇無餯字則餯字出自魏張揖之書。蓋餀之或體。其非爾雅古本甚明。可據許引訂之。爾雅釋文引李巡云：「餀餯皆穢臭也。」郭璞注云：「說物臭也。」許訓食臭，當亦謂食物之臭者。說文犬部臭下云：「禽走臭而知其迹者犬也。从犬自。」自者鼻也。以鼻接物謂之臭。引申為芳殠之偁。食臭之臭，即殠之借字。卷子玉篇餀下引說文作「食而臭之也」，則是用臭之本義。以餀

爲動字，似與爾雅詞例不合。段玉裁曰：『食臭謂殠而食之也。』恐亦未當。

⿰𠌶㞷 𠌶部　華榮也。从𠌶，㞷聲。讀若皇。爾雅曰：⿰𠌶㞷，華也。戶光切　○葟，⿰𠌶㞷或从艸皇。

⿰𠌶㞷華也者，釋言文，隸變作⿰奚㞷。今爾雅作皇。⿰奚㞷之或體作葟，則皇即葟之省借。許所據蓋爾雅古本也。阮元、郝懿行並謂此所引乃釋草文，非釋言文。愚案釋草云：『葟，華榮。』正許君此條義訓所本。既用爲義訓，而又引其文，是複出也。且釋草作華榮，而此所引無榮字，其爲釋言之文明矣。蓋爾雅釋言、釋草此二條本相因而互見，故郭注釋言，則引釋草證之；其注釋草，則引釋言證之，以本經證本經，實深通爾雅之例，正猶許君訓以釋草而證以釋言也。

又案爾雅釋草郭注引釋言云：『華，皇也。』與今注疏本釋言作『皇，華也』互易，唐石經同，釋文亦先華後皇，諸家因以爲今本釋言皇華二字誤倒。邵晉涵且謂『說文多取互訓，以華訓葟，不必其定爲爾雅原文。』愚謂說文在前，釋文、唐石經在後，此正可藉說文以校爾雅。亦未必今本釋言誤倒也。

栭木部 屋枅上標。从木。而聲。爾雅曰。栭謂之㮨。如之切

栭謂之㮨者。釋宮文。今爾雅㮨作楶。郭璞注云。『即櫨也。』釋文云。『楶。作㦸反。又音節。本或作㮨。同。舊本及論語禮記皆作節。』案論語公冶長篇禮記禮器篇明堂位篇皆有『山節藻梲』之文。鄭玄禮器注云。『栭謂之節。』當用爾雅。蓋即陸氏所謂舊本也。文選王文考魯靈光殿賦李善注引爾雅此文亦作節。禮器孔疏引李巡本節作楶。則今郭本之所出也。許引作㮨者。㮨楶但偏旁易位。實為一字。李與許同。知作楶亦舊本。文選班彪王命論注應劭引爾雅此文作楶可證。嚴元照據此謂舊本非盡作節。是也。然說文竹部節訓竹約。則作節為叚借字。正字當作㮨。明堂位孔疏又引釋宮云。『櫺謂之楶。』李巡云。『櫺。今欂櫨也。』知郭注即本於李。說文無櫺字。櫺又栭之別體也。漢書敘傳蕭該音義亦曰楶一名櫺。李訓栭為欂櫨。許訓栭為屋枅上標。訓枅為屋櫨。訓㮨為欂櫨。則就爾雅言。栭㮨為一物而二名。就說文言。枅與㮨義同。栭與㮨義又微異。蓋栭在枅上。靈光殿賦云。『曲

枅要紹而環句，芝栭欑羅以戢孴。」李注引蒼頡篇曰：「枅，柱上方木。」又張載注曰：「芝栭，山節，方小木為之。」據此則枅加於柱，栭又加於枅，以次而小。栭居末端，標之言末，故許云屋枅上標矣。（文選王命論注引說文同，靈光殿賦注引作枅上梁，梁蓋標之誤。沈濤說文古本考從之，似非。）爾雅渾言之，說文析言之。許既析言以明栭之本義，又偁爾雅者，段玉裁所謂欲見渾言析言兩不相背也。

樀（木部）　户樀也。从木，啻聲。爾雅曰：檐謂之樀。讀若滴。都歷切

檐謂之樀者，釋宮文。郭璞注云：「屋梠。」案儀禮特牲饋食禮賈疏引爾雅此文，又引孫炎云：「謂室梠，周人謂之梠，齊人謂之檐。」是郭注本孫炎義也。許檐下云㮰也，㮰下云梠也，梠下云楣也，楣下云秦名屋櫋聯也，齊謂之檐，楚謂之梠。然則㮰梠楣櫋聯皆檐也，隨所在地而異其名耳。㮰楣櫋皆雙聲字，樀亦檐之別名，樀與梠亦雙聲相轉也。一切經音義引釋宮舊注云：「樀亦楣也。」樀楣則為疊韵字。（樀在錫韵，與支為平入；楣在脂韵，與支為同類。）惟許訓樀為户樀，户者門也，蓋謂門檐。孫云室梠，郭云屋梠，則不專謂門，義有廣狹之殊。尋說文門部云：「闇

謂之樀。樀，廟門也。』愚疑許意蓋以檐爲屋檐之通名，⿵門詹爲門檐之本字。而樀之義則專屬門檐，不爲屋檐。（屋檐亦謂之宇。士喪禮鄭注云：宇，梠也。說文宀部云：宇，屋邊也。）爾雅檐謂之樀者，亦當指門檐言。故許於樀下引之，而解之曰戶樀，所以明其義也。於⿵門詹下以樀字原之，而申之曰廟門，所以著其字也。然爾雅固無作⿵門詹之本，故⿵門詹下不偁經。嚴元照謂『蓋古本爾雅又有作⿵門詹者。』段玉裁亦謂『許所據爾雅有異本作⿵門詹。』又據小徐本檐謂之樀下有樀朝門三字，（郝懿行謂此當有脫誤。）謂『許以此樀爲朝門之樀，彼樀爲廟門之樀，正謂此檐，彼⿵門詹分朝廟，形異而義隨之也。』恐未必然。邵晉涵爾雅正義疑『說文⿵門詹下所說，許君以廣異義，即釋宮下文閍謂之門之異文。』亦非也。

杗（木部）

杗，棟也。从木，亡聲。爾雅曰：杗廇謂之梁。（武方切）

杗廇謂之梁者，釋宮文。郭璞注云：『屋大梁也。』許訓杗爲棟，訓棟爲極。訓梁爲水橋，則就本義言。梁非屋上之物。本經下文『隄謂之梁。』郭注云：『即橋也。或曰石絕水者爲梁。』彼乃梁之本義，此梁與上文『楣謂之梁』皆引申之義，亦叚借字也。說文广部廇下云：『

中庭也。」釋名釋宮室云：「中央曰中霤。古者覆穴，後室之霤當今之棟下，直室之中，古者霤下之處也。」霤即古廇字。（說文霤謂屋水流，廇謂中庭，二字義別。此蓋既有宮室以後，霤水已在屋垂，乃造廇字以為室中之專偁，然經典猶多作霤。）然則杗廇謂之梁者，與楣梁同名而異實。杗廇連文，蓋指棟之中央言。許以棟為杗，棟之中央即杗之中央，杗之中央謂之梁，非謂杗即梁也。（王筠亦曰：抑或棟也乃杗一字之義，梁則合杗廇以為名。古義多湮，未可輒定。）釋名又云：「棟，中也，居屋之中也。」儀禮鄉射禮記云：「序則物當棟。」鄭玄彼注亦云：「正中曰棟。」是知棟居屋之中，梁又當棟之中。郭以大梁釋此梁，亦以其大而居中為堂上之梁，別於楣梁之小而居前為門上之橫梁也。段玉裁謂「棟與梁不同物，棟言東西者，梁言南北者。」愚謂大梁即是中棟，杗廇蓋屋極棟梁相會之處，故析言雖分，統言不別。釋名又云：「檼，隱也。或謂之望，言高可望也。或謂之棟。」郝懿行曰：「望杗聲同，望即杗矣。」其說得之。又尋儀禮士昏禮云：「賓升階當阿致命。」鄭玄注云：「阿，棟也。」愚案彼阿亦當謂棟之中央，賈公彥彼疏以「中脊為棟」釋之，正與杗廇義同。

⿰衤闈（衣部）

重衣皃。从衣。闈聲。爾雅曰。⿰衤闈⿰衤闈⿰衤貴⿰衤貴。（羽非切）

⿰衤闈⿰衤闈⿰衤貴⿰衤貴者。徐鉉等曰。「說文無⿰衤貴字。爾雅亦無此語。疑後人所加。」愚案釋訓云。「儚儚洄洄。惛也。」釋文引郭氏音義云。「洄本或作⿰巾闈。音韋。」又引字林。「⿰巾闈。重衣皃。」字林多本說文。說文巾部無⿰巾闈字。⿰巾闈即⿰衤闈也。（盧文弨爾雅釋文考證據說文。⿰巾闈皆改作⿰衤闈。）然則許此所偁。蓋為釋訓文。釋訓無⿰衤貴⿰衤貴字者。嚴可均謂「當作爾雅曰懜懜⿰衤闈⿰衤闈。今此轉寫譌且到耳。」（今爾雅作儚儚。說文有懜無儚。爾雅釋文云。儚字或作懜。嚴蓋據此。）錢大昕爾雅答問則謂「說文無⿰衤貴字。當為潰之譌。潛夫論救邊篇『洄洄潰潰。當何終極。』即用此語。今釋訓云儚儚洄洄。儚儚即上文之夢夢。不應重出。必潰潰之譌也。」段玉裁謂「據潛夫論。則爾雅故有潰潰字。許所見潰作⿰衤貴。」（段氏又云。「⿰衤貴字見周禮夏采職故書。杜子春易為綏。許不從故書。故無⿰衤貴篆。」今考周禮夏采注。「故書綏為襚。杜子春云。當為綏。」是故書本作襚。不作⿰衤貴。段偶誤記耳。）郝懿行亦從段說。愚謂⿰衤闈⿰衤貴皆從衣。爾雅訓惛。則作⿰衤闈⿰衤貴並叚借字。許引之即所以說叚借也。洄潰從水。亦非本字。然說文洄訓泝洄。謂逆流而上也。潰訓漏也。引申之與惛義尚相近耳。（玉篇人部廣韵十五灰皆云「佪佪惛也。」說文無佪字。則作佪亦或體。嚴元照曰。「恐當作⿰氵闈。說文⿰氵闈。不流濁也。」）

」可備一說。邵晉涵又謂「𢡣通作恛」，引太玄疑初一云「疑恛恛失貞矢」為證，阮元校勘記遂援邵說，以為「幗即𢡣之誤，𢡣恛蓋一字，從心不誤，從巾從衣皆非。」此雖言之成理，不悟說文心部固無恛𢡣二字也。

覭　見部　小見也。从見冥聲。爾雅曰：覭髳弗離。莫經切

覭髳弗離者，釋詁文。今爾雅弗作茀，郭璞注云：「謂草木之叢茸翳薈也。茀離即彌離，彌離猶蒙蘢耳。孫叔然字別為義，失矣。」邵晉涵郝懿行並從郭讀，邵氏且謂「郭以字別為義為失者，連舉之字，不當分析取義，亦舉以例其餘也。」武億經讀考異云：「孫叔然字別為義，則覭一讀，髳一讀，茀一讀，以離也總釋上三字，考釋詁例皆以末一字釋上數字，如郭氏注，獨以此二字訓上兩字，疑不可從，依叔然讀為是。」愚案孫注今佚，但據郭說，知其字別為義耳，其義如何，已不可知，許君單出覭字，訓曰小見，而引爾雅為證，疑許於爾雅此條，亦主一字一讀，叔然或與許合矣。覭髳弗三字雙聲，覭從冥聲，亦於冥取意，小見猶希見也。髳從髟，髟者長髮猋猋也，有飄散之意，弗

從韋省。韋者相背也。三字引申之義。皆與離近。

䝿　兂部

事有不善言䝿也。爾雅。䝿，薄也。从兂京聲。力讓切

䝿薄也者。今爾雅無此文。汗簡云「䝿力向切。見古爾雅。」蓋即本之說文。未必郭見爾雅古本也。段玉裁以為說文此條淺人所增。愚案小爾雅廣言云「涼，薄也。」宋翔鳳小爾雅訓纂謂「說文所引當即此文。漢志小爾雅與爾雅為一家。故許君即引為爾雅。小爾雅當時本涼字。从兂作䝿。蓋字可通用。錄孔叢者改為涼字矣。」此說近是。廣雅釋詁云「䝿，禣也。」禣即薄字。當亦本此。曹憲廣雅音云「䝿良音。世人作䝿禣之䝿。水旁著京。失之矣。禣步各反。世人作禪禣之禣。艸下著溥。亦失之矣。」斯又專主廣雅。亦為未達。不悟說文衣部無禣字。水部涼本訓薄。以䝿為薄。猶為引申之義也。臧琳經義雜記云「說文云：漿，酢漿也。淡，薄味也。涼在漿下淡上。則取薄酒義。周禮漿人掌共王之六飲。水漿醴涼醫酏。鄭司農云：涼以水和酒也。是為味薄之證。從反欠者。依說文為事薄之義。」案此論足破曹說之固。

猲 犬部 短喙犬也。从犬，曷聲。詩曰：載獫猲獢。爾雅曰：短喙犬謂之猲獢。許謁切

短喙犬謂之猲獢者，釋畜狗屬文。今爾雅作短喙猲獢，無犬謂之三字。許偁蓋非原文，邵晉涵謂『說文所引爾雅，增成其義以曉人』是也。釋文出獥字，云『許謁反，字林作猲』，則陸氏所據本作獥，然本經釋獸云『狼，其子獥』，彼釋文云『獥，胡狄古狄工弔三反』，此復作獥而音許謁反，音義皆不合。案說文犬部無獥字，文選張平子西京賦云『載獫⿰犭歇獢』，蓋用詩秦風駟驖語，而字作⿰犭歇，玉篇犬部云『⿰犭歇獢，犬短喙也』，亦作⿰犭歇。⿰犭歇與獥形近相涉，疑釋文此獥爲⿰犭歇之譌。⿰犭歇又猲之隸增也。許引詩作猲獢，可證今本詩作歇驕，則又皆叚借字。許見引詩考 猲獢本以雙聲字爲名，許於獢下云『猲獢也』，猲下但云短喙犬，似有奪文，段玉裁依全書通例補猲獢二字於短喙犬上，當從之。許引詩兼引爾雅者，蓋以爾雅此文即所以釋詩也。

狻 犬部 狻麑如虦貓，食虎豹者。从犬，夋聲。見爾雅。素官切

狻麑如虦貓食虎豹者，釋獸寓屬文。此用爾雅爲義訓，故但云見爾

雅。嚴可均謂『見爾雅。校語也。許無此語例』。未必然。郭璞注云『即師子也。出西域。漢順帝時。疏勒王來獻犎牛及師子。穆天子傳曰。狻猊日走五百里。』郝懿行謂『狻麑合聲爲師。故郭云師子矣。』愚案說文鹿部云『麑。狻麑獸也。』與犬部之狻互照。狻下麑下皆不云師子。虎部甝下云『虎鳴也。一曰師子。』是許意蓋以甝爲師子之名。景純所釋。似與許異。邵晉涵乃云『狻麑一名甝。』失許恉矣。桂馥曰『御覽引云。狻小狗也。是狻字本義。狻麑又一義。』王筠說文句讀從桂說。亦可以備一解。

玃 犬部　母猴也。从犬矍聲。爾雅云。玃父善顧。攫持人也。俱縛切

玃父善顧者。釋獸寓屬文。今爾雅作貜。釋文云『貜字亦作玃。』案說文貜字在豸部。訓曰『𧴫貜也。』與玃異物。隸書從犬從豸之字多相溷。當以許引爲正也。釋文又引說文云『玃。大母猴也。』廣韵十八藥及一切經音義卷四卷五卷八卷九卷十卷十六引並同。則今本說文母猴上脫大字。當據補。許引經而又申之曰攫持人也者。蓋猴爲通名。能攫者始命之曰玃父也。王念孫謂『虎豹熊羆之屬皆能

攫持人而不謂之玃，然則玃父之名，非以其能攫持人而命之也。玃之爲言猶矍也。說文矍，視遽皃。玃父善顧，故謂之玃父矣。」愚案兩義互相足。猴有性特機警者，常左右驚顧，非徒顧也，正欲伺人而攫之耳。郭璞注云「猳玃也，似獼猴而大，色蒼黑，能攫持人，好顧眄。」郭攫持之云，蓋本之許。

獌 犬部 狼屬，从犬曼聲。爾雅曰：貙獌似貍。舞販切

貙獌似貍者，釋獸寓屬文。郭璞注云「今山民呼貙虎之大者爲貙犴。」本經下文又云「貙似貍。」郭注云「今貙虎也，大如狗，文如貍。」據郭注，前後兩條名狀相同，而實有大小之殊。小者名貙，大者則名貙獌。郭云貙犴者，犴獌疊韻字，亦合二字爲一名。邵晉涵別作釋，非也。許訓獌爲狼屬，引爾雅此文證之。豸部貙下云「貙獌似貍者。」文與此同，則不系爾雅，且箸一者字，推許意，蓋謂似貍者名貙，而狼屬則名獌。狼大於貍，是亦以獌與貙爲大小之分矣。然要以貙爲通名，故獌累呼之曰貙獌。爾雅釋文云「獌，字林音慢，云狼屬，一曰貙也。」謝靈運山居賦自注云「獌似貙而長，狼之屬，一曰貙。

」皆散文可通之證也。郝懿行云：「獌之言曼延，長也。借作蟃蜒。郭注子虛賦云：「蟃蜒大獸，似貍，長百尋。」此蓋孟浪之言。廣韵作獌㹩，長八尺，近是也。」愚案子虛賦云：「白虎玄豹，蟃蜒貙豻。」以蟃蜒與貙豻並舉，則是二物，不得混而為一。蟃蜒既非貙豻，似亦不得為貙獌，故兩文同出郭注，而訓義絕遠，且長百尋者當為異物，其非爾雅之貙獌審矣。又郝引廣韵見三十三線，但二十五願又云：「獌㹩獸，長百尋。」彼即本郭子虛賦注，其下亦引說文此條，則名實之淆已久。

黝 黑部 微青黑色，从黑，幼聲。爾雅曰：地謂之黝。於糾切

地謂之黝者，釋宮文，郭璞注云：「黑飾地也。」許云微青黑色者，蓋謂微青之黑為黝也，則與純黑稍別。本經釋器分析染色：「青謂之蔥，黑謂之黝。」知黝乃由青入黑之色，先青後黑，故許云微青黑矣。禮記玉藻：「幽衡。」鄭玄注云：「幽讀為黝，黑謂之黝。」即本釋器文。彼經孔穎達疏引孫炎爾雅注云：「黝，青黑。」正與許說合。然對文雖分，散文不別。周禮春官守祧職云：「其祧則守祧黝堊之。」鄭

司農云「黝讀爲幽。幽，黑也。爾雅曰：地謂之黝。」先鄭引爾雅證周禮，而釋黝爲黑，蓋爲郭注所本。

懽心部 喜歎也。从心，雚聲。爾雅曰：懽懽愮愮，憂無告也。古玩切

懽懽愮愮，憂無告也者，釋訓文。釋文云：「灌本又作懽，愮本又作搖。」則陸氏所據本作灌。說文無愮字，疑此引亦當作搖，與陸氏又作本同。今作愮者，或校說文者改之耳。灌與懽通。詩大雅板云：「老夫灌灌」毛傳云：「灌灌猶款款也。」歎或作款，款爲隸俗。許訓懽爲喜歎，是其相通之證。然說文水部灌爲水名，則作灌爲叚借字，作懽正字也。又桼欠部歎下云：「意有所欲也。」歎蓋可兼憂喜言，得其欲則喜，不得其欲則憂。懽以喜歎爲本義，而爾雅以憂釋之者，段玉裁曰：「悳者歎歎然之誠，亦與喜樂之歎歎同其誠切。許說其本義，爾雅說其引申之義也。」如段說，知許君偁此，即所以證引申之義矣。嚴可均亦謂許引此爲懽字廣一義。玉篇心部懽下悹下皆云「憂無告也」，」則爾雅別本或又有作悹者。說文云：「悹，憂也。」作悹正用本字。然許於悹下不偁爾雅，當非許之所據。阮元爾雅校勘記遂謂「此

經本從官從心作㦏者聲近之借作懽又㦏形近之譌今說文懽下引爾雅蓋非許氏原文」似失之矣

汃 水部 西極之水也从水八聲爾雅曰西至汃國謂四極 府巾切

西至汃國者釋地文謂四極者乃許君解釋之語謂此爲四極國之一也小徐本作「西至於汃國謂之四極」與爾雅經文全同非是爾雅東西南北並舉故總之曰謂之四極許君但引其一不得言謂之四極謂下删一之字而語意自變知非用爾雅本文善讀說文者當能辨之乃段玉裁王筠皆從小徐疏矣汃之本義爲西極之水而爾雅之汃國則因汃水得名故引之以相證耳今爾雅作「西至於邠國」釋文云「邠本或作豳字同」漢書司馬相如傳上林賦文穎注引爾雅此文亦作豳段玉裁謂「作豳聲之誤作邠則更俗」今案說文邑部邠下云「周太王國在右扶風美陽」重文豳下云「美陽亭即豳也」漢書地理志續漢書郡國志雖不言豳在美陽而皆云「栒邑有豳鄉詩豳國公劉所都」栒邑亦屬右扶風邠豳非一地段氏辨之甚詳 郭璞爾雅注言四極「皆四方極遠之國」若近在右扶

風。何極之可言。知此字當從說文作汃。許君所據。蓋爾雅古本也。汃之轉為邠者。蓋汃從八聲。邠從分聲。分亦從八聲。汃邠雙聲字。經典相承邠豳通用。故又轉為豳矣。釋爾雅者。不得以公劉太王之都當之。文穎漢書注。既引爾雅之豳國。而又云「在長安西。」似誤。

渚

水部 水在常山中丘逢山東入湡。从水。者聲。爾雅曰。小洲曰渚。章與切

小洲曰渚者。釋水文。今爾雅作陼。釋文云「陼字又作渚。」案本經釋丘云「如陼者陼丘。」渚陼涵淆不分。說文𨸏部陼下云「如渚者陼丘。水中高者也。」彼雖不偁爾雅。實本釋丘為說。以說文校爾雅。則知釋水當作渚。釋丘當作陼。如陼之陼。亦當從許作如渚。言陼丘在水中高而平。如水中小州然也。渚本水名。引爾雅蓋廣一義。郭璞渚字無解。釋名釋水云「渚。遮也。體高能遮水使從旁回也。」可補爾雅之注。渚從者聲。者遮雙聲字。廣雅釋水云「渚。處也。」則以疊韵為訓也。高誘淮南墬形注。韋昭國語齊語注。竝云「水中可居者曰渚。」蓋渚為小州。故舉州義以晐之。

涓水部　小流也。从水肙聲。爾雅曰：汝爲涓。古玄切

汝爲涓者，釋水文。今爾雅作濆。釋文云：「濆，符云反。字林作涓，工玄反。眾爾雅本亦作涓。」案字林即本說文。郭璞注引詩「遵彼汝墳」爲證。今爾雅注疏本有作汝濆者，乃依經改字，阮氏校勘記已嘗辨之。則作濆乃郭本，許作涓，與眾本同，乃古本也。然說文濆訓水厓也。郭云「大水溢出別爲小水之名」，非其本義。許訓涓爲小流，小流猶小水也。是作涓義合，當爲正字。作濆叚借字也。水經注汝水篇引爾雅汝有濆，且申之曰「然則濆者汝別也」，蓋酈氏亦用郭本。

瀸水部　漬也。从水韱聲。爾雅曰：泉一見一否爲瀸。子廉切

泉一見一否爲瀸者，釋水文。郭璞注云「瀸纔有貌」，邢昺疏云「言此泉其水有時出見，有時不出，而竭涸者名瀸。謂瀸微也。故注云纔有貌」。許訓瀸爲漬，漬者漚也。則引爾雅爲廣一義。郝懿行曰「泉有時出見，有時涸竭，水脈常含津潤，故許以瀸漬爲言，此古說也。郭義則以瀸爲纖，纖，小意也」。王念孫郝疏刊誤曰「泉之或見或否者，其泉必不旺，故郭以瀸爲纖小，若以瀸爲瀸漬，則天下無不瀸

漬之泉。何必或見或否而後謂之瀸乎。」愚案王說是也。又瀸之為纖，亦出郭氏音義。今爾雅注疏本但有注而無音義。宋刊本則有附音於注後者，尚可考也。

氿水部　水厓枯土也。从水，九聲。爾雅曰：水醮曰氿。居洧切

水醮曰氿者，釋水文。今爾雅作厬。郭璞注云：「謂水醮盡。」案本經上文云：「氿泉穴出。穴出，仄出也。」說文厂部厬下云：「仄出泉也。」彼雖不偁爾雅，實本釋水為說，則許君所據爾雅氿厬二字正與今本互易。厬從晷聲，又讀若軌。軌氿皆從九聲，古音同在幽部，故二字通用。段玉裁謂依毛詩有洌氿泉，似今爾雅不誤。愚案爾雅釋文云：「厬字又作漸，音軌。」說文水部無漸字，疑舊本必有作氿者，漸即氿之隸增也。嚴元照爾雅匡名謂「舊本必有作軌者，俗又增水旁耳。」愚謂陸氏音軌，則又作本必非軌字。嚴說似未允。郭注謂水醮盡，以盡釋醮，則與潐同義。釋文云：「醮字或作潐。」說文云：「潐盡也。」是其證。許引作氿，氿從九，九之言究，則氿本有究盡之義，故許訓曰水厓枯土，而引水醮證之。然則就郭注言，爾雅此條亦當以

氿爲正字矣。錢坫爾雅古義謂「此應從說文作氿」是也。

濆水部

水浸也。从水。糞聲。爾雅曰。濆大出尾下。方問切

濆大出尾下者。釋水文。小徐本爾雅以下爲鍇案語。且連引郭注。愚謂引爾雅必許書原文。鍇引郭注釋之。故重述其語。猶孔賈諸經正義之重述注文也。校繫傳者或以爲複出而刪之。不可執以疑大徐本。郭璞注云。「今河東汾陰縣有水口如車輪許。濆沸涌出。其深無限。名之爲濆。馮翊郃陽縣復有濆。亦如之。相去數里而夾河。河中陼上又有一濆。濆源皆潛相通。在汾陰者。人壅其流以爲陂種稻。呼其本所出處爲濆魁。此是也。尾猶底也」。許訓濆爲水浸也者。段玉裁依集韵改浸爲漫。謂「說文水部無漫。當作㬅。㬅者引也。濆者水之引而愈出也。㬅濆聲類相近」。鈕樹玉段注說文訂謂「集韵漫蓋傳刻譌。廣韵注水浸。本說文也。浸者浸淫而出」。愚案類篇水部濆下引說文水浸也。類篇多本集韵。字亦作浸。則鈕謂集韵漫字爲傳刻之譌。信而有徵。段氏依之。非也。惟浸淫而出。凡泉水皆然。何以此獨以濆名。則鈕說亦未爲碻論也。愚謂許訓水浸。與郭注其深無限。壅流爲陂之說。互相足。水大且深。則成浸。能成浸者。始可爲陂。桂馥謂「浸者讀如揚州浸

有五湖之浸』是也。卷子玉篇水部瀵下又引許叔重淮南注曰『瀵，湊漏之源也』彼注與水浸之義亦相近。又水經注河水篇引呂忱曰『爾雅，異出同流爲瀵水』此與上文『歸異出同流肥』（水經注淇水篇引作『歸異出同曰肥』衛詩『我思肥泉』毛傳云『同出異歸爲肥泉』鄭本此義也。惟鄭注又引犍爲舍人曰『水異出流行合同曰肥』則適與呂忱瀵水之說同。此蓋爾雅傳本有異，莫能定其孰是。道元於淇水篇主犍爲舍人之說，於河水篇主呂氏之說，亦或兩可也。）意相反，而句例則同。郝懿行因疑今本爾雅有脫文。尋釋文云『瀵，數問反，義或方問反。水本同而出異』此義正與呂說合，而陸氏以爲義或者，蓋謂此義與郭注異，故音亦異也。其實異出同流即數源共發之意。其爲水勢之盛則一耳。王引之經義述聞又謂『瀵大出尾下，當以瀵大出絕句，尾下自爲一義，不與上相屬』其言甚辨。然許君五字連引，未必分爲兩讀也。

涒 水部 食已而復吐之。从水，君聲。爾雅曰：大歲在申曰涒灘。他昆切

大歲在申曰涒灘者，釋天文。郭璞無注。一切經音義卷十七引李巡曰『言萬物皆循精氣，故曰涒灘。灘，單盡也』又引孫炎曰『涒灘，萬物吐秀傾垂之貌也』（史記歷書正義引同。天官書索隱引此作李巡說。）呂氏春秋序意

篇高誘注云『涒，大也。灘，循也。萬物皆大循其情性也。』淮南天文篇高誘注云『涒，大。灘，修也。言萬物皆修其精氣也。』桂馥證以呂氏春秋注謂「此兩修字寫誤，並當爲循」。愚謂循與脩形近，循誤作脩，再轉遂作修。桂說是也。郝懿行爾雅釋詁義疏以爲「循通作修，修循一聲之轉」。王念孫糾之曰「韵書循在諄部，修在尤部，尤與諄可通用乎，謂循修二字古通，誤矣」。案當從王說。今案涒灘雙聲字，諸家所說，大抵就歲功而言。曰大曰循曰單，亦以雙聲字訓之。高與李畧同。瞿灝爾雅補郭謂『高誘所云，大氐全取於李巡爾雅注。』是也。許君釋涒爲食已而復吐之者，蓋爲涒之本義。今吾鄉猶謂食已而復吐出者曰打涒，此殆古語之遺。孫叔然吐秀之解，似從許君復吐之吐蛻出，與李注殊。吐與涒亦雙聲也。然歲名取義，究與本義不甚相切，許引之亦但證字非證義，與諸引地名之例同耳。

又案大歲在申，說文申部云『申，神也。』示部神下云『天神引出萬物者也。』食部餔下云『日加申時食也。』是則申有引出之義，又爲餔食之時。涒之義既爲食已而復吐之，食則與申爲餔時相關，吐出亦與引出相近。故歲行在申取以爲名，與以意度之或如是。姑存之以待考。

⿸庣斗 斗部 斛旁有⿸庣斗。从斗。庣聲。一曰突也。一曰利也。爾雅曰。⿸庣斗謂之疀。
古田器也。（土雕切）
⿸庣斗謂之疀者。釋器文。⿸庣斗有三義。許引爾雅在利也之下。所以證第三
義也。引經而又申之曰古田器也者。以一利字不足以盡意。明此爲
田器之利者也。說文甾部云。『疀。⿸庣斗也。古田器也。』二字互訓。與爾
雅正同。郭璞注云。『皆古鍬鍤字。』是⿸庣斗爲古鍬字。疀爲古鍤字。文
選謝惠連祭古冢文李善注引爾雅正作『鍬謂之鍤。』然鍬字說
文所無。全部銚下云。『一曰田器。』則正字當作銚。鍤之本義爲郭
衣鍼。亦爲借字。釋名釋器用云。『鍤。插也。插地起土也。』則正字當
作插。（說文手部云。『插。刺肉也。』段氏改作刺內。謂內者入也。刺內者刺入也。）古亦叚臿爲之。（說文臼部云。臿舂去
麥皮也。）方言五云。『臿。燕之東北朝鮮洌水之間謂之⿸庣斗。江淮南楚之
間謂之臿。』知臿即疀矣。

禸 部首 獸足蹂地也。象形。九聲。爾雅曰。狐狸貛貉醜。其足蹞。其迹禸。
（人九切）○蹂。篆文从足柔聲。
狐狸貛貉醜其足蹞其迹禸者。釋獸文。今爾雅作貍狐貒貈醜其足

蹯其跡禸。案周禮地官大司徒職云『其動物宜毛物』鄭玄彼注云『毛物貂狐貒貉之屬縟毛者也』賈公彥疏申注曰『云毛物貂狐貒貉之屬者依爾雅而言耳。爾雅貍狐貒貉同文此云貂狐不言貍者鄭君所讀爾雅爲貂不爲貍也』據此則許鄭所見之本竝與今爾雅異許與鄭亦異爾雅釋文云『蹯說文作番古文作𤲬禸古文爲蹂字林或作狃』今案說文釆部番下云『獸足謂之番從釆田象其掌』或從足從煩作蹞足部無蹯字是許引作蹞即番之或體今作蹯者番之隸增也蹂許以爲篆文則禸當爲古文而陸氏乃以蹂爲古文誤矣狃則同音通借字初學記引與字林同許訓禸爲獸足蹂地也郭璞注云『禸指頭處』兩義互足邢昺疏云『其指頭著地處名禸』即用許說以釋注也。

𥜿 禸部 周成王時州靡國獻𥜿人身反踵自笑笑即上脣掩其目食人北方謂之土螻爾雅云𥜿𥜿如人被髮一名梟陽从禸象形 符未切

𥜿𥜿如人被髮者釋獸寓屬文今爾雅作狒狒釋文云『狒字又作

䍚或作禺同。」条䍚卽𩰠之隸變。禺乃禼之古文。說文云「禼、蟲也。」去𩰠義遠。廣韵八未云「䍚狒並同䍚。」疑釋文之禺當作䍚。䍚又𩰠之省體也。傳寫遂混作禺耳。郭璞注云「梟羊也。山海經曰。其狀如人面。長脣、黑身、有毛、反踵。見人則笑。交廣及南康郡山中亦有此物。大者長丈許。俗呼之曰山都。」此與許說畧同。許所偁見周書王會篇。惟爾雅釋文引說文土螻下有「讀若費費」四字。今奪。（小徐本篆作䍚。獻䍚下重𩰠字。被髮下云。象形。从日从凶。讀若費。一曰。𩰠𩰠一名梟羊。亦與大徐本異而加詳。）王會篇正作費費。許蓋以費爲聲借字。故用本字易之也。狒字說文所無。則作狒亦非本字。釋文又引左思吳都賦云「䍚䍚笑而被格。」（今文選作禺禺）猶不作狒。蓋從說文。

說文解字引爾雅考終

說文解字引孟子考敍例

孟子，漢書藝文志次於諸子畧儒家中，然趙岐孟子題辭，謂孝文皇帝欲廣遊學之路，論語孝經孟子爾雅皆置博士，後罷傳記博士，獨立五經而已。又劉歆移太常博士書，言孝文皇帝時，天下衆書往往頗出，皆諸子傳說，猶廣立於學官，爲置博士。可與趙說互證。是則孟子一書，在諸子中漢人實特尊之，與論語孝經爾雅等，且爲首置博士。漢志所以不與三書同次者，蓋就學術流別而分之，非有所軒輊也。傳記博士之罷，錢大昕以爲當在武帝建武五年罷黜百家表章六經之時，其說近是。既罷之後，專治孟子者少，至漢末趙岐始加條理，爲之章句。許君年輩先於趙，其作說文解字，獨偁引之以證字義，雖爲字無多，而往往與趙本不同，亦可視爲孟子古本之僅存者已。今以引孟子考殿引經考之後，與引羣書考異撰，亦竊比於尊孟也。

說文解字引孟子考字目

謜 闢 買 敓 忿 浼 潕 婐

說文解字引孟子考

衡陽馬宗霍

謜 言部 徐語也。从言，原聲。孟子曰：「故謜謜而來。」魚怨切

故謜謜而來者，萬章篇上文。今孟子作源。趙岐注云：「如流水之與源通。」段玉裁曰：「據此，謜本作源。源古作原。蓋許引孟原原而來，證從原會意之恉，淺人加之言旁。如百穀艸木麗于地加艸頭之比。」宋翔鳳孟子趙注補正引管同曰：「案謜謜而來，特言舜召象之來耳，不及貢以政接于有庳。然後為象常來之實。今本改謜為源，而釋為如水流相續不絕，其辭重複，非是。」此與段說適相反。宋且謂改字出於趙氏。愚案趙注又以為此連上文常常以下「皆尚書逸篇之辭。孟子以告萬章」，斯語當有所本。趙既以為出逸書，則作注時，必不容以意改字。宋氏之言非也。江聲尚書集注音疏謂「常常句承雖然之下。雖然云者，承上轉下之詞，則欲常常二句乃孟子之言，非古書成文。」斷自不及貢始以為尚書逸文，焦循孟子正義從之，此亦可備一說。然此但能駁趙氏誤解孟子，不能證趙改謜為源。

說文引作源。大小徐本並同。別無作原之本可證。廣韻二十二元源下亦引孟子此文。當即本之說文。則段氏之言。亦未可從也。愚疑許君所據自與趙異字。字異而義亦異。許訓源為徐語。以其字從言也。引申為凡徐之偁。源源而來。猶言徐徐而來耳。徐徐即不迫促之意。徐鍇繫傳通釋云。「源源愿也。」似亦失之。

鬩 門部 鬭也。从鬥。共聲。孟子曰。鄒與魯鬩。下降切

鄒與魯鬩者。梁惠王篇下文。趙岐云。「鬩聲也。猶構兵而鬭也。」許但訓鬭。不主聲言。然鬭則有聲。趙注與許義亦相足。孫奭孟子音義云。「鬩張謚胡弄切。鬩聲。從門下者下降切。義與巷同。此字從鬥丁豆切。與門不同。丁公著又胡降切。」今案說文門部無鬩字。惟玉篇鬥部鬥下云。「今作門同。」於是凡從鬥之字。如鬩鬩等字。雖收在門部。而皆從門。此蓋由隸書鬥與門混。六朝通作。故顧野王之言云爾。唐玄度九經字樣雜辨部鬭鬪二字下注云。「上說文。從二丮。丮音戟。象兩士相對兵仗在後之形。下隸省。非從門。鬩字同。」此辨可補正顧說。且玉篇雖云鬥作門同。而鬥門兩部之字。固自分別不亂。

惟鬨字本在門部。門部亦收之。鬨亦但訓鬭。無巷義。然則孫氏音義所云從門下者義與巷同。蓋無據也。卽以音論。丁讀鬨胡降切。今大徐說文鬨音下降切。胡下雙聲。胡降與下降音同。是從鬥之鬨。自有巷音。亦不得云從門下者下降切。從鬥與門不同也。廣韵五十條鬥下云。『凡從鬥者今與門戶字同。』此卽沿玉篇之說。其鬨字送韵絳韵互收之。皆從鬥不從門。絳韵之鬨。與巷字同其音切。下引說文此條。亦鬨有巷音之證。然音巷而義不同巷。此則所當辨耳。又廣雅釋言。『鬨。戰鬭也。』王念孫疏證云。『字亦作鬨。呂氏春秋愼行篇。崔杼之子相與私鬨。高誘注云。鬨。鬭也。鬨讀近鴻。緩氣言之。』愚謂說文無鬨字。蓋又鬨之隸增也。

買 貝部 市也。从网貝。孟子曰。登壟斷而网市利。莫蟹切

登壟斷而网市利者。約舉公孫丑篇下文。此引以證買之訓市。兼證從网貝會意之恉也。陳瑑謂說文网市利之网為買之壞字。轉寫脫其半耳。此為買字稱經。不為网字稱經也。愚案許訓買為市。如陳說作買市利。則解為市市利。義不可通。今孟子壟作龍。网作罔。趙岐注云。『龍斷。謂堁斷而高者也。』愚案罔卽网之或體。許所據作网為本字。龍

者。孫奭孟子音義引丁公著云：「龍與隆聲相近。隆，高也。蓋古人之言耳。」又引陸善經云：「龍斷謂岡壟斷而高者。」是陸氏正讀龍爲壟。翟灝孟子考異謂「列子湯問篇說愚公移山事曰：自此冀之南漢之陰無隴斷焉。可爲陸說之確證。」然則許所據作壟，亦本字也。壟從龍，故或段龍爲之。韵會二腫云：「壟亦省作龍。」下引孟子此文爲證。丁氏謂龍隆聲近，是讀龍爲隆，此由不知龍爲壟之借字，故隆高之義雖與壟合，而實未得其本。吳玉搢以爲龍乃壟之譌省，周廣業孟子四考又以龍爲傳寫脫壟之下半，皆非也。段玉裁曰：「趙注釋爲堁斷而高者也。堁，塵壓也。高誘云：楚人謂塵爲堁。趙本蓋作尨斷。尨，塵雜之皃。㘉塵不到地勢畧高之處也。古書尨龍二字多相亂。許書亦當作尨斷。淺人以陸善經說改爲壟耳。」案段說申成趙注，自可備一解，然並疑說文則未必是。

𣢧 欠部 惄然也。从欠，尗聲。孟子曰：曾西𣢧然。才六切

曾西𣢧然者，公孫丑篇上文。今孟子作蹵。趙岐注云：「蹵然猶蹵踖也。」段玉裁謂「蹵踖同蹴踖。」愚案論語鄉黨篇「蹴踖如也。」

集解引馬融云『蹴踖恭敬之貌』趙此注意當與馬同然說文足部云『蹴行平易也蹴躡也』皆無恭敬之義則作𨇨爲段借字許引作䟒訓爲惄然心部惄有二義一曰憂也（本字當作惪）恭敬之極則感不安與憂義尚近是作䟒爲正字廣雅釋訓云『䟒踖畏敬也』王念孫廣雅疏證謂『蹴𨇨並與䟒同』愚謂說文無䟒字蓋卽蹴之省耳䟒䟒並從尗聲𨇨從就聲古音同在幽部故義雖異得相通矣此自孟子有兩作本故許趙所據不同宋翔鳳必以作𨇨爲趙所改殊爲臆說

㤅（心部）

忽也从心介聲孟子曰孝子之心不若是㤅（呼介切）

孝子之心不若是㤅者萬章篇上文今孟子作恝趙岐注云『恝無愁之貌』案說文無恝字許所據作㤅訓爲忽也忽下云忘也臧琳經義雜記謂『忽忘於心卽是無愁與趙注義合』然則恝爲別體正字當從許引王觀國學林謂『許所引孟子爲古文』是也嚴可均曰（㤅今孟子作恝說文無恝字偏旁有之月部瘛從恝聲手部摩從瘛省聲疑此說解末當有㤅或從扨四字案此亦可備一解）孫奭孟子音義云『恝張古黠切丁音界』宋翔鳳謂『丁公著卽據說

文改俗本孟子，故竝易其音。」愚案類篇心部云：「恝居拜切，無愁皃。孟子不若是恝，丁公著讀。」據此則丁但讀恝如界耳，未必改字也。六書正譌云：「恝俗忿字。」段玉裁云：「忿恝古今字。」是皆以忿恝為一字之異，非有二義也。然考玉篇心部云：「忿呼介切，不和皃。說文忽也。恝去計切，心事也。」則分忿恝為二字二義，自六朝時已然。惟廣韻十六怪忿下注全同說文，霽韻黠韻皆無恝字，不同玉篇之兼收。

浼 水部 汙也。从水，免聲。詩曰：河水浼浼。孟子曰：汝安能浼我。武皐切

汝安能浼我者，公孫丑篇上文，今孟子汝作爾，安作焉。汝爾安焉皆同聲通用字，義亦不殊。許與趙岐所據本蓋各異。浼者，許訓汙也，趙釋亦同。惟許引孟子證本義，引詩廣一義，詳見引詩考 似當移孟子於詩上。

滰 水部 浚乾漬米也。从水，竟聲。孟子曰：夫子去齊，滰淅而行。其兩切

夫子去齊滰淅而行者，萬章篇下文，今孟子作接，趙岐注云：「淅，漬米也。不及炊，避惡亟也。」不解接字。許引作滰，訓為浚乾漬米也者，案卷子玉篇水部滰下云：「說文乾漬米也。孟子曰：孔子去齊滰淅而行是也。又曰：滰浚也。」與今本說文微異。如顧野王所引，是許以

乾漬米與浚爲兩義。而引孟子證前一義也。廣雅釋詁云。『浚滰盝也。』王念孫疏證引說文此條而申之云。『滰之言竟。謂漉乾之也。今俗語猶謂漉乾漬米爲滰乾矣。』此則仍從今本說文。以浚乾二字相連爲義。許訓滰爲浚。故王氏謂卽漉乾耳。類篇滰下引說文作漉乾漬米也。姚寬西漢叢語載陳翰異聞集引李吉甫銘曰。『孟子去齊而滰淅。』正與許同。諸家據此。因謂唐時孟子猶作滰字。今作接字殊無理。段玉裁亦謂『作接當是字之誤。』洪頤煊亦云。『荀子仲尼篇「可炊而傹也。」傹卽滰字。滰接因字形相近而譌。』惟馮登府十三經詁荅問曰。『爾雅釋詁。「接。捷也。」荀子大畧。「先事慮事謂之接。」楊倞注。「接讀爲捷。速也。」趙雖不解接字義。而不及炊而行卽速義。速淅而行。其義未嘗不正。無煩改字。』愚案馮說可備一解。疑許趙所據本各異。字異而義亦異。未必定爲字之誤也。宋翔鳳乃謂趙氏改滰爲接。且謂邠卿不甚通古字古言。誣矣。

婐 女部　㛂也。一曰。女侍曰婐。讀若騧。或若委。从女。果聲。孟軻曰。舜爲天子二女婐。烏果切舜為天子二女婐者。約舉盡心篇下文。此引證弟二義之女侍曰婐也。今孟子作果。趙岐注云「果。侍也。」臧琳謂「作果者是婐之省借。趙氏訓為侍。與說文合。」吳玉搢亦謂「趙注與說文婐注同。疑本作婐。傳寫省作果。」愚案臧吳說是也。楚辭遠游「二女御」洪興祖補注云「御。侍也。孟子所謂二女婐也。」是宋時猶有不省之本可證。惟婐從果聲。故亦可叚果為之。亦猶叚龍為壟也。今孟子偽孫疏乃云「趙釋果為侍。謂二女之侍舜。是有惑於許慎之說。蓋木實曰果。云果者。取其實而言也。」斯則以果字下屬「若固有之」為句。眞望文生義矣。

說文解字引孟子考終

國家圖書館出版品預行編目資料

說文解字引經考

馬宗霍著. – 初版. – 臺北市：臺灣學生，2022.09
面；公分

ISBN 978-957-15-1894-7 (全套：平裝)

1. 說文解字 2. 研究考訂

802.251 111013283

說文解字引經考（全二冊）

著 作 者 馬宗霍
出 版 者 臺灣學生書局有限公司
發 行 人 楊雲龍
發 行 所 臺灣學生書局有限公司
地 址 臺北市和平東路一段 75 巷 11 號
劃撥帳號 00024668
電 話 (02)23928185
傳 真 (02)23928105
E-mail student.book@msa.hinet.net
網 址 www.studentbook.com.tw
登記證字號 行政院新聞局局版北市業字第玖捌壹號
定 價 新臺幣一二〇〇元
出版日期 二〇二二年九月初版
I S B N 978-957-15-1894-7

80204